Newton Thornburg

Schwarze Herde

Aus dem Amerikanischen
von Susanna Mende

Polar Verlag

Originaltitel: Black Angus

Published by Arrangement with Douglas Thornburg and Kristen Thornburg

Dieses Werk wurde vermittelt durch die Literarische Agentur Thomas Schlück GmbH, 30827 Garbsen

Deutsche Erstausgabe, 1. Auflage 2016
Aus dem Amerikanischen von Susanna Mende

www.polar-verlag.de

Lekrorat: Eva Weigl
Umschlaggestaltung: Detlef Kellermann, Robert Neth
Autorenfoto: © Newton Thornburg
Satz/Layout: Martina Stolzmann
Gesetzt aus Adobe Garamond PostScript, InDesign
Druck und Bindung: CPI books GmbH, Leck, Deutschland
ISBN: 978-3-945133-35-4

Für meine Mutter
und meinen Vater

1

Blanchard kam in den Sinn, dass von der Straße aus alles nett und friedlich aussehen musste: Tommy, der oben auf dem Pferch saß und ihm und Clarence dabei zusah, wie sie das Vieh am Zaun entlang in den Fangstand trieben, an dessen Ende Doc Parnell und sein Sohn nacheinander die Kühe in den Halsfang sperrten und ihnen Blut abnahmen, bevor sie auf der anderen Seite wieder herausgelassen wurden. Doch Frieden gab es hier nirgends, weder in Tommys leblosem, verwundetem Blick noch in Blanchard, und schon gar nicht bei dem Vieh, das schielend vor Angst vorwärtsdrängte und sein schwarzes Fell mit aufspritzendem, olivbraunem Kot beschmutzte. Nachdem der junge Parnell die eingepferchte Kuh mit einer Zange an den geblähten Nüstern gepackt und ihren Kopf zur Seite gebogen hatte, stach ihr sein Vater eine Nadel in die Halsvene, gefolgt von einem Muhen, das wie ein Todesschrei klang, ein wildes Trompeten, das Blanchard, als wäre er Teil der Herde, durch Mark und Bein ging.

Es war eine Empfindsamkeit, die Clarence nicht teilte. Im Gegenteil, der alte Mann hatte seinen Spaß. Zwinkernd und kauend humpelte er mit seinem schweren Viehtreiberstock durch den Pferch und schlug die Tiere, die stehen blieben, kehrtmachten oder Reißaus zu nehmen drohten. Trotzdem achtete er darauf, sie nicht so dicht zusammenzutreiben, dass sie sich in ihrer Panik umdrehten, um zu fliehen und dabei die Männer überrannten. Allerdings war Blanchard zum Schutz des Pferchzauns die ganze Zeit sprungbereit – vor allem wegen des Bullen, des kraftstrotzenden, jungen, reinrassigen Angus, den er gekauft hatte, um seine Herde aufzuwerten und sich von ihm in den nächsten Jahren willige und fruchtbare Kühe schenken zu lassen, obwohl das Tier, so ironisch und irrational das auch sein mochte, die Herde in diesem Moment zu zerstören drohte. Der Bulle, eine Tonne sorgfältig gezüchteter Muskeln und Knochen, entstammte der alten, weitverzweigten und erlesenen Emulous-Zuchtlinie. Doch der Bulle wusste nichts von seiner Rasse und Besonderheit, sondern nur von seiner Männlichkeit und seinem Stiercharakter. Und Stiere ließen sich nicht gern herumscheuchen. Sie wollten nicht zusammengedrängt oder in ihrer Bewegungsfreiheit eingeschränkt werden. Sie mochten keine Menschen.

Dieser hier befand sich jedoch inmitten der Herde und ließ sich mit der wogenden Menge aus Kühen und Kälbern treiben. Allerdings schlug er dabei mit dem hochgereckten Kopf bedrohlich hin und her, vor allem dann, wenn eine der Kühe im Halsfang blökte. Und er schien Tommy oben auf dem Pferch mit seiner Wut angesteckt zu haben. Hilflos sah Blanchard dabei zu, wie sein Bruder im Gleichklang mit dem Stier hin- und herzuschaukeln begann, während er seine Faust gegen den Mund presste, um nicht zu weinen. Obwohl er bereits über dreißig und nur vier Jahre jünger als Blanchard war, weinte er häufig und verschmierte sich dabei die Tränen im Gesicht.

Sobald sich das letzte Tier der Herde in dem halbkreisförmigen Pferch befand, drängten Blanchard und Clarence das Vieh mit einem dreieinhalb Meter langen Stahlgatter in den nur fünfundsiebzig Zentimeter breiten Fangstand, einem Durchgang zwischen sechzig Zentimeter hohen und drei Meter langen Eichenplanken, die auf Eisenbahnschwellen verschraubt waren, die einen Meter tief in der Erde versenkt waren. Eine ausgewachsene Kuh oder ein Bulle hatte dort drin wegen der nachdrängenden Tiere keine andere Wahl, als sich vorwärts zu bewegen. Aus diesem Grund verspürte Blanchard eine fast schmerzhafte Erleichterung, als der Bulle in den Fangstand trat. Gleichzeitig drängten die Männer das Vieh von hinten weiter, wobei Blanchard das Gatter schob, und Clarence die Rinder mit Stockhieben antrieb. Nacheinander schoben sich die Tiere auf den Halsfang zu, wo sie unter Blöken Blut ließen, mit einem Satz wieder heraussprangen, wie Kälber die Hufe in die Luft warfen und ans andere Ende der Weide galoppierten. Schließlich war der Stier dran. Sekundenlang verharrte er im Fangstand und blickte den Halsfang an, der ein Stück weit offenstand und fälschlicherweise Freiheit versprach. Sein Schnauben klang wie das Rauschen von Meereswellen. Er scharrte mit den Hufen und versuchte zurückzuweichen, weshalb die Kuh hinter ihm kurzzeitig halb auf ihn draufklettern musste. Vergnügt fluchend stieg Clarence auf den Fangstand, und schlug, darauf herumbalancierend, dem Stier mit dem Stock aufs Hinterteil. Als sich das Tier noch immer nicht rührte, warf der alte Mann den Stock beiseite und riss den Schwanz des Stiers brutal nach vorn, so als wüsste er nicht, dass er im Falle eines Sturzes zu Tode getrampelt werden könnte. Doch dann setzte sich der Stier in Bewegung, schnupperte an dem Halsfang und steckte schließlich seinen Kopf hindurch – bis sich dieser auf einmal schloss, und er in der Falle saß. Augenblicklich drängte der Angus mit einem hohen, wehklagenden Brüllen vorwärts, und es knallte wie bei einem Schuss, als eine der Schwellen, an der man den Halsfang befestigt hatte, in zwei Teile brach und der Halsfang abriss, jedoch noch immer auf dem Nacken des Stiers klemmte, ein hundert Pfund schwerer Kragen aus gehärtetem Stahl, doch für ihn scheinbar schwerelos und höchstens so lästig wie eine Schmeißfliege. Und wie eine Fliege versuchte er ihn auch abzuschütteln. Dabei zerschmetterte er mit einer einzigen Bewegung Tür und Scheibe von Parnells Pick-up; mit der nächsten riss er das Tor und fünfzehn Meter Stacheldrahtzaun der dahinterliegenden Weide heraus. Dann schien ihm zu dämmern, dass der Halsfang etwas mehr als eine Fliege war, etwas Schreckliches und Beängstigendes, das er brüllend und ausschlagend loszuwerden versuchte. Er senkte den Kopf und pflügte damit durchs Gras, trat danach und schrammte an einem Baum entlang.

Die verbliebenen Kühe und Kälber waren durch die Lücke geprescht, die er gerissen hatte, und sprengten über die Weide. Und Clarence machte ein Gesicht wie ein Kind auf einer Geburtstagsfeier. Als er wieder festen Boden unter den Füßen hatte, führte er einen kleinen Freudentanz auf.

»Ich hab's Ihnen gesagt!«, rief er Blanchard zu. »Ich hab Ihnen gesagt, der Doc soll seinen engen Fangstand mitbringen.«

Parnell nickte grimmig und besah sich den ramponierten Pick-up. »Jawohl, ein Halsfang hält einem Bullen nicht stand. Schon gar nicht einem so großen.«

Blanchard erwiderte nichts. Er wusste nicht, was er hätte sagen oder tun sollen, außer einfach dazustehen und zuzuschauen – zuzuschauen, wie ein noch nicht bezahlter Dreitausend-Dollar-Bulle über die baumbestandene Weide preschte, um sich und alles, was ihm in den Weg kam, zu zerstören. Blanchard hatte den Gedanken noch nicht zu Ende gedacht, als der Stier mit einer Kante des Halsfangs ein Kalb traf, das blökend ins Gras fiel.

Im Gegensatz zu Blanchard wussten Clarence und die Parnells, was zu tun war. Als würde er nach seinem Henkelmann greifen und zur Fabrikarbeit aufbrechen, holte der alte Mann gleichmütig sein Lasso aus dem Pferch. Gleichzeitig hatte der junge Parnell eins aus dem Pick-up genommen und ging hinter ihm auf den Stier zu.

»Wartet mal«, warnte Blanchard. »Das könnt ihr nicht tun. Das überlebt ihr nicht.«

Clarence und der Junge ignorierten ihn. Derweil zog Parnell eine seiner Gewehrspritzen mit einer trüben Flüssigkeit auf.

»Wir stellen ihn kurzfristig ruhig, ich werd ihm das hier verabreichen«, sagte er. »Thorazin. Knockt ihn hoffentlich lang genug aus, um ihm Blut abzunehmen.«

In seinen vier Jahren als Rancher hatte Blanchard viel gesehen und gelernt, doch er fand es noch immer ungeheuerlich, dass zwei Männlein mit Stricken losgingen, um einen tonnenschweren Stier auf offenem Gelände zu fixieren, während ein Dritter sich für die Blutentnahme bereit machte, als stünde das Tier im Fangstand. Gleichzeitig war Blanchard klar, dass ihm nichts anderes übrig blieb, als bei dem Wahnsinn mitzumachen, denn es waren seine Ranch und sein Stier, nur mit dem Unterschied, dass er nicht dazu in der Lage wäre, die Gefahr zu bannen. Für ihn war ein Lasso noch immer nichts anderes als ein steifes und unhandliches Stück Seil.

Die Weide, die lediglich zehn Morgen maß, war mehr eine Brache und wurde hauptsächlich dazu benutzt, die verschiedenen Herden zwischen den vier großen Weiden hin- und herzutreiben. Als solche hatte Blanchard sie unkultiviert gelassen, außer Gras wuchsen dort Zedern, Hickorys und Amerikanische Weiß-Eichen. In der Mitte befand sich ein kleiner Tümpel – ein friedlicher und schöner Platz, wo Tommy täglich seinen Kinderspielen nachging. Jetzt glich die Weide mehr einem Schlachtfeld, auf dem der Stier brüllend durch Büsche brach, Setzlinge niedertrampelte und gegen Bäume prallte, mit dem Halsfang Furchen in die Stämme grub und Stücke herausriss, während er scharrend wahre Geysire aus Erde, Steinen und Gras hochschleuderte.

Doch gemessen an dem Respekt, den Clarence ihm zollte, hätte er auch eine Ziege sein können. Rufend und leicht humpelnd ging der alte Mann so dicht heran, dass es ihm nach ein paar Würfen gelang, das Seil um den massigen schwarzen Hals zu werfen und es rasch um einen Baum zu schlingen, um das Tier zu sichern. Durch eine ruckartige Kopfbewegung des Stiers wurde er gegen eine Zeder geschleudert, zog sich eine klaffende Wunde im Gesicht zu und kam nur langsam und auf einem Bein springend wieder hoch, diesmal angesichts der Dreistigkeit des Stiers mit zornigem Blick. Hüpfend und stolpernd ging er direkt auf das Tier zu, griff nach dem Lassoende und schaffte es irgendwie, es um eine junge Eiche zu schlingen, während er Parnells Sohn zurief, doch *sein* Seil endlich zu benutzen.

»An seinen Hinterlauf, Junge! Los, mach schon!«

Ungläubig sah Blanchard dabei zu, wie der drahtige, alte Mann mit dem Stier umging, das Seil festzurrte, wieder lockerte und sich geschickt bewegte, um die ganze Zeit den Stamm zwischen sich und dem Tier zu haben. Jedes Mal, wenn das Seil durchhing, zog er es wieder straff, wobei er zweimal seine arthritische Hand erst im letzten Moment wegziehen konnte, bevor der Stier zurückwich und das Seil sich so fest um den zitternden Baum spannte, dass die Rinde abplatzte und es in das frische Holz darunter schnitt. Und bei jedem Mal johlte Clarence vergnügt. Er war es, der gewann. Er hatte die größeren Eier als der Bulle.

Schließlich gelang es Parnells Sohn, sein Lasso um das rechte Hinterbein des Tiers zu schlingen und ihn mithilfe eines anderen Baums von seiner Seite aus zu sichern. Nach wenigen Minuten stand der Stier bewegungsunfähig mit gespreizten Beinen und halb stranguliert da, sein Atem ein machtvolles Schnauben, sein schwarzes Fell vom Schweiß gekräuselt und triefend wie bei seiner Geburt. Trotz der Wärme des Frühlingsmorgens dampfte er.

Doc Parnell ging vorsichtig zu ihm hin, injizierte ihm das Beruhigungsmittel und nahm gleich darauf das Blut ab. Dann folgte Clarence, um dem Tier den Halsfang abzunehmen, doch Blanchard machte ihm ein Zeichen, es nicht zu tun.

»Nein, bleib du beim Seil«, sagte er. »Ich mach das.«

Er wusste, dass sein Leben auf dem Spiel stand, falls eines der Seile plötzlich nachgeben sollte. Doch er hatte das Gefühl, etwas tun zu müssen und nicht nur wie ein Greenhorn gaffend herumzustehen. Vorsichtig packte er den Griff und löste den Riegel, und als er die Vorrichtung vom Kopf des Bullen zog, war er von der Fügsamkeit und dem stoischen Ausdruck in seinen schwarzbraunen Augen, mit dem er ihn ansah, überrascht.

»Na schön, mach dich bereit«, sagte Clarence zu dem jungen Parnell. »Lass mich nicht aus den Augen, und wenn ich das Seil löse, tust du das Gleiche und machst, dass du wegkommst. Verstanden?«

Der junge Mann nickte. Aus irgendeinem Grund wirkte er kein bisschen ängstlich, nur wachsam und vorsichtig. Clarence war nicht einmal das. Grinsend ging er Kaugummi kauend auf den Kopf des Bullen zu, löste wie beiläufig das Seil und zog es weg.

»Jetzt!«, schrie er und wich zurück.

Sofort versuchte Parnell, den Knoten seines Lassos zu lösen, damit es von dem Hinterlauf herabglitt. Doch das Tier machte einen Satz, wobei sich die Hand des Jungen im Seil verfing, und der Stier ihn beinahe unter sich zog. Da ließ der Vater seinen Tierarztkoffer fallen und stürmte kreischend wie eine singende Säge auf den Stier zu. Dieser wich tatsächlich zurück, wandte sich von Parnell und seinem Sohn ab und rannte auf einmal in die entgegengesetzte Richtung, direkt auf Blanchard zu, der gar nicht mitbekam, welcher Teil des Stiers ihn traf, ob Kopf, Schulter oder Bein. Er erinnerte sich nur noch an die Erschütterung des Zusammenpralls und das Gefühl, durch die Luft zu fliegen, bis er mit der Schulter gegen den jungen Baum prallte und sich den Rücken an der gezackten Bruchstelle aufriss. Im Stürzen überschlug er sich und zappelte im Gras wie ein Fisch auf dem Trockenen. Noch ganz benommen hörte er, wie Clarence anerkennend gackerte.

»Heiliges Kanonenrohr, was für eine Kreatur! Der hat Ihnen ganz schön eine verpasst.«

Grinsend und kopfschüttelnd hatte sich der alte Mann über den im Gras liegenden Blanchard gebeugt. Blanchard vermutete, dass er noch immer am Leben war und es anscheinend auch bleiben würde. Die Schmerzen im Rücken bestätigten seine Diagnose. Als er die Stelle berührte, hatte er Blut an den Fingern.

Clarence packte ihn und zerrte ihn hoch. »Kommen Sie, ist halb so schlimm«, sagte er gedehnt. »Der Stier wollte Sie nur ’n bisschen ärgern. Hat’s ernst gemeint damit, hätten Sie wissen sollen.«

Durch die Bäume hindurch konnte Blanchard sehen, wie der Bulle langsam und mit schwerfälliger Erhabenheit zwischen den anderen Tieren umhertrabte, als wollte er allen demonstrieren, dass er, ihr prächtiger schwarzer König, noch immer da war, noch immer regierte.

»So groß, wie er glaubt, ist er auch wieder nicht«, triumphierte Clarence.

Blanchard zückte sein Taschentuch und wischte sich den Schweiß vom Gesicht. Er war überrascht, dass er auch dort blutete.

»Groß genug«, sagte er.

Tommy wartete beim Pferch auf ihn und umklammerte mit der einen Hand ängstlich die prall gefüllte Umhängetasche von United Airlines, ohne die man ihn selten sah, während er sich mit der anderen die Tränen abwischte, die ihm übers Gesicht in seine Bartstoppeln liefen. Blanchard rasierte ihn nur einmal die Woche.

»Geht's Blackie gut?«, fragte er. »Du hast ihm doch nichts getan?«

»Aber nein, er ist in Ordnung, Tommy. Dem guten alten Blackie könnte man nicht mal mit 'ner Axt was anhaben.«

»Spot ist weggerannt. Und Kitty auch. Sie haben Angst gekriegt und sind weggerannt.«

»Die kommen wieder. Es geht ihnen gut.«

Es war eine der wirklich bösen Ironien des Lebens, dass die Haustiere, die Tommy so sehr liebte, und denen er ausnahmslos Namen aus den Bilderbüchern von »Dick and Jane« gab, nichts mit ihm zu tun haben wollten, hinter seiner unerschütterlichen Zuneigung wahrscheinlich eine fehlerhafte menschliche Natur erkannten, einen Mangel an der dem Menschen eigenen Überheblichkeit. Bei dem Stier, dessen eigentlicher Name nicht Blackie, sondern Emulous Prince of Moorland war, war die Gleichgültigkeit eine vorhersehbare Wesensart. Doch bei Hunden und Katzen schien es eine Frage der Entscheidung zu sein: dauernd rannten sie vor Tommys erstickenden Umarmungen davon und versteckten sich.

»Lass uns nachsehen«, schlug er vor.

»Hör mal, Tommy, ich hab noch zu tun.«

Nachdem Doc Parnell die eingedrückte Tür seines Pick-ups geöffnet hatte, stellte er die Blutprobe zu den anderen in ein Gestell mit Glaskolben.

»Ich hoffe wirklich, er hat keine Brucellose«, sagte er. »Wenn ein Stier infiziert ist, verliert man manchmal die gesamte Herde.«

Blanchard lächelte verzagt. »Danke für den Hinweis, Doc. Das würde mir gerade noch fehlen.«

»Ich will nur, dass Sie darauf gefasst sind, das ist alles. Wenn er oder eine der Kühe infiziert ist, müssen wir die gesamte Herde monatlich testen. Und jedes infizierte Stück Vieh muss geschlachtet werden, so einfach ist das.«

»Okay, das ist einfach.«

»Na ja, mit Brucellose ist nicht zu spaßen, Bob. Wenn die Regierung keine Quarantäne verhängen und nicht schlachten würde ...«

»Ich weiß – wäre die Krankheit überall.«

Parnell nickte ernst. »Das ist nicht unbedingt ein Trost. Doch an Ihrer Stelle würde ich mir keine allzu großen Sorgen machen. Das ist nur ein Verdachtsfall. Wahrscheinlich sind Ihre in Ordnung.«

»Hoffentlich.«

Blanchard hatte vom staatlichen Veterinär bereits alles erfahren, was er über die Bang-Krankheit – oder Brucellose – wissen wollte. Eine der gefürchtetsten Krankheiten unter Rindern. Die infizierten Kühe bekamen keinen Nachwuchs mehr oder verloren ihre Föten. Und die Bakterien waren hochansteckend, konnten eine ganze Herde und sogar benachbarte Bestände in kurzer Zeit infizieren. Also wurde das Vieh überall, wo man sie feststellte, von der Regierung in Quarantäne gesteckt und monatlichen Bluttests unterzogen, bis die Tests viermal hintereinander unauffällig waren. Alle infizierten Tiere wurden umgehend geschlachtet und als Billigfleisch verkauft. Und jeder Rinderzüchter, der Tiere von der infizierten Herde gekauft oder welche an einen anderen Rancher verkauft hatte, musste seine Herde ebenfalls testen. So war

Blanchards Vieh ins Visier geraten, wegen des Stiers, den er gekauft hatte, ironischerweise das teuerste und einzige Tier mit Stammbaum, das er besaß, gekauft bei der berühmten Moorland Ranch in Texas. Doch berühmt oder nicht, irgendwie hatte sich die Herde von Moorland Brucellose eingefangen und übertragen – womöglich auf Blanchards Herde. Bald würde er es erfahren.

Er schüttelte Parnell die Hand und dankte ihm für sein Kommen. »Tut mir leid wegen des Trucks«, fügte er hinzu. »Ich werde meinen Versicherungsagenten anrufen.«

»Ist im Moment nicht so wichtig. Lassen Sie mich mal Ihren Rücken anschauen.«

Blanchard gehorchte, indem er sich umdrehte. Der erste schneidende Schmerz war verschwunden, doch er spürte, wie ihm das Blut am Rücken herunterlief und seine Unterwäsche und die Jeans tränkte.

Parnell löste vorsichtig das Hemd von der Wunde. »Ja, nur eine tiefe Hautabschürfung«, sagte er. »Wird allerdings schwer verheilen, außer Sie liegen eine Woche lang auf dem Bauch. Wäre das möglich?«

»Ich frage meine Frau.«

Lachend holte der Tierarzt eine Tube mit Salbe aus seinem Koffer und gab sie ihm. »Sie soll die Wunde reinigen und dann diese Salbe auftragen. Bei Bindehautentzündung hilft sie nicht, aber vielleicht bei dem hier.«

Clarence und der junge Parnell gesellten sich zu ihnen. Sie hatten inzwischen ihre Lassos eingeholt.

»Das Vieh ist einfach aus dem Seil geschlüpft«, verkündete der alte Mann. »Ich hab so was geahnt.«

Clarence ließ sich von den Rindern nicht austricksen. Immer wusste er, was sie vorhatten und warum, obwohl er die Information häufig erst nachträglich preisgab.

»Kümmern Sie sich bitte um den Rest«, bat ihn Blanchard. »Ich geh rein und verarzte das hier.«

Der alte Mann verzog das Gesicht. »Teufel auch, was für 'n Aufwand wegen 'nem Kratzer. Lassen Sie ihn einfach in Ruhe. Das Ding ist im Handumdrehen verheilt.«

Blanchard antwortete nicht. Vor vier Jahren hätte er etwas entgegnet, hätte versucht, ihm zu widersprechen: Muntere mich auf, ich bin ein Greenhorn. Oder der Kratzer des einen ist die Operation des anderen. Doch er wusste es jetzt besser. Zu ihm durchzudringen war unmöglich. Man stritt sich mit Clarence nicht mehr als mit dem Vieh.

Auf dem gesamten Weg zum Haus hüpfte Tommy neben ihm her und bedauerte ihn wegen seiner Verletzung, die ihm erst aufgefallen war, als der Tierarzt sie sich angesehen hatte. Jetzt gab es für ihn kein anderes Thema mehr.

»Tut's weh, Bob? Tut's weh? Wirst du wieder gesund? Glaubst du, du wirst wieder gesund?«

»Alles in Ordnung«, versicherte ihm Blanchard. »Es geht mir gut, Tommy. Willst du nicht nach Spot sehen?«

An der Hintertür ließ Tommy endlich seinen Arm los, wahrscheinlich weil er sich vorstellte, wie Susans Blick auf seine schmutzigen Stiefel fallen und ihn wie von einer futuristischen Ionenstrahlkanone getroffen erstarren lassen würde. Nur Blanchard könnte ihn aus dieser Erstarrung holen, indem er ihm aus den Stiefeln half und ihn hineindrängte, in die wohltuende Atmosphäre von Susans Allerheiligstem. Vor vier Jahren war er noch ihr geliebtes Sorgenkind gewesen, armer zurückgebliebener Tommy, ein weiteres Geschöpf ihres wahren und schönen neuen Lebens, das sie hier in den Bergen leben wollten, weit weg vom Wahnsinn der Städte und des Geschäftslebens. Doch irgendwie hatte auch Tommy seine Besonderheit verloren.

Im Wohnzimmer saß Whit und konnte den Blick nicht vom Fernseher abwenden, wo eine dicke Frau wie ein verrücktes Känguru auf- und ab hüpfte, während der junge Assistent der Gameshow tapfer lächelte. Blanchard wollte schon etwas zu dem Jungen sagen – »Du solltest draußen sein; der Stier hat den Fangstand gesprengt« –, doch er wollte nicht sein geheucheltes Interesse oder den schuldbewussten Blick sehen, die daraufhin folgen würden. Whit war zwölf, die kleine, männliche Ausgabe seiner Mutter, blass und blond und gut aussehend auf eine feingliedrige, zerbrechliche Art, mit den gleichen kühlen, grauen Augen und dem gleichen distanzierten Blick, hinter dem sich Verachtung verbarg. Doch im Fall des Jungen empfand Blanchard seinerseits ein Schuldgefühl, weil dieser krank war, ein Asthmatiker, der sich selten aus der klimatisierten Luft in die Hitze und von Blütenstaub erfüllte Umgebung der Ranch traute. Doch er beschwerte sich selten. Er sprach sowieso kaum, außer mit Susan, und dann meistens voller Wut, wenn die beiden sinnlos über seine Verfehlungen, wie etwa seine schmutzigen Sachen nicht in den Wäschekorb zu werfen, stritten. Blanchard fragte sich oft, weshalb er von den Vorwürfen des Jungen ausgenommen blieb, wo er doch der eigentliche Verursacher seiner Probleme war, der Grund dafür, dass sie hier waren, in den Ozarks festsaßen wie Exilanten ohne Papiere.

Wie üblich traf er Susan im Wintergarten an, wo sie las. Er zeigte ihr die Wunde und bat sie, sich einen Moment Zeit für ihn zu nehmen.

Sie nahm ihre Brille ab und legte ein Lesezeichen in ihr Buch. »Was ist passiert?«

»Der Angus ist ausgebrochen.« Er folgte ihr nach oben.

»Was hast du denn gemacht? Ihn zu Boden gerungen?«

»So ähnlich.«

»Und Clarence?«

»Hat sich am Bein verletzt. Aber wahrscheinlich hat er's gar nicht gemerkt.«

»Guter, alter Clarence.«

Im Badezimmer zog Blanchard Hemd, Hose und Stiefel aus.

»Die Boxershorts auch«, sagte sie. »Hinten ist Blut dran.«

Als er sie auszog, wandte sie sich ab und holte einen sauberen Waschlappen und Verbandszeug. »Setz dich besser in die Wanne«, sagte sie zu ihm. »Der Boden muss ja nicht schmutzig werden.«

Er tat, worum sie ihn gebeten hatte.

Mit Wasser und Seife säuberte sie die Wunde so kräftig, dass Blanchard wegschauen musste, um die Tränen zu verstecken, die ihm vor Schmerz kurzzeitig in die Augen schossen. Doch er sagte nichts. Schließlich tupfte sie sie trocken, trug die Salbe auf und verband ihn.

Als er aus der Wanne stieg, wandte sie sich von ihm und seiner Nacktheit ab und räumte die Schachtel mit dem Verbandszeug weg. Es war beinahe einen Monat her, dass sie mit ihm geschlafen hatte, und weder sprach sie darüber noch ließ sie zu, dass er es tat. Es war, als hätten sie ein Kind verloren. Beinahe unbewusst schlang er sich ein Handtuch um.

»Ich verstehe nicht, warum du ein solches Risiko eingehst«, sagte sie, »vor allem, wenn die Sache schon verloren ist.«

»So sehe ich das nicht.«

»Realismus war nie deine Stärke.«

»Scheint so.« Er war ihr ins Schlafzimmer gefolgt, wo sie saubere Unterwäsche, eine Arbeitshose und ein Hemd aus der Kommode nahm und ihm resigniert reichte.

»Denkst du etwa, es macht mir nichts aus, wenn du dich verletzt?«

»Das habe ich nicht gesagt.«

»Du sagst ja nie etwas. Du beißt dich einfach fest, wie eine Bulldogge.«

»Der Stier hat das nicht so gesehen.«

»Sehr witzig.«

»Nicht, wenn du dabei gewesen wärst.«

»Du wirst Shea immer ähnlicher.«

»Blutig, doch ungebeugt.«

Ihr war nicht zum Lachen zumute. »Das ist ein perfektes Beispiel. Du wirst immer leichtsinniger, immer alberner.«

»Und Shea ist der Grund dafür?«

»Ich habe nur gesagt, dass du ihm ähnlicher wirst, mehr nicht. Vielleicht ist es nur ein Nachahmungseffekt. Man bringt ein Schwein ins Haus, und man wird selbst zum Schwein. Ist wahrscheinlich ein Gesetz.«

»Susans Gesetz.«

Sie stand da und schaute ihn mit diesem kühlen, durchdringenden Blick an, den er früher so bewundert hatte, weil er so unweiblich und stoisch war, so voller Selbstgewissheit und Intelligenz. Jetzt fand er ihn irgendwie nur langweilig.

»Susan hat keine Gesetze«, sagte sie. »Auch keine Rechte, außer rumzusitzen und auf ihre Mann zu warten, um mit den Tatsachen konfrontiert zu werden.«

»Was sind das für Tatsachen?«

»Als ob du das nicht wüsstest.«

Blanchard hatte sich das Hemd in die Hose gesteckt und zog an seinem Gürtel. »Noch mal zu Shea«, sagte er. »Hat er dir heute Morgen irgendwelche Probleme gemacht?«

»Wie sollte er?«, erwiderte sie. »Er liegt noch immer im Bett. Schläft seinen Rausch aus.«

»Das ist immerhin etwas.«

»Ja. Unser vorbildlicher Gast.«

»Du hast ihn mal gemocht.«

»Er war mal liebenswert.«

»Er war auch mal angestellt.«

»Was soll das heißen? Nur weil ein Mann ein paarmal Pech gehabt hat, ist es in Ordnung aufzugeben, Frau und Kinder zu verlassen und Freunde um Geld anzupumpen?«

»Er hat Evelyn nicht verlassen. Sie hat ihn rausgeworfen.«

»Das hat er dir erzählt.«

»Stimmt.«

»Warum gibt es dann einen Haftbefehl gegen ihn?«

»Frag sie«, sagte Blanchard. »Sie hat schließlich die Polizei eingeschaltet. Ich nehme an, sie will sein Geld, nicht seine Leiche.«

»Welches Geld?«

»Na, den Unterhalt eben.«

»Findest du nicht, sie hat sich das selbst eingebrockt – mit drei Kindern, *seinen* Kindern?«

»Eine tote Kuh kann man nicht melken.«

»Oder einen Säufer zum Arbeiten zwingen.«

»Wie auch immer.«

»Ich finde ja noch immer, wir sollten Evelyn sagen, dass er hier ist. Sie ist wahrscheinlich krank vor Sorge.«

»Der Haftbefehl, Susan. Vergiss das nicht. Sie hat einen Haftbefehl gegen ihn erwirkt.«

»Was uns wohl zu Komplizen macht.«

Blanchard zuckte resigniert mit den Schultern. »Ich geh ihn mal wecken.«

»Tu das.«

Er wandte sich zum Gehen, doch Susan war noch nicht ganz fertig.

»Dad hat heute Morgen angerufen.«

»Ah, der gute Doktor. Und was hat er uns mitzuteilen?«

»Er hat nach dir gefragt. Wollte wissen, wie's dem Marlboro-Mann geht.«

»Was hast du ihm gesagt?«

»Oh, dass es dir gut geht. Dass das Vieh, das wir nicht bezahlen können, auf der Ranch, die wir nicht abstottern können, in Quarantäne und dadurch unverkäuflich ist.«

»Hat ihn das gefreut?«

»Eigentlich nicht. Er hat gefragt, ob ich für eine Weile nach Hause kommen will, mit Whit. Eine Art Rückkehr in die Zivilisation.«

»Für wie lange?«

»Bis du ebenfalls kommst.«

»Das kann dauern.«

»Ach ja, ich vergesse das immer wieder. Jetzt, wo du sowohl Shea als auch deine Hinterwäldler-Freunde hast, brauchst du uns eigentlich nicht mehr, oder?«

Blanchard ignorierte das. »Unser ganzes Geld steckt hier drin, schon vergessen? Ich kann hier nur weg, wenn ich pleite bin.«

»Das bist du bereits.«

»Nur, wenn ich aufgebe.«

»Du willst den Bankrott verhindern, indem du dir Geld leihst, stimmt's?«

»Das haben schon andere getan.«

Einen Moment lang sagte sie nichts, stand einfach da und sah ihn beinahe traurig an, fast so, als wäre er Tommy. »Selbst, wenn du es tun würdest«, sagte sie schließlich, »selbst, wenn du damit Erfolg hättest, wären wir noch immer *hier*, Bob, hier in diesem verfluchten, bigotten Kaff voller Rindviecher.«

Blanchard lächelte. Wenn sie wollte, konnte es seine Frau im Fluchen mit den Besten von ihnen aufnehmen, Shea eingeschlossen, den ehemaligen Texter und Wortkünstler.

»Ist das nicht genug?«, fragte er.

Sie gab ihm nicht einmal eine Antwort. Stattdessen wechselte sie das Thema und teilte ihm mit, dass sie am Nachmittag mit Whit zu seinem Allergologen nach Springfield fahren würde und sie danach in der Stadt blieben, um in einem Restaurant zu Abend zu essen, bevor sie wieder nach Hause kämen. »Wir sind so gegen neun wieder zurück«, fügte sie hinzu. »Wirst du da sein?«

Sie schaute ihn bei der Frage nicht an, wofür Blanchard dankbar war. Er log ihr nicht gern ins Gesicht, selbst wenn sie damit rechnete.

»Ich weiß nicht«, sagte er. »Ich nehm's an.«

»Ich möchte, dass du da bist.«

Shea schlief im Zimmer »für Hartgesottene«, wie Clarence es nannte, eine schmale Dachkammer im dritten Stock des alten Holzhauses. Da es im Winter eisig kalt und im Sommer brütend heiß war, bot es lediglich Ruhe und Ungestörtheit, jedoch genug davon, dass ein Mann den ganzen Tag verschlafen konnte, falls ihm, wie in Sheas Fall, der Sinn danach stand.

Blanchard stand oben an der einläufigen Treppe, die zu dem Raum führte, und klopfte an die Tür. Als niemand reagierte, ging er hinein, wo er auf etwas stieß, das wie ein haariger weißer Wal aussah, der auf dem schmalen Bett gestrandet war; ein Wal mit einem Steifen, der im Vergleich zu dem Fleischberg, aus dem er herausragte, erbärmlich winzig wirkte. Blanchard hob die Decke vom Boden auf und breitete sie über seinen Freund, denn Shea wüsste die Geste zu schätzen. Dann rüttelte er ihn sanft, aber bestimmt wach. Shea öffnete widerstrebend die Augen in seinem runden Gesicht. Wo war er? *Wer* war er?

»Raus aus den Federn«, sagte Blanchard.

»Was ist? Was ist los?«

»Nichts. Es ist beinahe Mittag, das ist alles. Ich hätte dich heute Morgen brauchen können.«

Tatsächlich gehörte Shea zu den wenigen, die es von Natur aus mit einem Bullen hätten aufnehmen können, maß er doch eins dreiundneunzig und brachte beinahe hundertfünfzig Kilo auf die Waage, die hauptsächlich aus Muskelmasse bestanden. Er hätte Linebacker im Profi-Football sein können, nur dass er sich selbst für einen Kobold hielt, für einen Jungen in Männerkleidung. Auf einem Footballfeld wäre er vor Lachen gestorben.

Blanchard machte das Fenster weit auf. »Es stinkt hier drin«, sagte er. »Könntest du ein paar von den Bieren nicht einfach auspinkeln, anstatt sie alle auszuschwitzen?«

Shea setzte sich langsam in dem Bett auf, das sich wie eine Hängematte durchbog. »Oh Gott, ich fühle mich schrecklich«, sagte er und rieb sich das Gesicht. »Ich möchte sterben.«

»Schon wieder?«

Der große Mann griff sich mit beiden Händen an den Kopf, als wollte er ihn am Explodieren hindern. »Au weia, geht das schon wieder los.«

»Vielleicht solltest du es mal mit Nüchternheit versuchen.«

»Das hab ich schon.«

Allein Shea anzuschauen, den Körper und das vom Kater gezeichnete, kreidebleiche Kindergesicht, verursachte bei Blanchard leichte Übelkeit. »Besser, du hörst auf damit«, sagte er. »Geh lieber wieder zu Evelyn und den Kindern zurück.«

»Leck mich.«

»War nur ein Vorschlag.«

Langsam schlüpfte Shea in eine Unterhose und stand auf.

Er testete seine Beine, indem er unsicher zum Fenster tappte, von dem er sich wegen der Helligkeit abwandte. »Das kann kein Kater sein«, jammerte er.

»Was dann?«

»Fürchten und Bangen.«

»Die alte Angst, was?«

»Alte Angst. Klingt wie eine Biermarke. Ob ich die wohl verkaufen könnte?«

»Wieso nicht?«

Shea, der dastand und zu lächeln versuchte, hatte auf einmal Tränen in den Augen. »Wann hört das bloß auf, hm, Bob? Wann geht es wieder aufwärts? Oder gibt es kein Entrinnen mehr, wenn man bei meinem Gewicht auf dem absteigenden Ast ist? Man fährt direkt in die Grube, wie ein Scheißhaufen durchs Abwasserrohr flutscht.«

»Du solltest schreiben. An Ideen mangelt's dir ja nicht.« Blanchard tat so, als würde er es nicht sehen.

»Ja, ich weiß. Ich hab eine Million davon.«

»Wie wär's mit ein wenig Elan? Hast du welchen?«

Shea ließ sich wieder aufs Bett sinken und zündete sich beidhändig eine Zigarette an. »Oh, und ob, Coach. Und ob. Du hast mich doch gerade dazu verdonnert und passt auf, dass ich meinen Pflichten nachkomme.«

»Clarence hat dich vermisst.«

»Natürlich.«

»Ich übrigens auch. Wir hatten einen richtig interessanten Morgen. Aber es gibt ja noch den Nachmittag, falls du dich zu uns gesellen willst. Vielleicht sorgen wir dafür, dass du von dem Zeug noch was ausschwitzt.«

»Vielleicht auch nicht.«

»Ganz wie du willst.«

Die Zigarette schien Sheas Schmerzen zu lindern, denn er

grinste auf einmal. »Du hättest gestern Abend dabei sein sollen«, sagte er.

»Spaß gehabt, was?«

»Nun, so würde ich es nicht nennen. Sagen wir, es war lehrreich. Diese Leute sind wirklich speziell. Weißt du, nach ihrer Auffassung sind wir noch immer im Jahr achtzehnachtzig. Feuerwasser, Schusswaffen und ungezügelter Machismo.«

»Ich hab dir gesagt, du sollst da nicht allein hingehen.«

»Kein Problem. Ich war mit dem Obermacho unterwegs, der auf mich aufgepasst hat, keinem Geringeren als Rondas großen Bruder Little.«

»Ich dachte, der wäre im Gefängnis.«

»Er ist raus – die ganzen ein Meter fünfunddreißig und fünfzig Kilo. Er ist zu mir gekommen und hat gesagt, er sei Rondas Bruder, und er habe gehört, ich sei ein Freund ihres neuen Freundes und ob ich Lust hätte, ein bisschen Armdrücken mit ihm zu machen.«

»Was du getan hast.«

»Selbstverständlich. Ich wollte doch nicht kleinlich sein.«

»Nun, das freut mich für euch beide. Ich hoffe, ihr kommt klar miteinander. Doch im Moment habe ich andere Sorgen. Ich wollte dich warnen – halte dich heute von Susan fern, ja? Ich meine, mach dein Frühstück selbst, verbrauch nicht das gesamte heiße Wasser und sorg vor allem dafür, dass die Toilette nicht verstopft.«

»Ein Furz verstopft diese Toilette.«

»Dann furz nicht.«

»Okay, ich achte auf meine Manieren. Was ist denn los? Ist was passiert?«

»Sie ist gereizt, das ist alles. Ihr Vater will, dass sie zu ihm nach Saint Louis kommt, sie und Whit.«

Während er mühsam in seinen Morgenmantel, ein braunes

Zelt aus Seide, schlüpfte, schüttelte Shea überrascht den Kopf. »Ich versteh dich nicht, Kleiner. Wenn ich so ’n Hintern wie den von Ronda kriegen könnte, wäre mir egal, wer mich verlässt, Susan eingeschlossen.«

»Ich dachte, sie wäre für deinen Geschmack zu schlecht gelaunt?«

»Das war vor gestern Abend. Ich sage dir, wenn man ihr sechs Stunden dabei zugesehen hat, wie sie Bierkrüge hin und her trägt, wird ihr Hinterteil geradezu hypnotisch.«

»Das gefällt dir, was?«

»Gefallen? Hör zu, ich würde Evelyn und die Kinder und sogar unseren Hund dafür hergeben …«

»Das hast du bereits.«

Shea ließ sich nicht beirren. »Nun, ich würde es noch mal tun, und dich und Susan und sogar Clarence obendrauf – die ganze Sippschaft zum Teufel jagen, nur um meine Nase da reinzustecken und sie eine Woche lang dort lassen, bis sie hübsch braun ist.«

»Das würde ihr nicht genügen.«

»Oh, das wäre nur ein erster Schritt. Zu ihrer Vorderseite würde ich noch kommen. Nur würde ich mir damit Zeit lassen, das ist alles.«

»Das musst du ihr erzählen.«

»Das hab ich bereits.«

»Das glaub ich dir sogar.« Blanchard war schon an der Tür. »Denk an das, was ich über Susan gesagt habe, ja?« Als er die Treppe hinunterstieg, trat Shea auf den Treppenabsatz.

»Ich hab was vergessen«, sagte er. »Ich hab die Lösung für alle deine Probleme. Weißt du, was Little eine Zeit lang gemacht hat?«

Blanchard am Fuß der Treppe schüttelte den Kopf.

»Viehdiebstahl.«

Die Vorstellung brachte Blanchard zum Grinsen. Eine typische Shea-Idee, die, auch wenn sie nur als Scherz gemeint war, ihren Reiz hatte.

»Okay«, sagte er. »Du organisierst es. Aber verstopf bis dahin nicht die Toilette.«

Unten in der Küche machte sich Blanchard etwas zum Mittagessen. Er aß allein, nachdem Clarence ihm ein Jahr lang Gesellschaft geleistet hatte, bis er keine Lust mehr hatte »'nem erwachsenen Mann dabei zuzusehen, wie er sich selbst was zu essen macht«. Also aß Clarence jetzt in der Scheune aus einer braunen Papiertüte, in der sich Fleischsandwiches, frisches Obst und der selbst gebackene Kuchen seiner Frau sowie Thermoskannen mit heißer Suppe und Kaffee befanden, und das jeden Tag, ohne ein Gramm zuzunehmen. Blanchards Mahlzeit bestand aus einem Sandwich mit Aufschnitt, Pfirsichen aus der Dose, Instantkaffee und Oreo-Cookies. Clarence hatte sich nicht die Mühe gemacht, seine Kritik konkret zu äußern, nämlich dass Blanchards Frau im anderen Zimmer saß und ein Buch las, während er, ein »erwachsener Mann«, sich selbst etwas zu essen machte. Doch er bezweifelte nicht, dass in den wässrigen, alten Augen seines Mitarbeiters zu lesen war, dass es sich dabei um eine Irrlehre handelte. Und es war ein unausgesprochener Vorwurf gewesen, auf den Blanchard keine Antwort parat gehabt hätte. Irgendwie schien die Erklärung unpassend zu sein, dass Susan nicht wie andere Frauen eine Hausfrau war, sondern eine Ausbildung genossen hatte, Absolventin vom Stephens College mit einem Masterabschluss in Journalismus an der Northwestern University und eine erfolgreiche, zehnjährige Karriere in der Werbung vorzuweisen hatte, zuerst als Texterin, dann als Produzentin von Fernsehspots und schließlich als Leiterin der Mediaabteilung mit einem Jahresgehalt von fünfunddreißigtausend Dollar, was bei den Marktgegebenheiten von Saint Louis ein sehr guter Verdienst gewesen und viel mehr war, als Blanchard selbst als Kundenbetreuer für landwirtschaftliche Produkte verdient hatte. Trotzdem war sie genauso unzufrieden und ruhelos gewesen wie er, und genauso versessen darauf, die unerwartete Erbschaft seiner Mutter und alles, worüber sie sonst noch verfügten, zu nehmen und in die Ranch zu stecken, in dieses neue und vollkommen andere, *ganz echte* Leben, das sie sich hier auf dem Ozark-Plateau ausgemalt hatten. Dass es nicht so gelaufen war, sondern sämtliche Hoffnungen und Besitztümer verschlungen hatte, war weder ihr noch sein Fehler. Jedenfalls glaubte er das. Nein, er *wusste* es. Er wusste, dass das eigentliche Problem die Zeit war, die in einer Welt mit immer straffer organisierten Arbeitseinheiten der Rinderzüchter ihrem eigenen, gemächlichen Rhythmus folgte, gleichförmig und unveränderlich, und in den letzten vier Jahren ohne Einkommen. Ironischerweise war in der Zeit davor, dem Jahr, in dem Blanchard die Ranch gekauft und begonnen hatte, die Herde aufzubauen, das beste in der Geschichte gewesen, in dem Rinder und Schlachtvieh die höchsten Preise aller Zeiten erzielt hatten. Die Kühe, die er damals gekauft hatte – neunzig Tiere –, hatten im Schnitt fast fünfhundert Dollar pro Stück gekostet, mehr als das Doppelte von dem, was sie heute einbringen würden. Genauso schlimm war, dass die Kälber, die sie fortwährend warfen, nie mehr als vierzig Cent pro Pfund erzielten und damit weit unter der Rentabilitätsschwelle lagen. Somit verlor er Geld mit jedem Tier, das er züchtete, mit jedem Jungochsen und jeder Färse, mit jedem Pfund roten Fleischs. Und das nun schon seit vier Jahren.

Doch das war noch nicht das gesamte Ausmaß ihres Scheiterns. So falsch, wie sie die Wirtschaftlichkeit der Ranch eingeschätzt hatten, so sehr hatten sie sich in der Mentalität der Leute in den Ozarks getäuscht. Aus irgendeinem Grund war es Blanchard oder Susan nie in den Sinn gekommen, dass sich die Einheimischen von den Leuten, die sie beide kannten, wirklich unterscheiden könnten, Leuten aus Saint Louis und New York und aus den Vororten und College-Städtchen, in denen sie bisher gelebt und die sie im Laufe der Jahre bereist hatten. Oh, sie wussten, dass die Ortsansässigen anders redeten, mit einem Näseln und so. Und sie gingen auch davon aus, dass die Leute auf dem Land religiöser und weniger tolerant waren als Stadtmenschen. Doch schließlich befand man sich am Ende des zwanzigsten Jahrhunderts. Die Ranch war nur ein paar Hundert Meilen von Saint Louis entfernt, ein paar Hundert von Tulsa und die Hälfte von Little Rock, und es gab sowohl Autos als auch Telefone und Fernsehen, den großen Gleichmacher, Susans eigenes Medium, das seit ein paar Jahrzehnten die Welt in *McLuhans globales Dorf* verwandelte. Also waren sie naiv und unvorbereitet hierhergekommen, wie Touristen aus dem viktorianischen England, die erwarteten, dass die Hottentotten am Nachmittag Tee servierten. Doch diese taten weder das noch stellten sie irgendeinen anderen Kontakt zu den Großstadtmenschen her, die sich aus Gott weiß welchem verrückten Grund für ein Leben auf dem Land entschieden hatten.

Susan hatte sich fast ein Jahr lang bemüht, hatte sich gezwungen, Tupperpartys und Elternabende zu besuchen und im Lebensmittelladen und den anderen Geschäften im Ort alle zu grüßen. Doch das Ergebnis war immer das gleiche gewesen: korpulente, biedere Frauen mit Korsett und Bienenkorbfrisur, die ihre Höflichkeiten nicht erwiderten, sondern sie nur verächtlich und manchmal sogar hasserfüllt anstarrten, wie eine Außenseiterin, eine blöde Städterin, die hochnäsig daherredete, stets Hosen trug, nichts mit ihren Haaren machte und vor allem: nicht in die Kirche ging.

Im Laufe der Zeit hatte Susan es aufgegeben. Und für Blanchard kein Mittagessen mehr zuzubereiten, war Teil dieser Resignation, ein kleiner Teil. Mit allem, was ungetan und ungesagt blieb, inzwischen sogar im Schlafzimmer, machte sie deutlich, dass sie bei dieser Farce nicht länger mitmachte, dass es mit dem hehren Unterfangen vorbei war und ihr gemeinsames Leben erst dann fortgesetzt würde, wenn er aufgab, das alles hier verkaufte und sie in die Stadt zurückkehrten. Irgendwie war sie nicht fähig oder gewillt zu begreifen, dass es ihm nicht nur ums Geld ging, sondern auch um sein Leben, sein Leben als Mann.

Eine gute Stunde später versuchten Blanchard und Clarence, die geborstene Eisenbahnschwelle aus dem Boden zu ziehen, um sie durch eine neue zu ersetzen, und den Halsfang, den der Stier abgerissen hatte, wieder zu montieren. Leider waren sie beim Versenken der Schwelle vor drei Jahren zu gründlich gewesen, als sie diese einen Meter tief in die Erde gelassen und in einem Radius von dreißig Zentimetern mit Zement ausgegossen hatten, was sie zwang, erst einmal ein tiefes Loch zu graben, bevor es ihnen überhaupt gelingen konnte, die Schwelle mit einem Traktor herauszuziehen. Wie üblich auf dem Land, gingen sie dabei ziemlich rabiat vor, indem sie genauso viele Steine zerklopften wie sie Erde aushoben und nach kurzer Zeit waren sie schweißgetränkt, und nur noch ihr schwerer Atem war zu hören. Wie fast immer hatten sie Tommy als Publikum, der dicht neben ihnen hockte und nervös darauf wartete, dass Blanchard ihn um ein weiteres Werkzeug bat – Schaufel, Hacke, Brechstange –, das er ihm jedes Mal eifrig überreichte. Im Gegenzug zwinkerte ihm Blanchard zu oder lächelte ihn an, und die stumpfen Augen seines Bruders leuchteten wie ein Streichholz im Dunkeln auf.

Blanchard wünschte, er könnte selbst ein ähnliches Glück empfinden. Es war nicht gerade die Art von Arbeit, die einem normalen Mann Spaß machte – dafür war sie zu hart und monoton –, obendrein machte er sich wie jeder durchschnittliche Amerikaner Sorgen um seine Gesundheit und die Verlässlichkeit seines Herzmuskels. Er hatte sein bestes Jahrzehnt, von Anfang zwanzig bis Anfang dreißig, mit einer Reihe von Schreibtischjobs verbracht, unterbrochen von ausgiebigen Martini-Lunchs und gelegentlichen Reisen, die ebenfalls im Sitzen verbracht wurden. Er rauchte seit seinem sechzehnten Lebensjahr. Er trank beinahe täglich Wodka oder Scotch. Und Rancharbeit war einfach nicht dasselbe wie tägliches Training. Richtig harte Arbeit gab es nur sporadisch, und zwischendurch machte man es sich in der Gewissheit, dass das Glück sicher nicht von Dauer war, bequem. Wenn überhaupt, machte einen die Arbeit eher zäh als fit, gewöhnte einen daran, mit Schmerz und Gefahr zu leben. Doch im Augenblick fand Blanchard das Leben hart. Er war völlig erschöpft, Schweiß brannte ihm in den Augen und er spürte ein beunruhigendes Herzrasen.

Deshalb war er beinahe dankbar, als er Shea vom Haus her auf sie zukommen sah, denn so konnte er eine Pause einlegen, ohne sie selbst vorzuschlagen, womit er sonst nur Clarences Spott auf sich gezogen hätte: *Geht Ihnen etwa schon die Puste aus, einem so jungen Burschen?*

Shea war wie neugeboren, ein Beweis dafür, was Rasur, Dusche und Frühstück bewirken können. Sein leicht gewelltes Haar war gekämmt und noch nass, wie üblich trug er T-Shirt, Chinos und Sneaker. In der Woche, seit er bei Blanchard war, hatte er sich ein paar Feinde gemacht, zu denen auch Clarence gehörte. Und er war sehr darum bemüht, diese Feindschaft zu festigen.

»Hey, Clarence, alter Freund!«

»Ich bin niemandes Freund, und deiner schon gar nicht.«

»Was tust du da unten in dem Loch, Junge?«

»Und ich bin auch kein Junge, du Blödmann. Wonach sieht's denn aus, Herrgott noch mal?«

»Gymnastik« sagte Shea. »Du versuchst, dich fit zu halten, stimmt's?«

»Der redet 'nen Haufen Blech«, beschwerte sich Clarence bei Blanchard. »Ich weiß nie, was er eigentlich meint.«

Sheas Unterlippe bebte, als würde er gleich losplärren wie ein Kind. »Redet man so mit einem Kumpel?«

»Von wegen Kumpel!« Clarence schüttelte den Kopf und spuckte Tabaksaft aus.

»Na schön, Shea«, mischte sich Blanchard ein. »Was können wir für dich tun?«

»Ich wollte dir nur sagen, dass ich an deiner Kommode war. Deiner Brieftasche. Ich brauchte einen Zehner für Benzin.«

»Du hast ihn dir aus *meiner* Brieftasche genommen?«

Shea nickte. »Ich und der legendäre Willie Sutton, wir gehen dahin, wo das Geld ist.«

»Großartig.«

»Ja, ich weiß. Hör zu, erinnerst du dich an den frechen Hund Pipkin, der mit uns bei *Darling* war? Der war Art Director mit ein paar Kunden in der Industrie. Du warst damals schon dabei.«

Blanchard sagte, er erinnere sich an den Mann.

»Ich habe gehört, er ist jetzt Partner in einem kleinen Laden in Little Rock. Ich dachte, ich fahr hin und hau ihn wegen ein paar Scheinen an.«

»Hoffentlich haut er nicht zurück.«

»Er bekommt eine Chance: die Scheine oder ich.«

»Das könnte funktionieren.«

»Darauf kannst du wetten.« Shea lächelte Clarence katzenfreundlich an. »Mach's gut, Clarence – ich hoffe, du findest, wonach du suchst.«

»Hau bloß ab.«

Blanchard, der sich ein Lächeln nicht verkneifen konnte, saß in dem zur Hälfte ausgegrabenen Loch und sah Shea nach, wie er zum Haus und seinem braunen Mark IV Continental ging, das Einzige, was er Evelyn nicht überlassen hatte, wahrscheinlich, weil die kreditgebende Bank inzwischen einen Pfändungsbeschluss für den Wagen hatte. Clarence grub wütend weiter.

»Der hat aber 'ne Rüge verdient, Mister«, sagte er. »Der Kerl hat sie nicht mehr alle, Ihnen das Geld direkt aus der Brieftasche zu nehmen. Das tut nur ein Verrückter.«

Blanchard musste ihm zustimmen. »Jawohl, das geht ein bisschen zu weit.«

»Und wenn er bei Ihn'n schnorrt, wieso arbeitet er dann nicht dafür, 'n solcher Bulle von 'nem Mann? Is er sich etwa zu fein dazu?«

»Kann mir nicht vorstellen, dass er diese Arbeit schon mal gemacht hat.«

»Sich 'n paar schlaue Sätze für 'nen Werbespot auszudenken, ist das alles, wozu er taugt?«

Vor ein paar Tagen hatte Blanchard Clarence erklärt, was Shea beruflich machte. »Nein, er könnte auch was anderes tun«, sagte er jetzt. »Er ist gut ausgebildet. Hat einen Collegeabschluss.«

»Wie kommt's dann, dass er nur Werbung macht?«

»Es ist interessant. Man wird anständig bezahlt. Und er ist gut darin.«

»Und warum macht er's dann nicht?«

»Ich weiß nicht, er trinkt wohl lieber. Und er nimmt die Arbeit nicht ernst. Was Chefs nicht mögen. Sie glauben gern, dass das, was sie tun, wichtig ist.«

»Na ja, ist ja schließlich auch ihr Geld, oder?«

»Nicht immer.«

»Wie lange arbeitet er schon nicht mehr?«

»Anderthalb Jahre ungefähr.«

Das entlockte Clarence ein kurzes Johlen. »Anderthalb Jahre – bei Gott, das gibt's doch nicht! Wo doch so viele Jobs in der Zeitung stehen.«

»Solche nicht.«

»Nee, bestimmt nicht. Er hat schon den, den er will.«

Clarence war anscheinend zufrieden mit seiner letzten Bemerkung und grub weiter. Blanchard war auf einen Felsen gestoßen und bat Tommy um das Brecheisen, das er wie einen Speer benutzte, indem er die scharfe Spitze in den Kalkstein stieß, um ihn aufzubrechen. Die Arbeit war schwerer als das Graben, so hart, wie körperliche Arbeit nur sein konnte. Trotzdem machte er damit weiter, und nach einer Weile hatten sie den gesamten Bereich um den Zementblock der Eisenbahnschwelle herum freigelegt. Clarence holte den großen John-Deere-Traktor und eine lange Kette und sie zogen die gebrochene Schwelle aus dem Loch. Anstatt eine neue einzuzementieren – Blanchard hatte gerade kein Geld für solche Extras –, füllten sie das Loch mit Erde und Gesteinsbrocken auf und stampften alles fest. Während sie arbeiteten, fragte Blanchard Clarence nach Little Smith.

»Was woll'n Sie über ihn wissen?«

»Kennen Sie seine Schwester Ronda?«

»Ein bisschen.«

»Sie ist eine Freundin von mir.«

»Hab davon gehört.«

»Sie hat ihren Bruder kaum erwähnt, außer, dass er im Gefängnis war. Und jetzt ist er wieder draußen, wie ich höre. Deshalb frag ich mich nur.«

Clarence zückte sein schmuddeliges rotes Taschentuch und wischte sich damit übers Gesicht. In seinem Blick lag Schadenfreude. »Sie fragen sich also, ja?«

»Stimmt.«

Nachdem er sich an das Traktorrad gelehnt hatte, spuckte Clarence einen Strahl Tabaksaft aus und leckte sich dann genießerisch einen Tropfen aus dem Mundwinkel. »Na ja, viel weiß ich nicht über ihn«, sagte er, »außer, dass er Probleme macht.«

Der Junge hatte nie jemanden gehabt, der ihn zu nehmen gewusst hätte, erzählte Clarence, weder seine Großmutter, die ihn großgezogen hatte, noch seine Lehrer oder das Gesetz. Schon »als Spross« musste ihn das County seiner Großmutter wegnehmen und bei seinen Cousins einquartieren – wieso, hatte Clarence nie erfahren. Da »ging's dann erst richtig los«. Little wurde aus der Grundschule geworfen und hatte auch nie versucht, auf die Highschool zu kommen. Stattdessen hatte er damit begonnen, Autos, Lastwagen, Rinder und Schweine zu stehlen – »alles, was nicht niet- und nagelfest war.« Er wurde immer wieder verhaftet und in den Knast gesteckt, war aber jedes Mal wieder zurückgekommen, um damit weiterzumachen. Und er war noch ein junger Bengel, als er sein wahres Gesicht gezeigt hat, sagte Clarence. Er und der Junge von den Collins wurden dafür verhaftet, einen Truck gestohlen und mit Vieh aus der Auktionshalle beladen zu haben, das sie dann in Springfield verkauften.

»Na ja, der alte Harvey Crump, der in der Auktionshalle gearbeitet hat, war der einzige Zeuge des Sheriffs. Hat Little und den anderen Jungen dabei beobachtet, und er wollte aussagen. Little ist gegen Kaution freigekommen – die Collins haben keinen Finger für ihren Jungen gerührt, meinten, er hätte die Lektion verdient, und er ist dringeblieben. Aber nicht Little. Er kommt raus, und nur zwei Tage später findet man Harvey in der Viehauktionshalle, nackt mit eingefettetem und wundem Hintern und mit dem Kopf im Halsfang und – stell'n Sie sich das mal vor – mit 'ner Ohrmarke, genau wie 'ne Kuh. Jawohl, Sir, Little hat Harvey das Ding direkt durch's Ohr gestochen und ihn markiert.« Clarence schüttelte den Kopf und stieß bei der Erinnerung daran ein krächzendes Lachen aus. »Ich war dort. Ich hab den alten Harvey gesehen, fix und fertig und am Ohr markiert. Und der Sheriff konnte nicht beweisen, dass Little es getan hatte – seine Cousins haben ihm ein Alibi gegeben, und Harvey hat nicht ausgesagt. Er hat gesagt, dass ihm das jemand, der auf der Durchreise war, angetan hätte. Little kam also davon. Doch Harvey konnte mit der Schmach einfach nicht leben, verstehen Sie? Es war zu viel. Er hat sich 'ne Weile verkrochen, ist nicht mal mehr zur Arbeit in der Auktionshalle aufgetaucht. Und eines Tages hat er sich dann einfach in seiner Scheune erhängt. Mein Bruder Luke hat geholfen, ihn abzuschneiden.«

Doch das war das einzige große Ding, das Little je getan hatte, sagte Clarence. Ansonsten war er ein Kleinkrimineller, mehr nicht. Oh, es gab einen Jagdaufseher, der hier in der Gegend verschwunden war, und ein paar Leute behaupteten, Little stecke dahinter. Doch Clarence bezweifelte das.

»Er hat zu viel Schiss. Ein Blick genügt, und jeder Dummkopf weiß das. Er ist einfach ein feiger, kleiner Dieb, das ist alles. Ich würde mir wegen ihm keine Sorgen machen.«

»Tu ich nicht«, sagte Blanchard. »Ich hab nur gefragt, das ist alles.«

Clarence grinste. »Na klar«, sagte er.

Sie waren mit der Schwelle fertig und wollten gerade den Halsfang wieder einhängen, als Blanchard sah, wie Susan und Whit aus dem Haus kamen, um nach Springfield zum Arzt zu fahren. Als er sie dabei beobachtete, wie sie über den Hof zu einer Baumreihe gingen, wo der Wagen stand, fühlte er sich plötzlich auf seltsame und unwiderrufliche Weise von ihnen getrennt, so als hätten sie ihn nicht gehört, wenn er gerufen hätte. Susan trug ein kurzes grünes Kleid und eine hellbraune Wildlederjacke mit passender Handtasche und passenden Schuhen, zwanglose Kleidung, der sie Eleganz verlieh, wie alles an ihr elegant war, sogar ihr geschmeidiger, leichter Gang. Doch Whit neben ihr ging gebeugt und angespannt, als wollte er sich für etwas entschuldigen, vielleicht für seine Existenz. Und Blanchard ertappte sich dabei, wie er am liebsten alles stehen und liegen gelassen hätte, um zu ihm zu laufen und ihm zu sagen, dass er nicht schuld daran sei, dass alles gut werden würde, dass er als sein Vater schon dafür sorgen werde. Doch er, sein Vater, rührte sich nicht vom Fleck.

2

Nachdem er für sich und Tommy Hamburger und Pommes frites zum Abendessen gemacht hatte, verpasste Blanchard Tommy im Bad eine Rasur und einen Haarschnitt, was im Leben seines Bruders stets ein großes Ereignis war. Dann setzte er sich mit ihm ins Wohnzimmer und sah ein paar Stunden fern, Cop-Filme, deren Verfolgungsjagden Tommy jedes Mal zur Nachahmung animierten und dazu veranlassten, seine Umhängetasche auf dem Boden auszuleeren – zahlreiche Matchboxautos, winzige Plastikfiguren und Spielzeugwaffen, Garnrollen, alte Zahnbürsten, Schnüre, Schrauben und rostige Scharniere und sogar vom letzten Weihnachtsfest übrig gebliebene Walnüsse und Pekannüsse – und das Sammelsurium nach den magischen Gegenständen abzusuchen, die seinen kindlichen Geist diesmal befeuern würden, und er, auf dem Fußboden sitzend, sein eigenes Drama vor dem inzwischen vergessenen Fernseher aufführen würde. Lediglich Werbespots, die Produkte gegen schlechten Atem, Verdauungsstörungen und Afterjucken anpriesen, konnten kurzfristig seine Aufmerksamkeit auf sich ziehen.

Aus irgendwelchen Gründen blieb Tommy stets auf sicherer Distanz zum Fernseher, womöglich, weil er die Gestalten darin für reale Menschen hielt, die dort als Miniaturen mit ihrer ganzen Wut und Gewalttätigkeit lebten. Jedenfalls berührte er nie die Knöpfe des Apparats und bat auch nicht darum, ein anderes Programm sehen zu dürfen. Blanchard vermutete also, dass sein Bruder, wenn er allein war, stets an der gleichen Stelle spielte oder einfach nur dasaß und sich die Sendungen ansah, bis er sich schließlich zum Schlafen auf dem Fußboden zusammenrollte, wo ihn Blanchard und Susan später fanden, wenn sie von irgendwoher zurückkamen. Die Tatsache, dass er in einem knarrenden, alten Haus auf einem Hügel zwischen Bäumen und beinahe eine Meile vom nächsten Nachbarn entfernt allein war, schien ihm nichts auszumachen. Zumindest erwähnte er es nie. Trotzdem fühlte sich Blanchard unwohl dabei, ihn allein zu lassen, wobei ihm die Möglichkeit eines Brandes und was Tommy in solch einem Notfall wohl tun würde, die größte Sorge bereitete.

Als Blanchard schließlich das Haus verließ und mit dem Pick-up den lang gestreckten Hügel hinunterfuhr und auf die Asphaltstraße einbog, spürte er eher Zorn und Schuldgefühle als Erleichterung oder Vorfreude. Er wusste, er hätte zu Hause bleiben sollen, sowohl wegen Tommy als auch wegen Susan, die ihn darum gebeten hatte, da zu sein, wenn sie mit Whit zurückkam. Doch es hatte nie wirklich eine Wahl für ihn gegeben, und er hatte nicht eine Sekunde ernsthaft erwogen, nicht zum Sweet Creek – und zu Ronda – zu fahren. Die Vorstellung, später mit ihr in ihrem geschmacklosen Wohnwagen ins Bett zu gehen, war aufregend genug, auch wenn es nicht das Einzige war, was ihn heute Abend dorthin lockte. Genauso wichtig war es, einfach weg zu sein, weg von der Ranch, die immer mehr zu einer Feuerprobe wurde, um seinen Überlebenswillen zu testen. Doch er hatte langsam genug davon. Heute Abend war schon die Aussicht darauf, mit den Männern vom Rock County zu trinken und ihrer plärrenden Countrymusik zu lauschen, reizvoll. Als er mit seinem klapprigen Pick-up die schmale, von Zedern und Eichen gesäumte Asphaltstraße entlangfuhr, verschwanden die Schuldgefühle langsam, wie es an so vielen Abenden in den letzten Monaten auch der Fall gewesen war. Ein weiteres Mal ließ er Schulden, Ranch und Familie – und jetzt noch Brucellose – hinter sich.

Das Sweet Creek Inn, das nach dem Bach benannt worden war, der dahinter floss, lag an einer Schotterstraße, beinahe zehn Meilen von seiner Ranch entfernt. Von den Bewohnern der Gegend *Crick* ausgesprochen, war es eine von vier Kneipen im County, die Bier, jedoch nichts Hochprozentiges ausschenkte. Trotzdem war sie die berüchtigste von den vieren, was möglicherweise an dem Gebäude lag, das sie beherbergte, eine ehemalige Southern-Baptist-Kirche, ein kleiner Schindelbau mit einem benachbarten Friedhof und dem Bach dahinter, der an der Stelle beinahe so breit und tief wie ein Fluss und somit ideal für das altmodische Taufritual war, das die Kirche über Generationen vollzogen hatte, bis die Gemeinde ein neues Gotteshaus aus Beton in der Nähe von Rockton errichtet hatte.

Jetzt wagten sich nur noch Säufer ins Wasser, die häufig Gewehre und Schrotflinten bei sich hatten und in den umliegenden Wäldern wild um sich schossen, wie es viele von ihnen in Vietnam getan hatten für den Fall, dass dort draußen jemand war.

Selten waren mehr als ein Dutzend Autos und Pick-ups vor dem blinkenden Schild von Blatz Beer geparkt. Unter den Fahrzeugen war auch Sheas Continental, was Blanchard nicht unbedingt gern sah, doch das bedeutete, dass er seinem ehemaligen Kollegen Pipkin in Little Rock wahrscheinlich ein paar Hunderter abgeluchst hatte, was wiederum bedeutete, dass er eine Zeit lang nicht mehr nüchtern sein würde.

Das Innere des Sweet Creek Inn erinnerte noch immer an eine ärmliche Universalkirche, roh und unsolide gezimmert und von einer nackten Glühbirne spärlich beleuchtet, ein in den Ozarks, wo fast jeder sein eigener Architekt, Zimmermann, Elektriker und Klempner war, weit verbreitetes Ambiente. Während Blanchard einerseits die Vielseitigkeit der

Leute bewunderte, musste er doch zugeben, dass dieses Phänomen zu einer ästhetischen Verschandelung geführt hatte, zu einer Architektur, bei der Gipskartonplatten, Masonit und Wellblech vorherrschten, die die malerischen Blockhütten und Steinhäuser der früheren Bewohner von Missouri abgelöst hatte. Susan hingegen verfocht den Standpunkt, dass der Wohnwagen die höchste Kunstform der Ozarks sei, diese achtzehn Meter langen, überbreiten Dinger, die gefährlich dicht an den felsigen Hügeln standen, und deren geklammerte Wände und billige Puppenhausmöbel eines Tages bei einem Frühlingssturm einfach davonfliegen würden. Wart's nur ab, hatte Susan immer wieder gesagt. Wenn er schon glaubte, dass die Randbezirke von Saint Louis monströs waren, dann sollte er doch mal abwarten, bis diese Landbewohner genug Geld hatten, um ihre Träume zu verwirklichen. Dann wären diese Hügel erfüllt von Kaufhausmusik, und alles wäre mit Plastikgegenständen in Neonfarben vollgestellt.

Doch störte ihn das nicht im Geringsten, während er zum Tresen ging und auf einen der Holzhocker glitt. Der Eigentümer, Reagan, stellte ihm eine Flasche mit einem Viertelliter Tonic und ein Glas hin, damit er es mit dem Wodka mixen konnte, den er aus dem Truck mitgebracht hatte.

»Wie geht's?«, fragte ihn Reagan.

»Kann nicht klagen.«

»Da wärst du der Einzige.« Reagan nahm sein Geld, das Doppelte von dem, was ein Tonic im Laden gekostet hätte. Dann erzählte er Blanchard, was er wissen wollte. »Sie ist hinten. Ist gleich wieder da.«

Blanchard erwiderte nichts, und Reagan, ein kleiner, stämmiger Glatzkopf, ging den Tresen entlang zu den fünf Männern, die dort saßen, Rancher und Trucker und Viehhändler wie fast alle an diesem Ort – bis auf Shea, der gemeinsam mit einem anderen großen Mann im Zentrum der Aufmerksamkeit stand.

Sie saßen einander an einem kleinen Tisch gegenüber, der mit Fünf- und Zehndollarscheinen übersät war, und machten sich zum Armdrücken bereit, wobei sie nervöse Hand- und Armbewegungen vollführten, um sich eine gute Ausgangsposition zu verschaffen. Einer der Männer, die sich über sie gebeugt hatten, ein Automechaniker aus Rockton, massierte behutsam seinen bloßen, rechten Arm, der rot und wund aussah, durchzogen von einem Netz geschwollener Adern. Sein Gesicht, das hochrot und wutverzerrt war, sah nicht viel anders aus, und Blanchard nahm an, dass er mehr als Geld an Shea verloren hatte, ein Schicksal, das dem neuen Gegner wahrscheinlich ebenfalls drohte. Blanchard erkannte diesen als einen der Fowler-Brüder, der direkt auf der anderen Seite der Staatsgrenze, in Arkansas, ein großes Stück Land besaß und bewirtschaftete. Er war beinahe so groß wie Shea, und er war jünger und zweifellos viel besser in Form, doch er ließ Sheas bärenhafte Schultern und seine Arme, die Baumstämmen glichen, vermissen. Trotzdem hatten scheinbar die meisten Rednecks auf ihn gesetzt, weil sie mit dem Herzen statt den Augen wetteten. Die einzige Ausnahme – der Mann mit dem Siegerblick – stand dicht neben Shea, und obwohl Blanchard ihn noch nie zuvor gesehen hatte, brauchte er nicht lange zu überlegen, wer er war, nicht bei den vertrauten kastanienbraunen Locken, dem quadratischen Gesicht, der Knollennase und den großen grünen Augen. Und obwohl er wirklich klein war, war er doch ein ganzes Stück größer als die eins fünfunddreißig und fünfzig Kilo, die Shea ihm heute Morgen zugeschrieben hatte. Eher hatte er doch Rondas Größe von knapp eins sechzig, vielleicht auch etwas mehr, und war wohl um die fünfzehn Kilo schwerer als sie mit ihren knapp fünfzig. Er hätte ihr Zwillingsbruder sein können. Die gleichen grünen Augen blickten von einem fremden, angsteinflößenden Ort aus in die Welt, einem Ort, an dem Ronda nie war.

Plötzlich rief einer der Männer neben Little »*Los*«, und der Wettkampf am Tisch begann, wobei Fowler Sheas Arm rasch zur Hälfte herunterdrückte. Allerdings blieb er dort und ließ sich nicht weiter bewegen, wie Blanchard an dem fröhlichen Zwinkern Sheas in seine Richtung erkannte. Sein Freund machte allerdings eine große Show daraus, schnitt Grimassen und biss die Zähne zusammen und strengte sich so sehr an, dass sich sein Stiernacken wölbte, als er seinen Arm langsam wieder in die Vertikale brachte und zur anderen Seite herunterdrückte, während die Männer um den Tisch herum Fowler anfeuerten, dessen Kopf wie ein roter Ballon aussah, der kurz davor war, zu explodieren. Noch immer stemmte er sich dagegen, gab beinahe unmerklich nach, bis ihn ungefähr fünfzehn Zentimeter über der Tischplatte die Kräfte verließen und Shea seine Hand hart auf den Tisch und das Geld, das dort lag, schlug, Geld, das größtenteils von Little zusammengerafft wurde. Die anderen Männer fluchten und grummelten, und einer trat in seiner Enttäuschung sogar einen Stuhl um.

»Bist 'n ganz schöner Brocken, was?«, sagte er zu Shea.

»Hast du nicht eben deine Eier verwettet?« Shea stand auf und nahm die übrigen Geldscheine vom Tisch.

»Nein, hab ich nicht – nur mein Geld«, beschwerte sich der Mann. »Hab meine sauer verdiente Kohle verwettet.«

»Nun, das ist echt hart, Kleiner. Aber so läuft das nun mal.«

»Du bist 'n Fremder. Du gehörst nicht mal hierher.«

»Verpiss dich.«

Shea sagte es beiläufig, als würde er dem Mann mitteilen, wie das Wetter war. Doch die Art machte keinen Unterschied.

Die Worte schwebten noch immer im Raum und der Mann reagierte, als hätte man ihn geohrfeigt. Seine Augen blitzten, er trat von einem Fuß auf den anderen und tat so, als wollte er sich auf Shea stürzen, wenn ihn seine Freunde nicht zurückgehalten hätten, während Little diesen im gleichen Moment zu einem anderen Tisch zu drängen versuchte. Shea schien den anderen mit seinem übertriebenen Zorn nicht einmal zu bemerken, weil er einfach mehr daran interessiert war, sein Bier zu trinken. Und schließlich folgte er Little zu einer Nische am anderen Ende des Raums, unter der Stelle, wo einst die Kanzel gewesen sein musste.

Blanchard hatte vor, sich zu ihnen zu gesellen, doch er wollte vorher in Ruhe ein paar Worte mit Ronda wechseln, was in Sheas Nähe nicht ganz einfach war. Er öffnete die Flasche Tonic und seinen Wodka und mixte sich, ungefähr halb und halb, den ersten Drink des Abends. Dann sah er Ronda, die sich die Hände an ihrer Uniform abwischte und die hellgrünen Nylonhosen trug, die Sheas Fantasie so befeuerten, hinten aus der Toilette kommen. Bei seinem Anblick lächelte sie, setzte jedoch gleich darauf wieder ihre gewohnte Miene von trägem Zynismus auf.

»Ich dachte schon, du kommst nicht mehr«, sagte sie, als sie zu ihm trat.

»Tommy ist allein zu Hause. Ich bin eine Weile bei ihm geblieben.«

»Hat deine Frau eine Verabredung?«

»Das sieht dir gar nicht ähnlich.«

»Was?«

»Über sie zu reden.«

Sie zuckte mit den Achseln. »Vielleicht bin ich heute Abend nicht ich selbst.«

»Du siehst aber so aus.«

»Oh ja, die gute, alte, verlässliche Ronda.«
»So schlimm?«
»Wieso nicht? Hast du jemals gekellnert?«
»Ich habe ein paar Ställe ausgemistet.«
»Ist dasselbe«, sagte sie und sah an ihm vorbei.
Blanchard folgte ihrem Blick zum Tisch von Shea und Little, der gerade eine weitere Runde bestellte.
»Das ist dein Bruder, oder?«, fragte er.
»Ja, mein Bruder, der Verbrecher.«
»Er sieht ziemlich harmlos aus.«
»Er sieht ziemlich fies aus.«
»Hast wohl nicht viel für ihn übrig, was?«
»Könnte man so sagen.«
»Shea scheint ihn zu mögen.«
»Ja, hab ich bemerkt. Shea ist ja auch gern hier, oder? Er mag schlechte Gesellschaft.«
»Viele Alternativen gibt es hier in der Gegend nicht«, sagte Blanchard.
»Ich weiß nur, dass er Reagan nervös macht. Ein paar von den Jungs hier stehen nicht gerade auf ihn, wenn du weißt, was ich meine.« Sie nahm ihr Tablett. »Ich mach mich mal wieder an die Arbeit.«
»Hast du um zehn Schluss?«
»Wie immer.«
»Ich könnte so lange warten.«
»Wie du willst«, sagte sie.

Blanchard nahm seine beiden Flaschen und seinen Drink und ging zu Sheas Tisch hinüber, wo er neben seinem Freund Platz nahm, der, wie vorherzusehen war, den Vorgang nicht unkommentiert ließ.
»Hab ich's dir nicht gesagt, Little? Hab ich dir nicht gesagt,

dass sich der große Mann dazu herablassen würde, einen Schatten auf unseren Tisch zu werfen? Jawohl, der hochwohlgeborene Robert Kendall Blanchard höchstpersönlich. Rinderzüchter, Landbesitzer, Gutsherr der Ozarks, und ein wahrhaft guter Freund deiner kleinen Schwester mit dem süßen Hintern.«

Little saß einfach da, während er Blanchard anblickte und mit seiner rechten Hand an seinem linken Arm auf- und abstrich, der klein und muskulös und von einem Tattoo verziert war, einem Blumenstrauß im Art-Nouveau-Stil, gehalten von einem flatternden Band, auf dem in gotischer Schrift das Wort *Peace* stand.

»Und das hier, Robert«, fuhr Shea fort und zeigte dabei auf Little, »dieser finster aussehende Bursche hier ist Little Smith, der gerade von Jeff City den Fluss heruntergeschickt wurde. Er bewahrt mich vor Schwierigkeiten.«

»Und gewinnt noch Geld durch ihn«, sagte Little. »Haben Sie ihn dort drüben gesehen? Scheiße, er könnte gegen einen Gorilla gewinnen, wenn er wollte, und diese Bauerntölpel sollten das schon bei seinem Anblick wissen. Wollten mir wahrscheinlich nur 'n bisschen Geld überlassen.«

»Auf die Art halten sie dich davon ab, es zu stehlen«, sagte Shea.

»*Ich* und *stehlen*? Warum sollte ich so etwas tun?«

»Oh ja, hab ich ganz vergessen.« Shea wandte sich an Blanchard. »Little ist rehabilitiert. Keine Körperverletzung mehr, ganz bestimmt nicht. Von jetzt an fährt er nur noch für Wirtschaftsverbrechen ein. Besorgt sich 'ne saubere Weste und überfällt 'ne Tankstelle.«

Little spielte mit, indem er ein gezwungenes Lachen ausstieß, was Blanchard verriet, dass der kleine Mann nicht so recht wusste, was er von Shea halten und wie er mit ihm umgehen sollte, aber trotzdem Zeit mit ihm verbrachte, weil er Aufmerksamkeit einfach nicht widerstehen konnte, selbst wenn er sich zum Gespött machte.

»Ich will mich jedenfalls verbessern«, sagte er.

»Wollen wir das nicht alle?« Shea schenkte sich nach. »Obwohl es natürlich ein paar Leute in der Welt gibt, die so ehrlich und aufrichtig und fleißig sind, dass eine Verbesserung gar nicht möglich ist.«

»So jemandem bin ich noch nicht begegnet«, sagte Little.

»Nun, jetzt schon. In der Tat trinken wir gerade mit einem.«

Little prostete Blanchard zu. »Ich fühle mich geehrt«, sagte er. »Ich fühle mich schlicht geehrt.«

Blanchard reagierte nicht. Obwohl er dem Mann gegenübersaß, konnte er sich nicht dazu überwinden, mit ihm Smalltalk zu machen oder auch nur höflich zu sein. Vielleicht hatte er im Laufe der Jahre selbst zu viele Rinder markiert, ihnen zu oft das grausame, mit einer Klinge versehene Gerät durch Haut, Blutgefäße und Knorpel gestochen, um einfach hinnehmen zu können, dass das Gleiche einem Menschen widerfahren war und das nicht einmal als makabrer Teenagerstreich gelten konnte. Das Problem war nur, er wusste nicht, ob Little es getan hatte; er wusste nicht, ob Little sogar getötet hatte. Es gab nur das Gerücht, den *Ruf*. Blanchard genügte das einstweilen. Er wandte sich an Shea.

»Ich nehme an, du hast bei Pipkin Erfolg gehabt.«

Shea grinste. »Der Mann hat es geschafft, Robert. Du würdest es nicht glauben. Bei *Darling* konnte er kaum eine gerade Linie ziehen, oder? Hatte das Talent und die Fantasie einer Nacktschnecke – und trotzdem hat er's geschafft! Sie haben einen schicken, kleinen Laden mit zirka zwanzig Mitarbeitern und machen so vier oder fünf Millionen im Jahr. Und er ist Partner, wie ist das wohl passiert? Also, ja, ich hab ihn angepumpt. Um fünf Tausender, und er hat sie mir tatsächlich gegeben, ist das nicht nett von ihm? Er hat mich sogar zum Mittagessen eingeladen.«

»Glückwunsch. Jetzt kannst du dich ja zur Ruhe setzen.«

»Wohl kaum. Nein, es gibt mir lediglich Zeit zum Nachdenken, alter Kumpel. Zeit, um hier zu sitzen, ein paar Dinge zu ergründen und Pläne zu schmieden, verstehst du? Sagen wir, ein gewinnträchtiges Projekt von solchem Umfang und Wagemut, um uns beide aus den Fängen der Armut, des Gesetzes und verlogener Ehefrauen zu retten.«

Little schüttelte verwundert den Kopf, als spräche Shea in Rätseln. Doch Blanchard meinte, dem Wortgeklingel etwas zu entnehmen, wahrscheinlich die ersten Überlegungen zu einem Coup. Er leerte sein Glas und schenkte sich nach.

»Egal, was du dir einfallen lässt«, sagte er, »ohne mich. Ich habe bereits ein Geschäft.«

»Ja klar, Rinder züchten zu vierzig Cent das Pfund, für das du fünfzig investiert hast. Das ist nicht meine Vorstellung von einem Geschäft.«

»Was anderes hab ich nun mal nicht.«

»Genau. Deshalb sitze ich auch hier und denke über das Problem nach. Mal sehen – wie kann ein Mann, ein Rancher, gemeinsam mit seinem alten Freund, seinem verlässlichen Kumpel, der mit ihm durch dick und dünn gegangen ist –, wie können die beiden Gewinn aus dem Vieh schlagen?«

Kaum hatte Shea die Sache angesprochen, als Ronda mit einem Krug Bier und einer Schale Popcorn an ihren Tisch trat. Augenblicklich wechselte er das Thema.

»Ronda, du solltest dich langsam mal entscheiden. Hier sind wir, Seite an Seite. Willst du etwa wirklich diesen armen, abgemagerten, alternden Versager hier neben mir, diesen erbärmlichen Dungschaufler und Familienvater, diesen nicht zu rettenden Verlierer? Oder …«, an dieser Stelle holte er so tief Luft, dass Blanchard beinahe von der Bank rutschte, »oder willst du einen vermögenden, stattlichen Mann, einen echten Kerl, der zu jeder Zeit und überall mit Vergnügen jede Stelle deines Körpers küssen würde?«

Ronda kassierte ab und gab ihnen das Wechselgeld, denn Reagan hielt nichts davon, seine Gäste anschreiben zu lassen.

»Na ja, ein Robert Redford ist keiner von euch beiden«, sagte sie.

Shea blickte schockiert. »Du machst Witze.«

Ronda, die neben Blanchard stand und sich leicht an seine Schulter lehnte, hatte seinen Drink genommen und nippte daran.

»Warum setzt du dich nicht?«, fragte er. »So viel scheint nicht los zu sein.«

Sie blickte zu dem freien Platz neben ihrem Bruder und schüttelte den Kopf. »Nein, besser nicht. Ich hab noch eine Stunde Dienst.«

»Du kannst dich jederzeit auf meinen Schoß setzen«, bot sich Shea an. »Oder auf mein Gesicht, falls dir das lieber ist.«

Ronda lachte gezwungen. »Du hörst wohl nie auf?«

»Mit bestimmten Dingen schon«, sagte Blanchard.

»Das stimmt«, gestand Shea.

Ronda nahm noch einen Schluck von dem Wodka Tonic. Als sie das Glas wieder hinstellte, sagte sie zu Blanchard, dass sie sich später sehen würden.

Als sie weg war, wiegte Shea bewundernd den Kopf.

»Du hast eine tolle Schwester, Little. Muss Spaß gemacht haben als Kinder, gemeinsam in der Wanne zu sitzen und so.«

Little lächelte gezwungen. Blanchard war nicht entgangen, dass während der gesamten Zeit, die Ronda am Tisch gewesen war, ihr Bruder sie nur einmal angesehen hatte, und das mit

Unbehagen, so als wollte er etwas in ihrem Blick nicht begegnen. Was immer es war, Blanchard war froh, dass es da war. Es hätte ihm nicht gefallen, wenn sie ihren Bruder so akzeptieren würde, wie Shea das zu tun schien, als wäre der Kerl nur ein lokaler Exzentriker, der nach einem vergnüglichen, exotischen Abenteuer und nicht nach einem Knastaufenthalt wieder zu Hause war.

Als Blanchard seinen zweiten Drink geleert hatte, zeigte Little auf einmal Interesse an seiner Ranch. Er habe doch das ehemalige Ralston-Grundstück gekauft, oder nicht? Bestimmt sei das ein wunderbares Stück Land. Oh ja, Little habe dort mehr als einen Sommer Heu gemacht, und den Ausblick von dort oben werde er nie vergessen, das alte weiße Haus auf dem Hügel mit der breiten Veranda, von der aus man zehn Meilen weit schauen könne. Und gutes Gras gebe es auch, wie Little sich erinnerte, wirklich gutes Gras. Oh ja, er habe geglaubt, wenn man auf einem Stück Land Geld machen könne, dann auf dem. Aber das sei genau das Problem heutzutage, nicht wahr? Es gebe einfach keine Möglichkeit mehr, mit Vieh Geld zu verdienen, zumindest sei es das, was Little in der letzten Woche, seit er wieder hier war, von allen Seiten gehört habe.

Doch Blanchard ging nicht darauf ein. »Oh, ich weiß nicht. Die Preise sind dieses Jahr gestiegen. Wir kommen zurecht.«

»Dann geht's Ihnen also gut.«

»Ich kann mich nicht beklagen.«

Little lächelte zufrieden, so als gefiele ihm die Information. »Schön, ich bin froh, das zu hören. Gut, dass wenigstens einer zurechtkommt.«

Shea lachte spöttisch. »Zurecht kommt er nur mit deiner Schwester.«

Bevor Blanchard antworten konnte, machte Shea ihm Zeichen, aufzustehen.

»Komm schon, lass uns pissen gehen«, sagte er. »Mir platzt gleich die Blase.«

Gehorsam ging Blanchard zur Herrentoilette voran, die ausnahmsweise nicht nach Erbrochenem stank. Trotzdem war auf dem Boden ziemlich viel Pisse, ganz zu schweigen vom Waschbecken, das die Jungs aus der Gegend als drittes Pissoir benutzten, wenn die beiden anderen besetzt waren. Shea zog es wie immer vor, sich vor die Kloschüssel zu stellen und genoss offensichtlich den spritzenden Strahl, den er produzierte.

»Wieso bist du Little gegenüber so frostig?«, fragte er. »Er ist nur 'n armer, kleiner Ex-Knacki.«

»Mir kommen die Tränen.«

»Oh, ich weiß schon, wie er wirkt, ich meine das schreckliche Milchgesicht, als hättest du Ronda an einen Baum gefesselt, sie ein Jahr lang ausgepeitscht, mit Testosteron vollgepumpt und dann in Frauenkleider gesteckt.«

Blanchard musste lachen. »Ist er so schlimm?«

»Genau das meine ich. Ist er nicht. Er ist nur ein bisschen seltsam. Und in deiner Gegenwart ist er nicht er selbst.«

Blanchard zündete sich eine Zigarette an. »Ist bestimmt auch nicht einfach.«

»Für ihn vielleicht. Ronda hat dich ihm gegenüber wahrscheinlich in den schönsten Farben gezeichnet, als wärst du ein guter Fang. Vom Werbefachmann zum Bauerntölpel …«

»Hör schon auf damit. Glaubst du, ich weiß nicht, was ihr zwei da im Schilde führt – er mit seinen schlauen Fragen über meine Ranch, und du mit deinem Gerede über einen großen Coup? Du hast mir doch erzählt, was er früher gemacht hat, erinnerst du dich? Also hör auf, mich zu verarschen.«

Shea kam wie der überdimensionierte Spanky aus der Fernsehserie »Die kleinen Strolche« mit großen, unschuldigen

Augen aus der Kabine. »Wessen bezichtigst du mich da? Welch schändlichen Verdacht hegst du …?«

»Leck mich!«

»Aber du bezichtigst mich.«

»Ja, und du weißt, dass ich recht habe. Dein armer, kleiner Knacki dort draußen denkt wahrscheinlich, du meinst es ernst. Wieso auch nicht? Schließlich ist er ein Schläger und Dieb. Das ist sein Fachgebiet. Wie willst du ihm also erklären, dass du nur Spielchen treibst? Wie das mit dem Armdrücken da draußen. Für die anderen geht es um Leben und Tod, nur du sitzt da und zwinkerst mir zu.«

Shea schaute noch immer verwirrt drein. »Was soll ich sagen, außer, dass ich keinen blassen Schimmer habe, wovon du hier redest.«

»Na schön. Belassen wir's dabei.«

»Was sollte ich sonst tun?«

»Shea, das Unschuldslamm.«

»Das bin ich.«

»Dann sag mir, wie es kommt, dass du auf einmal mit einem Ex-Knacki auf Du und Du bist, der vielleicht sogar einen Mord begangen hat … wusstest du das?«

»Nein.«

»Möglich ist es. Jedenfalls geht das Gerücht.«

»Noch ein Grund mehr also.«

»Wofür?«

»Ein paar Bier mit dem Mann zu trinken. Um zu sehen, wie er tickt.«

»Ah ja, die große Suche. Das ewige Streben. Ich vergesse das immer wieder.«

Kopfschüttelnd ging Shea auf Blanchard zu und ließ seine Hände wie ein Schaufelpaar auf seine Schultern fallen. Und Blanchard spürte etwas von dem eisernen Griff, mit dem Shea den anderen zuvor besiegt hatte. Gleichzeitig bemerkte er den trägen Blick seines Freundes, den Alkoholnebel, durch den dieser die Dinge zu erkennen versuchte.

»Du bist doch mein Kumpel, Bobby, oder nicht? Einer der wenigen alten *Darling*-Mitarbeiter, die was taugen. Was natürlich der Grund dafür ist, weshalb ich hier bin, richtig – wobei ich deine Gastfreundschaft missbrauche und Susan ins Gehege komme. Doch ob nun Kumpel oder nicht, alter Knabe, eins muss ich dir ganz offen sagen – du bist blöd, Roberto. Du bist ein echter Dummkopf.«

»Ist das wahr?«

»Ja, das ist es. Ich fürchte, du musst noch eine Menge lernen.«

»Über das Leben, stimmt's?«

»Und den Tod, Kleiner. Vergiss nicht den zweiten Akt.«

»Wärst du so freundlich, mir das zu erklären?«

»Fängst du schon wieder damit an?«

»Tu ich das?«

»Und ob. *Erklären*, sagst du. Weil du denkst, dass sich das Leben Erklärungen beugt – der Vernunft und der Courage –, und, Gott möge mir diese Taktlosigkeit verzeihen, der Rechtschaffenheit. Aber das tut es nicht, alter Junge. Das tut es einfach nicht. Wir befinden uns auf einer dunklen Ebene – und damit meine ich nicht nur die Ozarks, obwohl die bestimmt dunkler als die meisten ist – und, um das fortzusetzen, auf der dunklen Ebene, wo, voll verwirrten Rufs von Flucht und Schlacht, sich Heere blind bekriegen in der Nacht. Ist nicht von mir, sondern von Matthew Arnold.«

»Die Ivy League erhebt ihr altehrwürdiges Haupt.«

»Schleich dich nicht so davon. Stell dich.«

»Meiner Dummheit.«

»Genau. Stell dich ihr. Unternimm etwas. Überwinde sie.«

»Ich werd's versuchen.«

»Das ist die richtige Einstellung.«

Shea klopfte ihm auf den Arm und verließ die Toilette, wobei er beinahe den Türpfosten rammte.

Als sie wieder in ihrer Nische saßen, bemerkten sie, dass sie in Gesellschaft einer lokalen Berühmtheit waren. Zuerst war da ein Trio junger Rabauken, die sogleich auf ihren Tisch zusteuerten, als sie Little entdeckten. Es waren, wie Clarence sie nannte, Möchtegern-Cowboys, Söhne von Ranchern, die in der Stadt arbeiten mussten, um sich ihre große Leidenschaft leisten zu können, frisierte Pick-ups mit Allradantrieb, Metalliclackierung und Alufelgen, dazu Tapedecks und CB-Funk und Samtvorhänge mit Quasten an der Heckscheibe. Die drei schienen tatsächlich nervös und aufgeregt zu sein und unterhielten sich mit Little, als wäre er ein berühmter Sportler oder Rockstar, der auf Heimatbesuch war. Nachdem sie gegangen waren, machten zwei andere auf dem Weg nach draußen halt an ihrem Tisch, um ihren Respekt zu zollen und Little zu versichern, wie schön es sei, ihn wieder hierzuhaben, und dass sie hofften, dass das eine Weile so bleibe und er nicht zulasse, dass diese gottverdammte Regierung aus Juden und Niggern ihn fälschlicherweise wieder in den Knast schickte. Little schien nicht zu wissen, wovon sie redeten, doch er spielte mit, nickte und lachte und klatschte am Schluss sogar in der stillschweigenden Übereinkunft mit ihnen ab, dass sie zumindest eine Niggergeste stehlen konnten, wenn die Nigger ihnen schon das Land wegnahmen.

Blanchard widmete sich in der Zwischenzeit seinem Wodka Tonic, um die verbleibende halbe Stunde bis zu Rondas Dienstschluss totzuschlagen. Er war nie richtig entspannt, wenn er im Sweet Creek etwas trank, nicht nur, weil er ein

Außenseiter war und wusste, dass er das immer bleiben würde, sondern schlicht wegen seiner alten Mittelschichtangst. Denn bei der anwesenden Klientel handelte es sich nicht einfach um irgendwelche Hinterwäldler, sondern um deren übelste Sorte, Diebe und Schläger und Säufer und Raufbolde, von denen die meisten ein kleines Waffendepot in ihren Pick-ups hatten: Pistolen und abgesägte Schrotflinten und automatische Feuerwaffen, und das nicht nur zum Spaß. In den vier Jahren, seit Blanchard in der Gegend lebte, hatte es im Umfeld der Kneipe ein halbes Dutzend Schießereien gegeben, die meisten davon auf dem Parkplatz, angefangen mit einer Schlägerei drinnen, deren Beteiligte Reagan mit seinem Baseballschläger vor die Tür gejagt hatte, den er unter der Kassenschublade aufbewahrte, gemeinsam mit einer geladenen .44er Magnum. Bei zwei Schießereien hatte es am Schluss einen Toten gegeben, der eine ein betrunkener Fallensteller, der, nachdem er quasi im Vorübergehen zwei junge Möchtegern-Cowboys verprügelt hatte, die unkluge Entscheidung traf, seinen Rausch direkt auf dem Parkplatz in seinem Pick-up auszuschlafen, ein Schlaf, der unterbrochen wurde – nein, vielmehr dauerhaft verlängert – von einer Gewehrkugel vom Kaliber zweiundzwanzig, die man ihm direkt in den Kopf geschossen hatte. Der zweite Tote war ein Schwarzer aus Kansas City gewesen. Nachdem man sich geweigert hatte, ihn zu bedienen, hatte er verrücktgespielt und lauthals Ronda, Reagan und alle anderen Anwesenden verflucht. Natürlich hatte man ihn hinausgeworfen, was alles war, was Ronda mitbekommen hatte. Jedoch entdeckte man zwei Tage später in ungefähr einer Meile Entfernung die erschossene Leiche des Mannes im Bach. Kurz darauf hatte es die üblichen Befragungen gegeben – das war auch schon alles gewesen. Niemand wurde wegen Mordverdacht verhaftet oder verdächtigt, geschweige denn verurteilt.

County-Sheriff und Staatsanwalt pflegten, wie Susan es nannte, einen laxen Umgang mit bestimmten Verbrechen. Mord oder schwere Körperverletzung brachten sie nicht halb so sehr auf wie Pornografie. Im Rock County konnte man vielleicht jemanden erschießen und damit ungestraft davonkommen, aber eine Ausgabe des Playboy zu kaufen, war schier unmöglich.

Deshalb gelang es Blanchard nicht so leicht, sich zu entspannen, wenn er im Sweet Creek war. Er hatte stets ein wachsames Auge auf drohenden Ärger, und wenn er ihn kommen sah, ging er ihm aus dem Weg. Doch an diesem Abend schien alles einigermaßen friedlich zu sein. Es war ein Wochentag, und außer Little, Shea und ihm war nur etwa ein Dutzend Männer anwesend. Die meisten erkannte er als Viehhändler und Trucker, und ein paar Rancher waren da. Fast alle trugen Cowboystiefel, Jeans und ausgebeulte Jacken mit Messingknöpfen, die beinahe so abgewetzt aussahen wie die eines Art Directors in Saint Louis. Nur war hier der Cowboy-Look begleitet von kürzeren Haaren und knorrigen Händen wie auch dem speziellen, zigarettenbedingten Ozark-Zwinkern und einer unterschwelligen Gefahr, an die sich Blanchard nicht gewöhnen konnte.

Doch es waren Männer, die perfekt ins schmucklose Sweet Creek mit seinem blanken Holzboden und den billigen, zusammengewürfelten Möbeln passten – zu den Holznischen und Plastiktischen, den unterschiedlichen Stühlen und Hockern, die vor dem von Reagan selbst gezimmerten Tresen standen, dahinter die unbehandelten, rohen Holzregale mit Bierflaschen und Krügen, die sich übereinander reihten. Der für eine Kneipe typischste Gegenstand war die Jukebox, eine schwach beleuchtete Wurlitzer, aus der die Musik von Countrysängern schallte, die Gitarre zupfend ihre traurigen Balladen von gebrochenen Herzen und einsamen Landstraßen vortrugen.

Es war eine Art Musik, die Shea nicht ausstehen konnte, weshalb er jetzt ein wenig Kleingeld aus seiner Hosentasche fischte, sich aus der Nische schob und anmerkte, dass der »beknackte Apparat« doch noch etwas anderes zu bieten haben müsste als Country und Western. Blanchard wünschte ihm Glück, doch Little war konsterniert.

»Hey, was is 'n falsch an dem, was da läuft? Das ist schließlich Johnny Cash, Herrgott noch mal.«

Blanchard zuckte mit den Achseln. »Was weiß Shea schon? Er hat nie gesessen.«

Falls Little irgendeine Reaktion zeigte, bekam Blanchard sie nicht mit, denn der Tisch, an dem Shea sich mit den Leuten aus der Gegend im Armdrücken gemessen hatte, zog seine Aufmerksamkeit auf sich. Vier Männer saßen dicht darum herum, den Mechaniker aus Rockton und denjenigen eingeschlossen, der sich über Shea beschwert hatte. Der Mann, der jetzt im Mittelpunkt stand, war gerade wieder hereingekommen, von seinem Pick-up wahrscheinlich, und hielt einen hochnervösen Beaglewelpen auf dem Arm, den er mitten auf dem Tisch vor einer leeren Popcornschüssel absetzte, die einer der anderen Männer jetzt mit Bier füllte. Trotz des Lärms rundherum schnappte Blanchard ein wenig von ihrer Unterhaltung auf, besser gesagt von ihrem Gebrüll.

»Er muss alles aussaufen«, verlangte der Mechaniker. »Und ich meine Saufen, nicht bloß die Schnauze reinhalten.«

»In Ordnung, er säuft es«, sagte der Hundebesitzer. »Mein schwer verdientes Geld sagt, er säuft es aus. Reicht dir das?«

Der Mechaniker nickte. »Okay, also zwei Dollar. Ich wette zwei Dollar, dass er das nicht tut.«

»Und ob.«

Der Hundebesitzer ließ zehn oder zwölf Sekunden verstreichen, während der er das kleine Tier anstarrte, das zitternd und mit eingezogenem Schwanz auf dem Tisch stand. Als klar war, dass der Hund das Bier nicht von selbst saufen würde, packte ihn sein Besitzer verärgert im Nacken, drückte seinen Kopf in die Schüssel und hielt ihn dort fest, während der Welpe hilflos mit den Beinen auf der biernassen Tischplatte zappelte. Der andere Mann wich vor den Spritzern zurück.

»Das zählt nicht, Jiggs!«, grölte der Mechaniker. »Du hast verloren. Du und dein Bier saufender Hund, ihr habt verloren!«

Wütend drückte Jiggs noch immer die Hundeschnauze in die Schüssel, während der andere lachte und johlte. Blanchard sah Shea an der Jukebox stehen, wo er schließlich aufgab und sich umdrehte. Auf dem Weg zurück kam er an dem Tisch mit dem Hund vorbei, von dem er bisher nichts mitbekommen hatte. Als er schließlich kapierte, was da vor sich ging, zögerte er kurz, als wäre er verwirrt. Blanchard sah es jedoch kommen, als seine Miene einen Ausdruck der Entrüstung annahm. Jäh packte Shea Jiggs an seinem dürren Nacken und stieß sein Gesicht anstelle des Hundes, der kläffend vom Tisch sprang und schlitternd zur Tür rannte, brutal in die Schüssel. Jiggs versuchte, sich loszureißen, indem er seitlich auswich, Shea gelang es jedoch noch immer, sein Gesicht mit einer Hand in die Schale zu drücken, während er sich mit der anderen einen Bierkrug vom Nachbartisch griff und die Schüssel erneut auffüllte, wobei er dem anderen das Bier über den Kopf kippte. Keiner von Jiggs Freunden machte Anstalten, ihm zu helfen, nicht ein einziger von den guten, alten Jungs, und Blanchard konnte sehen warum, fühlte sich selbst von Sheas schierer Körperkraft, die im Zorn noch zu wachsen schien, eingeschüchtert.

Dann sah er den korpulenten Reagan mit seinem Baseballschläger hinterm Tresen hervorkommen.

»Hinter dir, Shea!«, rief Blanchard und sprang auf.

Shea hörte ihn. Er richtete sich auf, stellte einen Fuß auf den Hintern des Hundebesitzers und trat so fest zu, dass dieser der Länge nach auf den Boden knallte. Dann wandte er sich zu Reagan um und war dem Anschein nach von dem Baseballschläger völlig unbeeindruckt, denn er hob zur Abwehr nicht einmal einen Arm. Reagan begriff offenbar, was diese Gleichgültigkeit zu bedeuten hatte: Man konnte einen Bären zwar mit dem Baseballschläger treffen und ihm vielleicht ein oder zwei Knochen brechen – aber was dann? Doch die Gewohnheit siegte, und er hob den Schläger und schwang ihn bereits, als sein Arm zu Pudding wurde.

Shea hielt den Schläger, als wär's eine Opfergabe. Dann ging er damit zu der mittleren der drei Säulen, die über den Raum verteilt waren, rohe Balken, die vom Boden bis zur Decke reichten. Blanchard glaubte, Shea wollte den Schläger lediglich zerbrechen, weil ihm die Vorstellung nicht gefiel, dass Reagan harmlose Betrunkene damit zur Ordnung rief. Doch als er ausholte und den Schlag platzierte, brach der Balken an einem alten Riss entlang in zwei Teile, und als er umstürzte, sank die Decke an der Stelle um ein paar Zentimeter ab, während Staub und Stroh und alte Federn herunterregneten.

»Schafft ihn hier raus!«, brüllte Reagan. »Raus hier!«

Doch Shea war noch nicht fertig. Zuerst musste er zu seinem Tisch gehen und sein Bier austrinken. Erst dann verließ er mit dem Schläger über der Schulter das Lokal.

Um sein Gesicht zu wahren, stürzte Reagan augenblicklich zu Blanchard hin.

»Der da ist doch Ihr Freund, stimmt's?!«

Blanchard stimmte ihm zu.

»Also, dann sagen Sie dem Kerl zwei Dinge – erstens, er muss für den Schaden bezahlen, und zweitens, er lässt sich hier besser nicht mehr blicken, weil er sonst eine Kugel verpasst bekommt. Kapiert?«

Blanchard antwortete nicht. Er war ebenfalls größer als der Ire. Little stand auf und versuchte, die Wogen zu glätten.

»Ich kenne den großen Kerl, Pat«, sagte er zu Reagan. »Ich werd mit ihm reden und ihm klarmachen, dass er mit dir nicht so umspringen kann. Er hat einfach den Kopf verlor'n, das ist alles. Er hat ganz schön einen sitzen.«

»Na schön, dann sag du ihm das, Little. Sorg dafür, dass der Bastard das kapiert – ich will Schadenersatz, und er hält sich von hier verdammt noch mal fern.«

»In Ordnung.«

Als Reagan wütend hinter den Tresen zurückkehrte, nahm Blanchard seinen Wodka und ging zur Tür, wo Ronda auf ihn wartete. Mit Little, der ihnen gefolgt war, traten sie hinaus auf den Parkplatz und konnten gerade noch sehen, wie Shea den Schläger in den Bach schleuderte, der schnell floss und im Mondlicht schimmerte.

»Das war vielleicht 'ne Nummer«, sagte Little zu ihm.

Shea lächelte spöttisch. »Ja, nicht wahr? Dabei mag ich Hunde nicht einmal.«

Doch Little wollte das nicht gelten lassen. »Hör zu, das war großartig, Mann. Kurz hab ich gedacht, dass du das gesamte Gebäude zum Einsturz bringst, so wie Samson.«

»Vielleicht hätte ich das, wenn ich nicht beim Friseur gewesen wäre.«

Blanchard fragte Shea, ob er fahren könne.

»Manchmal schon.«

»Ich meine, ob du nüchtern genug bist?«

Shea streckte die Hände aus und ließ sie erzittern. »Schaut her. Ruhig wie ein Fels.«

Wieder mischte sich Little ein. »Hey, ich wollte schon immer mal einen Mark Four fahren. Was meinst du, großer Mann?«

Shea zückte die Schlüssel und warf sie ihm zu. »Wohin er mich auch fahren mag, ich werde folgen.«

Blanchard bat Little, Shea zur Ranch zurückzubringen, doch Little hatte etwas anderes im Sinn.

»Och, der kommt schon wieder in Ordnung. Wir fahren ein bisschen rum, und dann machen wir uns vielleicht Kaffee und Eier bei Grandma – um die Zeit ist sie schon im Bett. Hey, warum kommt ihr später nicht auch rüber?«

Blanchard dankte ihm, lehnte jedoch ab. Das hätte ihm gerade noch gefehlt.

Nachdem der Continental mit aufspritzendem Kies davongebraust war, setzten sich Blanchard und Ronda in seinen Pick-up. Sonst hatte sie immer ihren eigenen Wagen dabei, einen Vega, und er folgte ihr mit seinem. Doch heute Abend hatte Reagan sie zur Arbeit mitgenommen, weshalb sie mit Blanchard fuhr. Ausnahmsweise hätten sie sich auf dem Weg zu ihr unterhalten und ein wenig schmusen können. Doch Ronda setzte sich lediglich dicht neben ihn und legte den Kopf an seine Schulter.

»Ich glaube, ich hab Angst«, sagte sie. »Ich glaube, die beiden machen mir Angst.«

3

Blanchard hatte Ronda vor zwei Monaten im Sweet Creek kennengelernt, an einem Abend unter der Woche, der so kalt und ruhig gewesen war, dass sie sich zu ihm an den Tisch gesetzt hatte, unverhohlen neugierig auf den Fremden, der allein trank und aussah, als hätte er seinen letzten Dollar verloren, was unverändert galt. Obwohl er nicht auf Sex mit einer anderen Frau aus gewesen war, war er an dem Abend und danach noch ungefähr ein dutzendmal mit zu ihr gegangen. Die verschiedenen Male hatten einander so sehr geähnelt, waren so beiläufig und unpersönlich gewesen, dass er bis vor Kurzem noch angenommen hatte, dass er nicht der einzige Mann war, mit dem sie ihr Bett teilte. Inzwischen war er sich nicht mehr sicher, denn obwohl sie keinerlei Ansprüche erhob, gab es auch nicht den geringsten Hinweis auf einen anderen Mann. Trotzdem schien sie die Beziehung rein sexuell halten zu wollen, wie einen sich endlos wiederholenden One-Night-Stand. Und wenn es nach ihm ging, sollte es genau so sein. Denn es gab immer noch Susan. Und es gab immer noch Whit und Tommy.

Und selbst wenn es nicht wegen seiner Familie gewesen wäre, hätten er und Ronda ein ungleiches Paar abgegeben. Er war achtunddreißig und sie erst zweiundzwanzig. Er hatte einen Collegeabschluss und sie die Highschool abgebrochen. Er wusste eine ganze Menge über die Welt, und sie kannte nur diesen hinteren Winkel und eine Reihe von Bars und Tanzschuppen in Kansas City. Außerdem las sie kaum, sah teilnahmslos fern und beanspruchte ihren Grips höchstens, um die Texte von Countrysongs auswendig zu lernen, die unentwegt im Radio ihres mobilen Zuhauses dudelten. Trotzdem war sie alles andere als dumm. Blanchard war oft überrascht von dem Missverhältnis zwischen ihrer unverkennbaren Intelligenz – etwa ihrer flinken Auffassungsgabe, was die Welt um sie herum betraf – und ihrer beklagenswerten Ignoranz Dingen gegenüber, die sie nicht interessierten, wie an dem Abend, als in den Nachrichten etwas über Präsident Carter und den Senat berichtet wurde, und sie sich zu Blanchard umgedreht und gelangweilt gefragt hatte: »Was zum Teufel ist überhaupt ein Senat?«

Wie die meisten Leute vom Land – Collegeabsolventen genauso wie Schulabbrecher – achtete sie nicht auf Grammatik- und Ausspracheregeln und bevorzugte stattdessen den gleichen näselnden Jargon wie alle anderen. Allerdings war die eigentümliche Schreibweise ihres Vornamens ein Werk ihrer Mutter, eine Tradition, die Ronda fortsetzte, indem sie den mittleren Buchstaben spiegelverkehrt schrieb, was ein so weit verbreiteter Fehler in den Ozarks war, dass er sogar in der Fernsehwerbung auftauchte.

Trotz ihrer erklärten Gleichgültigkeit gegenüber der Vergangenheit, sowohl ihrer eigenen als auch der vom Rest der Welt, war es Blanchard gelungen, ihr ein ungefähres Bild von ihrem Lebensweg zu entlocken. So wie er das verstanden hatte, war ihre Mutter so etwas wie eine Kinderbraut gewesen und hatte Little im Teenageralter sowie Ronda ein paar Jahre später von verschiedenen Vätern bekommen, die beide rasch wieder verschwunden waren, bis die Mutter schließlich auch verschwand. Daraufhin kamen die Kinder in die Obhut ihrer verwitweten Großmutter, die Ronda als »taub und tot« beschrieb, eine vorzeitig gealterte Frau, die fast nie ohne das Neue Testament in der Hand anzutreffen war, selbst dann nicht, wenn sie im Schaukelstuhl saß und fernsah, tagein, tagaus, den lieben langen Tag, wobei der Fernseher so laut gestellt war, dass man ihn im Vorbeifahren an ihrem kleinen, traditionellen Steinhaus hören konnte, das sich gegenüber von Rondas Stellplatz auf der anderen Seite der Flussstraße befand.

Obwohl es Little war, der immer wieder in Besserungsanstalten und im Gefängnis landete, war Ronda in den Augen der alten Frau die wahre Sünderin, diejenige, die sich wie Jezebel kleidete, in einer Kneipe herumlungerte und des Teufels eigenes Gebräu servierte, noch dazu in einem Haus, das einst Gott gehört hatte. Und das war nur der jüngste Fehltritt des Mädchens. Mit fünfzehn war sie schwanger geworden, und die alte Frau hatte sie umgehend nach Kansas City in ein Haus für ledige Mütter verfrachtet. Nachdem sie das Baby bekommen und zur Adoption freigegeben hatte, begann eine dreijährige Phase als Kellnerin und Topless-Tänzerin in einer Reihe von Absteigen in Kansas City, bis sie einen älteren Mann namens C.C. Whitehead traf, einen phlegmatischen, solventen Trucker, der ihr Sicherheit, Freizeit und einen gewissen Grad an Luxus in Form eines brandneuen Achtzehn-Meter-Wohnwagens bot, den er nach Rock County brachte und schräg gegenüber dem Grundstück ihrer Großmutter abstellte. Leider war er nicht dazu in der Lage, dem Mädchen auch ein wenig Vergnügen zu bieten, und wie seine Ehe erlitt auch Whitehead vom vielen Grübeln und Trinken Schaden und kam schließlich mit seinem Sattelzug auf der Interstate 44 bei einem Eissturm um Weihnachten herum von der Straße ab, wobei er zwölftausend Brathähnchen und sein Leben verlor, und das alles ohne Versicherung. Nach dem Begräbnis hatte Ronda nicht mehr als eine bescheidene Summe Bares, die im Wohnwagen deponiert war, genug jedoch, um den Winter und Frühling über in der Gegend zu bleiben in der Hoffnung, den Trailer so gut zu verkaufen, dass sie nach

Kalifornien ziehen konnte, um ein wenig vom »süßen Leben«, wie sie es nannte, mitzubekommen. Doch keines der Angebote deckte auch nur die Hypothek auf ihr Zuhause. Also hatte sie den Job im Sweet Creek angenommen.

Für die Ozarks war das kein ungewöhnliches Leben, wie Blanchard wusste, nicht viel verpfuschter und armseliger als die meisten.

Doch wenn er sie ansah, erkannte er den hohen Preis, den sie dafür bezahlte, denn obwohl alles an ihr schön war, wirkte es in der Summe gewöhnlich. Sie hatte den langbeinigen, geschmeidigen Körper einer Tänzerin, dichtes kastanienbraunes Haar und ein hübsches Gesicht mit großen grünen Augen und einem sinnlichen Mund. Doch ihre Augen leuchteten nur selten und sie lächelte fast nie. Ihr normaler Gesichtsausdruck war vielmehr eine Mischung aus Langeweile und Verachtung, als säße sie schon seit einer Ewigkeit wartend an einem Tisch voller Schlampen. Doch in jüngster Zeit hatte sie tatsächlich öfter gelächelt, wenn sie mit Blanchard allein war. Und beim letzten Mal, als sie über eine Bemerkung von ihm laut gelacht hatte, war er von ihrer Schönheit regelrecht ergriffen gewesen und umso erschütterter davon, wie übel ihr das Leben mitgespielt hatte.

Leider zeigte sich das auch im Schlafzimmer. Trotz ihrer Erfahrung als Topless-Tänzerin fand er sie sexuell gehemmt und ohne die Verve und den Einfallsreichtum, die er von einer Frau erwartete, selbst von einer so kühlen und intellektuellen wie Susan. In dem Moment, in dem die beiden den Trailer betraten, zog sie die Vorhänge zu, ging ins Bad und verriegelte die Tür, nahm dann ein sehr langes und sehr schweigsames Bad, ohne jemals etwas durch die papierdünne Wand hindurch zu ihm zu sagen, ohne zu singen oder zu summen. Blanchard ging währenddessen ins Schlafzimmer, zog sich aus und legte sich wartend ins Bett, wo er die längsten Minuten seines Lebens verbrachte, sodass ihm, wenn sie schließlich nackt herauskam, ihr Haar vom Wasserdampf lockig und ihr Körper blitzsauber und so fest wie Carrara-Marmor, beinahe schwindlig war vor Lust. Dann machte sie sich einfach an die Arbeit, erwiderte brav seine Küsse, glitt brav an ihm hinab und gab sich ihm brav hin, wenn er sie schließlich bestieg. Und er war davon überzeugt, dass sie ein paarmal, vor allem während der ersten Male, ihre Höhepunkte vorgetäuscht hatte, weil sie schwach und künstlich gewirkt hatten im Vergleich zu ihren jüngsten Reaktionen. Doch trotz dieser Veränderung fand er sie noch immer gehemmt. Es gab nichts Verspieltes zwischen ihnen, weder vor noch nach dem Orgasmus. Und auch kein Spaß oder Gelächter. Sie kam einfach in ihr Schlafzimmer und machte sich an die Arbeit, als träte sie auf den Laufsteg, um für eine bestimmte Zeit oben ohne zu tanzen.

An diesem Abend war Ronda jedoch überhaupt nicht gleichgültig. Und als sie fertig waren, bemerkte er, dass sie geweint hatte, was ihn aus irgendeinem Grund rührte. Eine Zeit lang küssten und umarmten sie sich wie Liebende, doch schließlich löste sie sich von ihm, legte sich auf ihre Seite und sah ihn an.

Blanchard entging das Neue in ihre Augen nicht, beinahe ein trauriger Opferblick.

»Ich muss hier raus«, sagte sie.

»Aus dem Bett?«

»Red keinen Quatsch, Bob. Hier. Aus dieser gottverdammten Provinz.«

»Noch keine Reaktion auf deine Anzeige?« Sie hatte kürzlich eine Kleinanzeige für ihren Wohnwagen in einer Zeitung aus Springfield aufgegeben.

»Nichts«, sagte sie. »Ich werde auf jeden Fall bald meine Sachen packen und gehen. Das verdammte Ding der Bank überlassen. Zum Teufel mit meiner Kreditwürdigkeit.«

»Ich werde dich vermissen.«

»Du wirst schon drüber hinwegkommen.«

»Ist es so schlimm hier?«

»Oh ja, das ist es. Vor allem das Sweet Crick. Noch eine Woche in dieser Spelunke, und ich verliere den Verstand. Was für Bestien.«

»Schließt das Shea mit ein?«

Sie lachte lustlos. »Na ja, wie würdest du ihn nennen?«

»Groß«, sagte Blanchard. »Ein großes Kind.«

»Von wegen Kind! Ich hab noch nie erlebt, dass Pat Reagan vor jemandem zurückweicht, schon gar nicht vor einem Kind. Doch heute Abend schon.«

»Du hast recht.«

Sie schwieg eine Weile. »Ich werde nicht schlau aus ihm«, sagte sie schließlich. »Shea, meine ich. Keine Ahnung, was er hier will.«

Blanchard hatte bereits letzte Woche versucht, ihr Sheas Charakter zu erklären, als er auf der Ranch aufgetaucht war und natürlich umgehend das Sweet Creek ausfindig gemacht hatte. Blanchard hatte ihr von den Jahren erzählt, die sie bei der *Darling Agency* in Saint Louis gearbeitet hatten, und was für ein begabter Werbetexter und Ideengeber Shea gewesen war, sowohl dort als auch in New York, wo er eine Menge Geld verdient und zahlreiche nationale Preise gewonnen hatte, dass ihm jedoch nichts davon etwas bedeutet hatte und er selbst mit dreißig noch seine Jobs ansah, als handelte es sich um einen Jux. Einmal war er sogar in einer Gestapo-Uniform vom Kostümverleih zur Arbeit erschienen, nachdem das Management gesagt hatte, es wolle mehr Korpsgeist sehen. Blanchard hatte ihr erzählt, wie Shea schließlich rausgeworfen worden war, gut zwei Jahre, nachdem Blanchard die Firma verlassen hatte, und er hatte ihr von Sheas halbherziger Suche nach einem neuen Job, seinen Problemen zu Hause und natürlich seinem Trinken erzählt. Doch er hatte auch keine Antwort auf ihre Frage, denn er wusste genauso wenig wie sie, was Shea hier eigentlich wollte. Er konnte es nur vermuten.

»Wahrscheinlich läuft er einfach davon.«

»Vor was?«

»Ich bezweifle, dass er das selbst weiß.«

»Man kann nicht vor etwas davonlaufen, wenn man nicht weiß, was es ist.«

»Natürlich kann man. Man läuft ja nicht vor der Dunkelheit davon, sondern vor dem, was sich womöglich darin verbirgt.«

»Trotzdem muss du doch irgendeine Ahnung haben.«

»Von dem, wovor er davonläuft?«

»Ja.«

»Neunzehnhundertvierundachtzig«, sagte er aus keinem bestimmten Grund.

»Wieso? Was passiert dann?«

»Es passiert bereits.«

Sie schmiegte sich an ihn und legte ihm das Kinn auf die Brust. »Ich glaub, ich mag dich heute Abend nicht. Du bist irgendwie besserwisserisch.«

»In welcher Hinsicht?«, fragte er, obwohl er es wusste.

»Vergiss es. Sag mir nur eins – wie kommt's, dass er mit Little rumhängt? Was hecken die beiden aus?«

»Ich hab keine Ahnung.«

»Little hat andere immer nur benutzt, sich alles genommen, was er kriegen konnte. Bestimmt glaubt er, er kann Shea bei irgendwas gebrauchen.«

»Vielleicht benutzen sie sich ja gegenseitig.«

»Schon möglich. Aber ich weiß es nicht. Shea ist anders. Die Art, wie er immer in Aktion ist. Es ist, als könnte er nicht anders.«

»Zwanghaft.«

Sie nickte. »Er erinnert mich an den Manager in einem der Clubs in Kansas City. Als er erfahren hat, dass er krebskrank ist, war er plötzlich ein anderer. Er hat auf einmal geredet und geredet und konnte nicht mehr damit aufhören. Nach einer Weile fing er an, wirres Zeug zu faseln, doch für ihn machte es keinen Unterschied. Er hat einfach weitergeredet, so als hätte er Angst, dass sein Leben aufhört, wenn er zu reden aufhört. Der Krebs hat ihn schließlich besiegt.«

Blanchard schaute sie beeindruckt an. »Ich glaube, du hast recht – du kannst mehr als im Sweet Crick arbeiten.«

»Wer könnte das nicht. Weißt du, dass die beiden schon seit heute Nachmittag da waren? Er und Little? Ich wollte mich wegen Little nicht dazusetzen, doch Shea hat mich die ganze Zeit dazu gedrängt.«

»Also hast du nachgegeben.«

Sie nickte. »Ja. Und Shea hat die ganze Zeit geredet.«

»Worüber?«

»Vor allem über dich.«

»Was hat er gesagt?«

»Hauptsächlich Sachen, die ich schon wusste, deine Geldprobleme und deine Frau, die das alles hier hasst. Er hat auch gesagt, dass dein Vieh vielleicht Brucellose hat.«

»Es ist schön, Freunde zu haben.«

»Oh, er hat nicht gelästert. Er meinte nur, du wüsstest keinen Ausweg, und dass wir dir vielleicht irgendwie helfen könnten.«

Blanchard musste darüber lachen; es war ein verzweifeltes

Lachen. »Mein Gott, er ist unglaublich. Sag es nicht, lass mich raten – Er hat gesagt, Little könnte mein Vieh stehlen, es verkaufen und den Gewinn mit mir teilen, und ich bekäme zusätzlich das Geld von der Versicherung, könnte meine Schulden bei der Bank bezahlen und vergnügt bis an mein seliges Ende leben.«

Ronda lächelte sogar. »So in der Art.«

Doch Blanchard fand das nicht witzig. Die Vorstellung, dass Shea – sein alter Kumpel und ungebetener Gast – nicht nur seine persönlichen und geschäftlichen Probleme öffentlich diskutierte, sondern als Lösung auch noch etwas vorschlug, das kriminell war, machte ihn wütend. Die Tatsache, dass Shea dabei trank und seine üblichen Spielchen trieb – nichts davon konnte Blanchards Zorn mildern. Gleichzeitig wusste er, dass Ronda keine Schuld traf und sie seinen Zorn nicht verdient hatte. Also sagte er nichts. Er zündete sich eine Zigarette an und wartete, während er Rauch gegen die niedrige, beflockte Decke über ihm blies.

»Also«, fragte sie, »was denkst du?«

»Worüber?«

»Sheas Plan.«

»Großartig«, sagte er. »Einfach großartig.«

Sie nahm einen Zug von seiner Zigarette und gab sie ihm zurück. »Also für mich klingt das gar nicht so dumm. Kühe müssen gefüttert werden. Geld kann man ausgeben. Ausgeben, um von hier wegzukommen.«

»Du klingst wie meine Frau.«

»Eine kluge Lady. Jemand, der das hier hasst, kann so schlecht nicht sein.«

»Das habe ich auch nie behauptet.«

»Ich hab das nur so gesagt. Ich wollte nichts damit andeuten.«

»Das weiß ich.«

»Keine Sorge, ich kenne die Punkteverteilung – Ehefrau hundert, Ronda null.«

»Wie heißt das Spiel?«

»Das Spiel des Lebens.«

»Du bist schon in Ordnung.«

»Oh sicher, ich bin ein echter Hauptgewinn. Doch sobald ich hier rauskomme …« Sie verstummte wider Erwarten.

Blanchard rauchte schweigend und dachte an die Zeit, wenn er nicht mehr neben ihr liegen und sie sich nicht mehr treffen würden. »Wohin willst du?«, fragte er. »Noch immer Kalifornien?«

»Oder Vegas. Jedenfalls irgendwohin, wo's warm ist, mit vielen Lichtern und Männern mit einem Bürstenschnitt und gebräunter Stirn.«

»Du verlangst nicht viel.«

»Würde das etwas bringen?«

Er blickte sie an in der Erwartung ihres gewohnten verächtlichen Ausdrucks.

Stattdessen hatte sie einen neuen Zug an sich, etwas Verwundbares. Er stützte sich auf seinen Ellbogen, um sie zu küssen, doch sie rollte auf die andere Seite. Er zog das Laken herunter und fuhr mit den Lippen über die verführerische Kurve von Hüfte und Taille. Er legte seinen Arm um sie und streichelte ihre Brüste. Doch sie ließ sich nicht erregen. Ohne Umschweife zog sie das Laken über sich und löste sich damit aus der Umarmung.

»Du hältst mich für ziemlich dumm, oder?«, fragte sie.

»Überhaupt nicht.«

»Doch, tust du. Mehr als dumm sogar. Ich meine …« Sie suchte nach dem richtigen Wort. »Einfältig. Nicht ernsthaft. Du weißt schon.«

»Oberflächlich?«, fragte er.

»Ja. Ein Mädchen zum Spaßhaben.«

»Na ja, du bist keine Ranchersfrau.«

»Und du schaust deshalb auf mich herab, stimmt's? Ich meine insgeheim. Oh, ich weiß schon, du magst mich. Jedenfalls hier im Bett. Aber tief im Innern respektierst du mich nicht, oder?«

»Und ob ich das tue«, sagte er. »Mehr als du glaubst.«

»Doch du stellst dir vor, dass ich nach Kalifornien will – Nachtleben und Swimmingpools und all das – und du hältst das nicht für erstrebenswert. Nicht so sehr wie ein paar gottverdammte Kälber.«

»Für mich ist es das nicht.«

Sie lächelte verständnislos. »Ich kapiere das einfach nicht. Ich versteh nicht, was daran so wichtig sein soll, sich mit diesen schmutzigen, hässlichen Viechern abzuplagen. Weißt du, was am Ende passieren wird?«

»Was?«

»Du wirst dein ganzes Geld verlieren. Du wirst deine Frau und dein Kind verlieren, und deine Selbstachtung wahrscheinlich auch. Sie verschwindet normalerweise zusammen mit dem Geld.«

Blanchard sagte eine Zeit lang nichts. Es war eine verheerende Prognose und nicht weit entfernt von dem, was er selbst in letzter Zeit gedacht hatte.

»Was ist die Alternative?«, fragte er. »Den Rest meines Lebens mit einer Aktentasche herumzulaufen?«

Sie zuckte mit den Achseln. »Wieso nicht? Oder du könntest tun, was Shea sagt – aussteigen. Befrei dich. Du könntest sogar mit mir nach Kalifornien gehen. Mit einem anständigen Haarschnitt und einer gebräunten Stirn würde ich dich sogar nehmen. Jedenfalls für eine Weile.«

»Wie soll ich da widerstehen?«

Sie war jetzt auf Händen und Knien, um über ihn hinweg aus dem Bett zu steigen. Doch sie zögerte einen Moment und ließ über ihm ihr großartiges Sortiment an reifen Früchten baumeln, und er konnte nicht anders, als seine Hand zu heben und sie zu pflücken.

»Wie du widerstehen könntest? Das weiß ich wirklich nicht«, sagte sie ungewohnt humorvoll. »Ich werde einen mondbeschienenen Strand beisteuern – mit einem Blowjob, den du bis ans Ende deines Lebens nicht vergessen wirst.«

Blanchard versuchte, sie wieder aufs Bett zu ziehen, doch sie glitt herunter und ging in die Küche.

»Willst du Kaffee?«, rief sie.

Stöhnend stand er auf und zog Shorts und Hose an. Er sah, wie sie am Ende des langen Trailergangs in ihren Morgenrock schlüpfte, ein bodenlanges, knallblaues Polyesterungetüm, das aussah, als wäre es aus Schurwolle, ein solcher Schund, der eine solche Pracht verbarg, und er stellte seine Zurechnungsfähigkeit infrage. Irgendwo im Hinterkopf rumorte noch immer die Vorstellung von ihnen beiden an einem kalifornischen Strand bei Nacht. Kopfschüttelnd ging er durch Küche und Essbereich und betrat nur widerwillig das Wohnzimmer, denn es war ein furchtbar hässlicher Raum, ein Zitrushain aus Knallgrün, Zitronengelb und Lindgrün, der in einen Teppich in Hellgrün überging, in dem auch die Vorhänge und Möbel mit den Kissen aus falschem Satin und Samt und die geschmacklosen, kleinen Dekoobjekte gehalten waren. Ronda hingegen fand ihn hübsch, »irgendwie stilvoll, findest du nicht?«, wie sie eines Abends zu ihm gesagt hatte. Auch ihre Stereoanlage, die sie fast wie eine Reliquie verehrte, befand sich dort. So war er nicht überrascht, dass sie jetzt davor kniete, um die Lautstärke zu regeln, als Linda Ronstadts volle Stimme den Raum erfüllte. Zufrieden stand Ronda auf und ging um die Anrichte herum in die Küche, um Kaffee zu machen. Blanchard beobachtete sie dabei, und der scheußliche Morgenmantel wogte hin und her, während sie sich mit den geschmeidigen Bewegungen einer Tänzerin hin und her drehte, und plötzlich hatte er ein Gefühl von unbeschreiblichem Verlust und Versagen, so als hätte er das, was auch immer zwischen ihnen war, bereits getötet. Das Gefühl schien man ihm anzusehen, denn sie hielt plötzlich inne und sah ihn an.

»Was ist los?«

»Nichts.«

»Den Eindruck habe ich nicht.«

»Vielleicht brauche ich nur einen Kaffee.«

»Kaffee ist gar nicht so gut«, sagte sie.

»Dann eine Woche Schlaf.«

Doch sie rührte sich nicht und sah ihn noch immer an, und ausnahmsweise konnte er ihren Gesichtsausdruck nicht lesen, wusste nicht, was ihrem Blick die gewohnte Härte genommen hatte. Und er sollte es auch nicht herausfinden, denn plötzlich hörte er draußen Autoreifen auf dem Schotter knirschen und Motoren, die aufheulten und dann verstummten, und er wusste, dass nicht einfach ein Wagen die abendliche Flussstraße entlangfuhr. Er ging zur Tür, und als er sie öffnete, bog gerade der erste Wagen schlitternd in Rondas Auffahrt ein, wobei er fast umkippte. Ihm folgten drei Pick-ups, der erste so dicht, dass er mit seiner Frontstoßstange in den Kofferraum des anderen krachte und beide Fahrzeuge von der Auffahrt auf eine kleine Rasenfläche rutschten und eine Vogeltränke und eine bepflanzte Schubkarre umfuhren. Noch bevor der Wagen zum Stehen kam, flog die Fahrertür auf, und Little schoss wie ein Stier durch ein Rodeogatter heraus und steuerte auf den Trailer zu. Obwohl Blanchard den Wagen als Sheas Continental erkannt hatte, nur dass er statt braun jetzt staubbedeckt war, konnte er den großen Mann nirgends entdecken, nur Little, der auf ihn zugerannt kam – und dann so ruckartig stehenblieb, dass er beinahe hingefallen wäre, als hinter ihm, vom nächsten Pick-up aus, mit einer Flinte in die Luft geschossen wurde.

»Bleib da steh'n, Little«, knarrte Jiggs Stimme, in der süße Rache mitschwang.

Little drehte sich mit hocherhobenen Händen zu den Scheinwerfern und den sich versammelnden Männern mit ihren Waffen um.

»Jiggs, ich fahr den Hur'nsohn nur, das ist alles. Hab mit dem, was er getan hat, nix zu tun. Das weißt du.«

Jiggs stolzierte im Licht der Scheinwerfer vorwärts, wobei er sein Gewehr wie einen Zeigestock, ein Werkzeug der Pädagogik, hielt.

»Ich weiß, dass du mit ihm zusammen bist«, sagte er. »Das ist es, was ich weiß.«

»Das ist aber auch alles! Echt!«

Jiggs hatte sich zwischen Little und den Continental gestellt, dessen andere Tür jetzt langsam aufging, während Shea zögernd ausstieg und wie ein Baby, das gerade aufgewacht war, ins grelle Licht blinzelte. Doch er war vorsichtig genug, nicht weiterzugehen und hatte so den Wagen zwischen sich und Jiggs.

»Sag mir einfach, was ich tun soll«, bat Little. »Du sagst an, und ich tu's.«

»Ach ja, du tust's?«

»Das weißt du, Jiggs. Du sagst an, und schon kriegst du, was du willst.«

»Okay, ich sag an, also – hol mir 'n Wassereimer.«

»Schon passiert!«

Blanchard stand noch immer auf der schmalen Trailerveranda, wo ihn der Gewehrschuss ebenfalls dazu veranlasst hatte, sich nicht mehr von der Stelle zu rühren. Er meinte, Ronda hinter sich zu spüren, doch er war sich nicht sicher und wollte sich nicht umdrehen, weil das bedeutet hätte, den Blick von Jiggs und seinen Freunden abzuwenden. Selbst als Little an ihm vorbei in den Trailer hastete, schaute Blanchard ihn nicht an.

Jiggs streckte seinen Zeigestock wieder aus. »Hey, Sandy«, sagte er, »gib mir mal dein Jagdgewehr.«

Er und der Mechaniker von Rockton tauschten die Waffen. Während er sich dem Wagen näherte, brachte Jiggs das Gewehr in Anschlag und blickte an seinem Lauf entlang zu Shea, hielt es fünf oder sechs endlose Sekunden lang mit einem amüsierten Grinsen auf ihn gerichtet, wobei sein Gesicht im Scheinwerferlicht wie ein Halloweenkürbis wirkte. Dann wirbelte er plötzlich herum und schoss auf einen Pflanzenkübel aus Terrakotta, der zerbarst, als wäre darin eine Bombe explodiert. Und Blanchard begriff, wieso Little in den Trailer rannte, und weshalb sein eigener Mund staubtrocken war, weshalb er sich weder bewegt noch etwas gesagt noch zu Shea geblickt hatte und genauso stumm und reglos dastand wie er. Es waren die Schusswaffen. Schusswaffen veränderten die Atome des Lebens, schufen eine völlig andere und schreckliche Welt, in der alles auf einmal zur kritischen Masse wurde, in der alles zählte, *für immer*. Und Jiggs gefiel diese Welt.

»Schieb deinen fetten Arsch hierher«, sagte er zu Shea.

Doch Shea rührte sich nicht.

Noch immer grinsend wandte sich Jiggs zu seinen Freunden um. »Holt ihn hierher, wo wir ihn sehen können«. Neben dem Mechaniker standen noch ein Mann von Jiggs' Tisch im

Sweet Creek und zwei junge, langhaarige Möchtegern-Cowboys, die Blanchard in der Kneipe nicht gesehen hatte. Beide trugen Cowboyklamotten, und einer hatte sowohl eine Pistole im Holster als auch ein Gewehr vom Kaliber dreißig in der Hand, mit dem er Shea stieß, damit er hinter dem Wagen hervorkam. Und während Blanchard zusah, wie sein Freund um den Continental herum und auf Jiggs zuging und wusste, dass er, Blanchard, keinen Finger rühren konnte – nein, rühren wollte –, um ihm zu helfen, spürte er etwas völlig Neues in seinem Leben, ein Gefühl von solcher Ohnmacht und Erniedrigung, das er nicht für möglich gehalten hätte. Es war, als wäre man ein Schwarzer bei einem Angriff des Ku-Klux-Klan, ein Jude in einem Todeslager der Nazis. Die Waffen hatten ihn entmannt.

Plötzlich spürte er Ronda hinter sich und ihre Hand auf seinem Arm. »Ich hab drin ein Gewehr«, flüsterte sie. »Soll ich es holen?«

Er konnte kaum glauben, dass sie das wirklich gesagt hatte. »Mach dich nicht lächerlich«, sagte er. »Bleib ganz ruhig. Ruhig, verstanden?«

Jiggs wandte sich an ihn. »Was ist, Mister? Wollten Sie etwas sagen?«

Blanchard nickte zögerlich. »Wir haben alle eine Menge getrunken«, sagte er. »Denkt dran, ja? Bleibt ganz ruhig. Tut nichts, was ihr bereuen könntet.«

Jiggs und die anderen johlten und amüsierten sich über seine Angst.

»Wer is ’n das, Mann?«, fragte einer der Möchtegern-Cowboys. »Is das ’n Priester, Jiggs? Oder was is der?«

»Ich glaube schon«, sagte Jiggs zu ihm. »Ein Priester mit ’ner Scheißangst, das ist er.«

Shea stand jetzt mit dem Rücken zum Wagen und blickte

in die Richtung von Jiggs und den anderen. Doch er schien sie nicht direkt anzuschauen, hielt den Blick stattdessen irgendwohin auf den Boden gerichtet, weil er sich wahrscheinlich vage an ein paar weit zurückliegende Psychologiekurse an der Cornell erinnerte, die das Risiko von Augenkontakt mit einem angreifenden Tier und der darin enthaltenen Provokation zum Thema gehabt hatten. Vielleicht lag es auch nur daran, dass sich ein sechster Widersacher zu der Gruppe gesellt hatte, kein Geringerer als der kleine Beagle, den er im Sweet Creek gerettet hatte, und der ihn jetzt wütend ankläffte, als wollte er jeden Moment ein Stück aus ihm herausbeißen. Einmal warf Shea Blanchard einen kurzen Blick zu, in dem seltsamerweise nichts Bittendes lag, nur eine Art Scham, ein ängstlicher, reuevoller Blick, als wäre er bei einem bösen Streich erwischt worden.

»Hey, wo ist der Eimer?«, blaffte Jiggs.

»Kommt schon!«, rief Little aus dem Trailer. »Kommt schon, Jiggs!«

Und schon war Little wieder da, hastete an Ronda und Blanchard auf der Veranda vorbei, als wäre ein Feuer ausgebrochen, das gelöscht werden musste.

Jiggs nahm ihm den Eimer ab und stellte ihn auf den Boden. »Okay«, sagte er, »wer möchte etwas beitragen? Hat einer von euch Jungs irgendwas, das unser Freund hier vielleicht trinken will? So was wie ’ne ordentliche *Blatz*-Pisse?«

Der Mechaniker, der andere Mann und einer der Möchtegern-Cowboys pinkelten nacheinander mit kindlicher Freude in den Eimer, wobei sie lachten und einander anstießen und sich gegenseitig über ihre Geschlechtsteile lustig machten. Doch es war der zweite Möchtegern-Cowboy, der kleinste von den Männern, der den größten Lacher erzielte, weil er eine Erektion hatte, die nicht verschwinden wollte.

»Schaut euch das an!«, klagte er. »Der wird einfach nicht kleiner, wenn ich's euch sage. Das Ding hat ein verdammtes Eigenleben.«

Einer der Männer empfahl ihm, sich bei Ronda zu erleichtern, und ein anderer schlug vor, er sollte ihn in sein Gewehr stecken und abdrücken. Doch Jiggs hatte genug davon. Er wollte seine Revanche. Er stieß den Möchtegern-Cowboy beiseite, nahm den Eimer mit der Pisse und stellte ihn vor Shea hin.

»Na schön, großer Mann, gleich geht's los. Nur noch eine kleine Zutat«, sagte er und sammelte langsam und genüsslich Speichel in seinem Mund, den er in den Eimer spuckte. »Da. Jetzt musst du nur noch dein Gesicht in den Zaubertrank tauchen, hörst du? Und dort lässt du es, bis ich dir sage, dass es genügt.«

Shea rührte sich nicht.

»Wenn du willst, kann ich dir aber auch einfach den Fuß mit diesem Gewehr hier abschießen. Das liegt ganz bei dir. Mir ist es scheißegal, du entscheidest.«

Von der Veranda aus mischte sich Blanchard ein. »Tu es, Shea. Benutz den Eimer. Er meint es ernst.«

»Du entscheidest«, sagte Jiggs zu Shea.

Shea stand sekundenlang einfach nur da, was Blanchard wie eine Ewigkeit vorkam. Doch schließlich zuckte der große Mann mit den Achseln und ging auf die Knie. Nachdem er tief Luft geholt hatte, tauchte er sein Gesicht in den Eimer. Und Jiggs lächelte, das war alles, lächelte schmallippig, während die anderen johlten und lachten und der Hund bellte und Little langsam zum Trailer zurückwich – und Blanchard sah zu, stand einfach da und sah zu, wie Shea, der auf dem von Reifenspuren durchfurchten Gras kniete, das Gesicht in den Schmutz des gelben Plastikeimers tauchte.

Schließlich machte Jiggs dem Ganzen ein Ende, indem er Shea gegen den Kopf trat. Dann schlug er ihm mit dem Gewehrkolben ins Gesicht, trat ihn erneut und stand dann einfach daneben, als die anderen weitermachten, spitze Cowboystiefel, die ihm zwischen die Rippen gestoßen und Gewehrkolben, die ihm in die Nieren und auf den Rücken geschlagen wurden. Und Blanchard stürzte auf einmal von der Veranda zu Shea, fünf oder sechs Schritte, bevor Jiggs herumwirbelte und krachend in den Boden vor seinen Füßen schoss, wobei die Erde wie eine Fontäne hochspritzte. Blanchard blieb wie angewurzelt stehen. Und anstatt zu handeln – zu kämpfen –, bettelte er.

»Er hat genug, seht ihr das nicht? Ihr bringt ihn noch um, dann müsst ihr uns alle umbringen. Könnt ihr das?«

Das war ein Gedanke, der Jiggs offensichtlich noch nicht gekommen war, denn er runzelte die Stirn. Schließlich nickte er.

»Los, gehen wir, Jungs. Ich nehme an, der große Ochse hat seine Lektion gelernt. Wenn jetzt nicht, dann nie.«

Die anderen folgten ihm nur widerstrebend, vor allem der Hund, der noch immer Sheas zusammengekauerte, blutige Gestalt anbellte. Der Möchtegern-Cowboy mit dem Holster zückte seine Pistole und feuerte auf Rondas Glühbirne oben am Mast, die beim vierten Schuss aufflammte und dann in einem Funkenregen herabfiel. In dem Augenblick, als sich der junge Kerl umdrehte, um Jiggs und den anderen zu ihren Pick-ups zu folgen, rannte Blanchard zu Shea und stellte fest, dass er keine Ahnung hatte, was er tun sollte, ob er ihm helfen sollte, aufzustehen, oder ihn besser dort liegen ließ und einen Arzt rief. Ronda, die jetzt neben Blanchard stand, war genauso hilflos.

»Oh Gott, schau ihn dir an«, rief sie aus. »Schau ihn dir an.«

Das Blut sickerte aus einer Wunde am Kopf und mischte sich mit der Flüssigkeit aus dem Eimer, eine Mischung, die sein Gesicht wie Make-up mit einer dünnen rötlichen Schicht überzog. Er blutete aus der Nase, und sein Mund glich einem gärenden Teigklumpen.

Er war übel zugerichtet und sah aus, als würde er gleich sterben. Blanchard legte ihm eine Hand unter den Kopf, um ihn zu stützen, weil er dachte, dass er so wenigstens bequemer sterben würde. Doch plötzlich schüttelte Shea den zerschundenen Kopf, spuckte Blut aus, befreite seinen massigen Körper von Blanchard, als hätte er für dessen Besorgnis nichts übrig, und stand langsam und schwankend auf.

Jiggs, der offensichtlich abgeneigt war, den Ort seines Triumphs zu verlassen, stand noch immer neben seinem Pick-up und teilte sich den letzten Rest aus einem Whiskeyflachmann mit den anderen. Doch als er sah, wie Shea aufstand, glitt ihm die Flasche aus der Hand, und der Mund blieb ihm offen stehen. Kopfschüttelnd kletterte er in seinen Truck und setzte sich an die Spitze der Parade, als sie dort wegfuhren, eine Möchtegern-Cowboy-Parade mit Reifen, die im Gras und auf dem Kies durchdrehten, und Hupen und Pistolenschüssen, die von der Straße aus ertönten und langsam verhallten.

Blanchard und Ronda versuchten Shea zu helfen, doch er schüttelte sie ab und taumelte allein zum Trailer, zog sich auf die Veranda hoch und ging hinein. Blanchard fand ihn an der Küchenspüle, wo er sein Gesicht unter den Wasserhahn hielt.

»Wir sollten dich in ein Krankenhaus bringen«, sagte er.

Nachdem er ein Handtuch gefunden hatte, versuchte Shea, sich abzutrocknen. Außerdem gelang es ihm, seinen Kopf zu schütteln. »Nein, nur Schlaf.« Er ging hinaus. »Alles was ich brauche, ist Schlaf.«

»Du könntest gebrochene Rippen haben«, wandte Blanchard ein. »Oder innere Verletzungen. Ich bring dich nach Springfield, in ein gutes Krankenhaus.«

Shea antwortete nicht. Mit dem Handtuch in der Hand schlurfte er den Flur des Trailers entlang und ließ sich auf das erste Bett fallen, das er fand, das im Gästezimmer. Mit Rondas Hilfe gelang es Blanchard, ihm die meisten Sachen auszuziehen, denn sie waren nass und schmutzig, und gemeinsam versuchten sie ihn unter die Decke zu legen, doch er war zu schwer und schlief bereits, schlief tief und fest und schnarchte. Ronda holte ein paar andere Decken und breitete sie über ihm aus, nachdem Blanchard ihn aus Furcht davor, dass er sich im Schlaf womöglich übergab und erstickte, auf die Seite gerollt hatte.

Blanchard zog sein Hemd und seine Schuhe an und folgte Ronda zurück in die Küche. »Ich weiß nicht, was ich sonst noch tun soll«, sagte er. »Einen Arzt würde man nie hierher bekommen.«

»Er kommt schon in Ordnung. Er scheint jedenfalls okay zu sein.«

Blanchard nickte und hoffte, dass es stimmte. Ronda fragte ihn, ob er noch immer Kaffee wollte, doch er verneinte und sagte, dass er gehen müsse.

»Ruf nicht die Polizei, ja?«, sagte sie. »Das bringt nichts. Dann sind Jiggs und diese anderen Mistkerle nur hinter dir her.«

Er nickte zustimmend, und sie schaute ihn an, als wäre er derjenige, der die Prügel bezogen hatte. Er wollte sich schon zum Gehen wenden, da schlang sie ihre Arme um ihn und vergrub das Gesicht an seiner Schulter.

»Wann sehe ich dich wieder?«, fragte sie.

»Ich weiß es nicht. Ich ruf dich an.« Er küsste sie abwesend auf die Stirn. »Pass auf ihn auf, okay? Stell dir den Wecker und schau in ein paar Stunden nach ihm. Weck ihn und vergewissre dich, dass es ihm gut geht.«

»Das werde ich. Keine Sorge.«

Tränen standen ihr in den Augen, und er konnte spüren, wie sie zitterte. Trotzdem ließ er sie los. Er bat sie, ihn anzurufen, falls es Shea im Laufe der Nacht schlechter ginge, und sie sollte sich keine Sorgen machen, falls seine Frau ranging, das hier war wichtiger. Dann küsste er sie erneut und ging.

Die Welt draußen hatte sich verändert, war dunkel und still, bis auf die Geräusche der Nacht, das lärmende Liebeswerben der Frösche und Zikaden. Die einzigen Lichtquellen waren der Mond und das blasse Licht eines Laternenmasts auf der anderen Straßenseite neben dem Haus von Rondas Großmutter, hinter dem sich die Bachniederung wie ein Schatten in Richtung des schwarzen, gewundenen Gewässers erstreckte. Beinahe hätte Blanchard Little in der Dunkelheit übersehen, der an Sheas Wagen lehnte und die Arme um sich geschlungen hatte, als fröre er in der milden Frühlingsluft.

»Wird er wieder?«, fragte er.

Blanchard sagte, er wisse es nicht. Er sagte, Shea schlafe jetzt.

Little drehte den Kopf hin und her wie ein Kind, das versuchte, nicht zu weinen. »Ich konnte nicht anders«, sagte er. »Ich konnte einfach nicht anders. Es waren einfach zu viele.«

»Ja, ich weiß.«

»Was hätte ich tun sollen?«

»Das, was Sie getan haben. Das Gleiche, was ich getan habe.«

Little weinte jetzt doch. »Er hätte was gemacht, unser Kumpel Shea, oder? Er hätte ihnen die Stirn geboten, wär einfach rübergekommen.«

Blanchard begriff nicht. »Aber das hat er nicht«, sagte er.

»Weil er geschlafen hat«, erklärte Little. »Er ist im Wagen eingeschlafen. Ich glaube, er hat nicht mal mitbekommen, was passiert ist. Sie haben uns vor der Longview-Bar aufgelauert und sind uns dann fünfzehn Meilen gefolgt.«

»Na, wie auch immer – es ist vorbei. Vorerst.« Blanchard wollte zu seinem Pick-up gehen, doch dann schien ihm noch etwas einzufallen. »Noch etwas – was immer Shea Ihnen über mich und meine Schwierigkeiten erzählt hat und wie sie zu lösen wären, hören Sie nicht auf ihn. Er redet nur gern, das ist alles.«

Little setzte ein schiefes Lächeln auf. »Das weiß ich doch, Mann. Machen Sie sich nichts draus.«

Blanchard nickte zum Abschied und ging zu seinem Wagen. Er fuhr rückwärts aus der Auffahrt und dann langsam die Straße am Flussufer entlang, als ihm auffiel, dass seine Hände ganz ruhig auf dem Lenkrad lagen. Und er glaubte den Grund dafür zu kennen, den eigentlichen Grund, aus dem Jiggs und die anderen dieser sinnlosen Brutalität gefrönt hatten – es war das Vieh und die fortwährende Gewalt, die dessen Aufzucht erforderte. Vom Herausziehen bei der Geburt steckengebliebener Kälber über die Kastration von einen Tag alten Bullen bis hin zur Impfung und Enthornung und Ohrmarkierung sowie dem Zusammentrieb und Transport, es war immer das Gleiche: jämmerliche Gestalten, die tagein tagaus über die Tiere herrschten mit Instrumenten und Tricks und, vor allem, Selbstüberschätzung, diesem irrationalen Gefühl von Unsterblichkeit, das es einem Mann ermöglichte, sich wie ein Stierkämpfer ganz in die Nähe der Hörner zu wagen. So hatte auch er sich daran gewöhnt. Gewalt war das tägliche Brot. Gewehre mochten ihm eine Heidenangst einjagen und dafür sorgen, dass er sich nicht von der Stelle rührte, doch die Erinnerung daran ließ ihn nicht zittern, nicht genug, um die wirklich wichtigen Dinge zu vergessen. Während er dahinfuhr, dachte Blanchard an sein Bett. Und an Schlaf.

4

Als er in die Auffahrt einbog, konnte Blanchard sehen, dass sämtliche Lichter im ersten Stock des Hauses brannten, sowohl in Whits als auch in seinem und Susans Schlafzimmer, und er fragte sich, was los war, ob Whit wieder einen seiner nicht enden wollenden Asthmaanfälle hatte. Nichts gab Blanchard ein solches Gefühl von Hilflosigkeit wie der Anblick seines Sohnes, wenn dieser nach Atem rang, als wäre das um ihn herum nicht Luft, sondern irgendein Gift, was es für ihn tatsächlich war. Susan gab dem Jungen dann seinen Inhalator oder eine der zahllosen, geheimnisvollen Pillen, die die Ärzte ihm verschrieben, und saß dann manchmal eine Stunde oder länger an seinem Bett und rieb ihm sanft die Brust, bis er wieder normal atmen konnte und Blanchard ebenfalls, wenn ihn die Anspannung langsam verließ.

Er hoffte, dass das nicht das Problem war, fast alles andere wäre ihm lieber gewesen. Doch er fragte sich, was es sonst sein könnte, dass sowohl Susan als auch der Junge zu so später Stunde, fast um ein Uhr morgens, noch wach waren.

Normalerweise wäre er zum großen Stall gegangen, um nach den kranken Kälbern oder Kühen zu sehen, oder nach den Bullen, wenn keine Paarungszeit war. Doch heute Abend ging er direkt ins Haus, machte in der Küche halt, um sich den Mund auszuspülen und Wasser ins Gesicht zu spritzen, bevor er das dunkle Wohnzimmer durchquerte und die schöne, alte, geschwungene Treppe in den ersten Stock hinaufging. Als er an Whits Zimmer vorbeikam, sah er weder den Jungen noch seine Mutter, nur offen stehende Koffer und Kisten, die teilweise mit Kleidungsstücken und Büchern und Schallplatten vollgepackt waren. Am Ende des Flurs fand er in seinem Schlafzimmer die Packerin: Susan, die noch immer die Sachen trug, die sie am Morgen angezogen hatte, faltete sorgsam eine Bluse und legte sie in den Koffer auf dem Bett, wo noch vier weitere passende Gepäckstücke lagen, ein teures Set aus Schottenstoff, das sie ergänzend zu den wunderschönen Kalbslederkoffern gekauft hatte, die sie während des Colleges begleitet hatten, und die bereits gepackt neben der Tür standen. Es gab auch ein paar Kisten, die mit Büchern gefüllt waren.

»Schau an, der Jäger ist wieder zu Hause«, sagte sie. »Heimgekehrt von den Hinterwäldlern.«

Er fragte sie, wo Whit sei.

»Unten. Auf dem Sofa.«

»Ich hab ihn nicht gesehen.«

»Das überrascht mich nicht.«

»Ich nehme an, ihr geht heim zu Daddy.« Blanchard war erstaunt, wie leicht ihm die Worte über die Lippen kamen.

»Stimmt. Ich habe ihn heute Abend angerufen«, sagte sie. »Er fliegt morgen früh nach Springfield und mietet sich einen Wagen. Er sollte gegen Mittag hier sein.«

Blanchard ließ sich erschöpft aufs Bett sinken. »Willst du mir erzählen, warum?«, fragte er. »Wieso so plötzlich?«

»Daran ist nichts *plötzlich*. Das weißt du.«

»Es ist ein Uhr morgens, Susan.«

»Na und?«

»Ich hätte gern eine Erklärung dafür.«

Sie sah ihn mit ernster, verschlossener Miene an. »Eine Erklärung? Das ist es, was du willst?«

»Genau.«

»Warum nicht das Übliche? Wir sind noch immer pleite, oder? Und hab ich dir nicht gesagt, dass Whit und ich irgendwann gehen würden? Mit dir oder ohne dich?«

»Das ist keine Antwort auf meine Frage. Warum ausgerechnet heute Nacht?«

Sie ignorierte ihn, während sie weiterpackte. Dann ging sie achselzuckend, als wäre es eine lästige Notwendigkeit, zum Schrank, wo sie einen Umschlag aus ihrem Schmuckkasten nahm.

»Hier, das gottverdammte Ding solltest du vielleicht ebenfalls lesen«, sagte sie und reichte es ihm. »Eine Mitteilung von unseren lieben, christlichen Nachbarn.«

Blanchard hatte nicht vor, sie zu lesen, denn er konnte sich genau vorstellen, was drinstand. Trotzdem nahm er den Brief aus dem Umschlag, ein einzelnes Blatt duftendes, gelbes Briefpapier. Darauf stand:

Liebe Mrs. Blanchard
Sie kenen mich nicht. Wenn Sie manchma zur Kirche gehen würden, dann schon, aber ich weiß das Sie GOTT nicht liben und IHN auch nicht förchten. Jedenfalls sollten Sie wissen, dass Ihr Mann sie betrügt mit einer Hure, die im Sweet Crick arbeitet. Sie fahrn von der Kneipe immer zu ihrem Wohnwagen und BETRÜGEN sie. Das ist Gottes Strafe für wie Sie sind.
Tun Sie Buße, denn das Himmelreich naht!!!

Eine gottesförchtige christliche Mutter

Nachdem er die Zeilen gelesen hatte, blieb Blanchard dort auf dem Bett sitzen und hatte keine Ahnung, was er sagen sollte. Er las den Brief noch einmal, knüllte ihn dann zusammen und warf ihn in Richtung des Papierkorbs neben seinem Schreibtisch, verpasste diesen aber und musste dabei zusehen, wie der obszöne kleine Ball zu Susan zurückrollte, die ihn ignorierte.

»Wann hast du ihn bekommen?«, fragte er schließlich.

»Vor einem Monat ungefähr.«

Blanchard dachte über den letzten Monat nach, und wie ihr Sexleben fast völlig zum Erliegen gekommen war und er diese Tatsache seiner Gehemmtheit ihr gegenüber zugeschrieben hatte, als weitere Rechtfertigung dafür, Ronda zu treffen. Es gab ihm das Gefühl, entsetzlich dumm und unsensibel zu sein, eher lächerlich als unmoralisch.

»Versuch nicht, dich rauszureden«, sagte sie. »Es ist mir, offen gesagt, egal. Deswegen gehe ich auch nicht. Es hat das Fass vermutlich nur zum Überlaufen gebracht. Ich meine, dass du nicht hier warst heute Abend, obwohl ich dich ausdrücklich darum gebeten habe. Stattdessen verschwindest du, um dich mit dieser kleinen Dorfschlampe zu vergnügen. Also habe ich gedacht, wozu noch warten? Whit und ich werden hier nicht gebraucht, wir sind nicht erwünscht, und obendrein gefällt es uns hier nicht. Also wozu es hinauszögern?«

Sie klappte den Koffer zu, den sie gepackt hatte, und ließ die Schlösser zuschnappen. Nachdem sie ihn zu den anderen auf den Boden gestellt hatte, machte sie sogleich mit dem nächsten weiter.

»Was soll ich sagen?«, unternahm Blanchard einen Versuch. »Es tut mir sehr leid. Und ich weiß, es klingt dumm – und es gibt keinen Grund, weshalb du mir glauben solltest –, doch das Mädchen hat keine Bedeutung. Sie ist nur – ich weiß nicht – eine Therapie oder so etwas. Etwas, womit ich mich von meinen Problemen ablenke. Der Ranch. Du weißt schon.«

Susan machte eine abwehrende Geste. »Spar dir die Mühe, okay? Wie gesagt, es ist mir im Grunde egal, und das meine ich auch so. Eine Kellnerin im ›Sweet Crick‹ – ich kann mich irgendwie nicht darüber aufregen. Ist ja nicht gerade so, als ob so etwas noch nie passiert wäre, oder?«

Vor fast sechs Jahren hatte es bei *Darling* eine Sekretärin gegeben, eine ausgesprochen attraktive, sehr witzige, geschiedene Frau, mit der sich Blanchard so weit eingelassen hatte, dass sie sogar mit auf seine Geschäftsreisen gekommen war. Und Susan hatte es herausgefunden, hätte ihn wegen ihr beinahe verlassen und war schließlich nur geblieben, weil er sie davon überzeugt hatte, dass er sie liebte, wie er es noch immer tat, auf seine eigene, wankelmütige Art.

Blanchard stand auf und trat ans Fenster, obwohl er darin nur sein eigenes Spiegelbild sehen konnte, den Don Juan der Ozarks. Er wollte zu seiner Frau gehen und sie in die Arme nehmen und versuchen, diesen abscheulichen Fehltritt ungeschehen zu machen, nicht mit sinnlosen Worten, sondern mit seinem Körper, indem er da war. Doch er wusste, dass sie seine Berührung nicht ertragen hätte, nicht heute Nacht, wo er wahrscheinlich noch immer den Geruch einer anderen Frau an sich hatte. Also versuchte er es mit etwas anderem.

»Wenn du gehst, Susan, könnte das endgültig sein. Ist dir das klar?«

»Es ist endgültig.«

»Ich meine uns beide, und uns drei, uns zusammen. Du gehst davon aus, dass ich das hier aufgebe …«

»Hast du denn eine Wahl?«

»Wie ich heute Morgen gesagt habe, Fleisch ist wieder im Kommen. Wenn der Preis auf fünfzig Cent steigt und die Bank unseren Kredit verlängert …«

»Und wenn die Herde keine Brucellose hat – wenn, wenn wenn!«

»Ja, *wenn*. Wenn ich weitermachen kann, Susan, werde ich das tun. Und was dann? Wie kommen wir dann wieder zusammen?«

Sie packte weiter. »Das werden wir nicht. Du hast deine Entscheidung bereits getroffen. Das Vieh kommt vor mir und Whit.«

»Zum Teufel mit dem Vieh«, sagte er. »Darum geht es nicht, und das weißt du. Es ging um die Lebensweise, erinnerst du dich? Hast du all das vergessen, weswegen wir ursprünglich hierhergekommen sind?«

»Nein. Aber nach Saint Louis zurückzukehren ist genau das, was ich jetzt will. Ich vermisse es und will jetzt einfach dort sein.«

»Und Tommy? Was ist mit ihm?«

»Er ist *dein* Bruder. Deine Verantwortung. Wenn du willst, dass vernünftig für ihn gesorgt wird, ist das kaum der richtige Ort.«

»Aber Saint Louis schon?«

»Clayton, ja.«

»Ach ja, Daddys Haus. Ist es das, was dir vorschwebt, wir alle gemeinsam unter seinem Dach?«

»Es ist groß genug.«

Blanchard konnte nichts dagegen einwenden, denn sein Schwiegervater hatte eines der schönsten Häuser im schönsten Vorort von Saint Louis. Und er lebte dort allein, ein Witwer, ein reicher und erfolgreicher Chirurg in einem Haus mit vierzehn Zimmern, der auf den Tag wartete, an dem seine geliebte Tochter wieder nach Hause käme, damit er ihr erneut den Lebensstil bieten könnte, den er ihr einst voller Freude geboten hatte. Doch trotz des Chaos und der Ungewissheit in Blanchards derzeitigem Leben gehörte zu den wenigen Dingen, die er mit Sicherheit wusste, dass er nicht unter diesem Dach leben würde, niemals. Und Tommy ebenfalls nicht.

Während er Susan beim Kofferpacken zusah, spürte er eine wachsende Frustration und Hilflosigkeit. Er fragte sich, wie er zu ihr durchdringen sollte, wie er ihr die Gefahr, die in dem lag, was sie tat, deutlich machen sollte.

»Du willst, dass ich verkaufe«, stellte er nüchtern fest. »Zu irgendeinem Preis verkaufe, und dann zu dir nach Clayton komme.«

»Stimmt.«

»Und dass ich pleite oder verschuldet komme, spielt keine Rolle?«

»Du kannst einen Job finden, das weißt du. Du warst mal ein guter Kundenberater. Du kannst das wieder sein.«

»So einfach ist das also?«

»Für mich schon.«

»Nun, dann lass mich dich Folgendes fragen: Wenn du wüsstest, dass ich nicht von hier weggehen kann oder es nicht will – wenn du wüsstest, dass deine Entscheidung endgültig wäre, würdest du es trotzdem tun?«

Nicht einmal das brachte sie dazu, das Packen zu unterbrechen.

»Das ist doch nur eine rhetorische Frage«, sagte sie. »Weil du auf jeden Fall von hier weggehen wirst. Die Rockton Bank sorgt schon dafür.«

»Okay, dann von mir aus als rhetorische Frage – aber ich will eine Antwort.«

»Du meinst, was passiert, wenn du nicht gehst?«

»Ja.«

»Dann leben wir getrennt.«

»Einfach so?«

Sie drehte sich zu ihm um, und zum ersten Mal, seit er das Zimmer betreten hatte, sah er Anzeichen von Schmerz und Wut. »Ja, einfach so!«, wiederholte sie. »So wie du es heute Abend mit deiner Bauernschlampe gemacht hast.«

Blanchard erwiderte nichts. Es schien alles gesagt zu sein.

Er überlegte, ob er ihr erzählen sollte, was Shea passiert war, doch er nahm an, dass sie die Geschichte zu Hohn und Spott veranlassen und ihr nur einen weiteren Grund dafür liefern würde, dass er ihr zurück in die »Zivilisation« folgen sollte. Schließlich drehte er sich einfach um und verließ den Raum, langsam, wobei ihm vor Erschöpfung und Panik ganz schwindlig war. Er schaffte es die Treppe hinunter und ging hinüber zum Sofa, wo Whit zusammengerollt auf der Seite lag und schlief, mit leicht geöffnetem Mund und einer Zornesfalte zwischen seinen geschlossenen, flatternden Augenlidern. Blanchard fragte sich, was der Junge wohl träumte, welche Ängste ihn mitten in der Nacht noch heimsuchten.

Leise ging er durch die Küche und die hintere Tür hinaus in die kühle Ozark-Nacht, in eine Luft, die sich wie die Berührung von Babylippen anfühlte, verglichen mit der sengenden Mittagshitze, den unbarmherzigen fünfunddreißig Grad bei neunzig Prozent Luftfeuchtigkeit. Im Gegensatz zu den meisten Ranchern in der Gegend hatte er keinen Lichtmast, denn er hasste das bläuliche Grabeslicht, das dieser in die Dunkelheit warf. Aber wenn der Mond am Himmel stand, war es möglich, sich ohne künstliches Licht auf dem Grundstück zu bewegen. Doch selbst diese angenehme Stimmung konnte die Furcht, die ihn quälte, nicht mindern. Ihm kam in den Sinn, dass Susans Entscheidung der passende Abschluss dieses langen, schrecklichen Tages war, angefangen bei dem Bullen, der ausgebrochen war, über die Knochenarbeit am Nachmittag und den anschließenden Krawall im Sweet Creek, gefolgt von ganz neuen Problemen, mit denen Ronda ihn im Trailer konfrontiert hatte, bis zu dem ungeheuerlichen Vorfall, bei dem Shea beinahe von Jiggs und dem Haufen anderer Hinterwäldler getötet worden wäre. Das alles brachte Blanchard dazu, sich seltsam verwundbar zu fühlen. Auf einmal schien sein Leben außer Kontrolle geraten zu sein.

Es war die beste Jahreszeit für das Vieh, mit reichlich satten Weiden und milden Nächten, sodass die Ställe in der Scheune bis auf altes Stroh und Dung leer waren. Blanchard wusste nicht genau, wohin er eigentlich wollte, wahrscheinlich zum entferntesten Punkt der Hauptweide, wo er sich an den Zaun lehnen, eine Zigarette rauchen und das zum Teich hin leicht abfallende Gelände betrachten konnte. Den Teich hatten er und Clarence vor zwei Jahren angelegt, und wenn der Mond richtig stand, schimmerte die Wasseroberfläche in der Dunkelheit wie ein großes Silbertablett. In den heißen Sommernächten hatte er oft das Vieh beobachtet, das darin stand, um sich abzukühlen. Warum ihm dieser Anblick bei Tag und Nacht eine solche Freude bereitete, konnte er nicht sagen, außer dass es beinahe dem Idealbild des Traums entsprach, den er während seiner Zeit als Schreibtischarbeiter gehegt hatte, mit den vielen Meetings, bei denen es wie in einem Irrenhaus zuging, und er genauso gedankenlos wie alle anderen dahergeredet hatte. Ihm wurde klar, dass er sich damals nach Stille und Substanz gesehnt hatte. Das war alles, was er gewollt hatte, ein bestimmtes Maß an Ruhe und Frieden und das Gefühl, dass er Männerarbeit erledigte, einem ehrlichen Tagwerk nachging. Die Ranch hatte ihm das gegeben. Sie hatte ihm seine Männlichkeit zurückgegeben. Und jetzt glaubte Susan, dass er das alles wie irgendeine Immobilie aufgeben und ihr nach Saint Louis folgen konnte, kastriert, bereit für oberflächliche Vergnügungen und Lärm. Doch da lag sie falsch. So viel wusste er. Er würde nicht gelassen in diese gute Nacht gehen.

Als er an dem Gehege entlangging, hörte er das leise Schnauben des Bullen, das von der anderen Seite des Zauns erklang, bevor er ihn sehen konnte. Als Blanchard näher kam, war er überrascht zu sehen, dass das Tier allein im Gehege stand, an der gleichen Stelle, an der man es heute Morgen eingepfercht hatte, was mit dem abgerissenen Halsfang um seinen Kopf geendet hatte. Doch jetzt, in der Dunkelheit, war keine Spur mehr von dieser Demütigung zu erkennen. Der Stier wirkte auf Blanchard sogar majestätischer denn je, viel mehr wie der König der Tiere, als es eine räudige Raubkatze je sein könnte.

Blanchard beugte sich über den Zaun und sprach zu ihm. »Bulle, hey Bulle!« Doch das Tier zeigte keine Reaktion, stand einfach nur da, hoch wie ein Pferd, nur breiter und voluminöser, mit kurzen, dicken Beinen, die wie Zaunpfosten in den Staub gegraben schienen. Es waren jedoch die Augen, die einen bannten, die unerbittliche Feindseligkeit in seinem Blick. Diesem Blick zu begegnen, erinnerte Blanchard an einen Abend in Saint Louis vor über einem Jahrzehnt, als er ins Gaslight Square zu einer Abschiedsparty eines Art Directors gefahren war, der in eine Agentur nach Dallas wechselte. Blanchard hatte damals gerade einen neuen Wagen, ein 1967er Impala Coupé, und er war auf der Suche nach einem Parkplatz in der Nähe vom *O'Connell's Old Irish Pub*, wo die Party stattfinden sollte, durch die malerischen, von Gaslaternen erhellten Straßen der Gegend gefahren. Schließlich hatte er es aufgegeben und sich für eine Parklücke zwei Blocks entfernt vor ein paar Mietshäusern in einem Viertel entschieden, welches das Gaslight Square umgab und mit der Zeit sicher vereinnahmen würde, wenn all die falschen, auf Nostalgie getrimmten Gaslaternen der dunkleren Wirklichkeit von Armut, Verbrechen und Angst weichen würden.

Als Blanchard an jenem Abend aus dem Wagen stieg, blickte er unerwartet in die Augen von drei jungen schwarzen

Männern, die keine sechs Meter entfernt auf einer Treppe herumlümmelten. Und er hatte ihren Blick nie vergessen – den exakt gleichen Blick in allen drei Augenpaaren –, eine ungerührte, träge zur Schau gestellte Belustigung, als sie seine missliche Lage begriffen, den brandneuen Wagen entweder in ihrer fürsorglichen Obhut zu lassen oder hastig wieder einzusteigen, wie es jeder andere verdammte weiße Spießer getan hätte, und an einen anderen, scheinbar sichereren Ort zu fahren. Doch was ihm auffiel, war, dass hinter ihrer coolen Fassade eine große Feindseligkeit hauste, ein tief verwurzelter Hass, von dem er bezweifelte, dass Zeit, Anstrengung oder Mildtätigkeit diesen jemals verringern könnten.

Nach kurzem Zögern hatte er sich wieder in den Wagen gesetzt, um ihn ein paar Blocks entfernt irgendwo zu parken.

Er fragte sich, ob es ihm mit der Ranch genauso ergehen würde, wie es dem Gaslight Square und so vielen anderen Vierteln in amerikanischen Städten ergangen war. Er fragte sich, ob diese dunkle, unbekannte Kraft ihn am Ende zerstören würde. Er fragte sich, ob das Tier, seit er es auf die Ranch gebracht hatte, unwissentlich seine, Blanchards, Zerstörung vorbereitete.

Innerhalb weniger Stunden würde er es wissen. Und wie er fand, war das früh genug.

Er verbrachte die Nacht auf der Veranda, zusammengerollt auf dem alten Korbsofa, das bereits zum Inventar gehört hatte, als sie eingezogen waren. Bei Tagesanbruch wachte er kurz auf, schlief dann aber wieder ein und wurde von Clarence geweckt, der, wie immer, pünktlich um sieben angefahren kam. Als er den Motor des Pick-ups hörte, rappelte sich Blanchard hoch und hoffte, ins Haus schlüpfen zu können, bevor Clarence die Hügelkuppe erreichte und einen unverstellten Blick auf die Veranda hätte. Doch er hatte ihn zu spät bemerkt und war noch nicht einmal ganz aufgestanden, als der alte Truck vorbeirumpelte, wobei Clarence praktisch aus dem Fenster hing, um ihn mit offenem Mund anzustarren.

Verärgert verschwand Blanchard im Haus, ging auf die Toilette, machte sich Kaffee und rauchte zwei Zigaretten. Dann ging er zum Telefon und rief Ronda an. Erst beim sechsten Klingeln ging sie ran. Ja, sie habe geschlafen, sagte sie. Jedoch nicht die ganze Nacht. Wie er ihr gesagt habe, habe sie Shea einmal geweckt, und er habe ganz normal gewirkt, zu normal sogar, denn er habe ihr gedroht, *auf ihr* zu schlafen, wenn sie ihn noch einmal wecken würde. Er sehe allerdings schlimm aus. Sein Gesicht und seine Rippen seien geschwollen und verfärbt, und sein Haar blutverklebt. Blanchard wies sie an, ihn so bald wie möglich zu einem Arzt zu bringen und sich keine Sorgen wegen des Geldes zu machen, denn Shea habe genug, habe gerade einen Freund um fünftausend Dollar angepumpt. Er sagte, er werde später noch mal anrufen, wahrscheinlich gegen fünf. Dann legte er auf.

Er machte sich ein Frühstück aus Rühreiern, Bacon, Fritten und zwei weiteren Tassen Kaffee, die er schwarz und heiß hinunterschüttete. Als er damit fertig war, ging er im Wohnzimmer zum Sofa, auf dem Whit noch immer tief und fest schlief. Dann stieg er die Treppe halb hinauf, um zu sehen, ob Susan wach war. Doch sowohl die Schlafzimmertür als auch die von Tommys Zimmer waren geschlossen. Er ging hinaus in den Fahrzeugschuppen, wo Clarence bestimmt an der Heuballenpresse herumhantierte, um sie für die langen Tage, die vor ihnen lagen, vorzubereiten.

Im Laufe der Jahre war Blanchard es müde geworden, dem alten Mann einen guten Morgen zu wünschen, weil das höchstens mit einem Strahl Tabaksaft oder einem Grunzen gewürdigt wurde, weshalb es jetzt überhaupt keine Begrüßung oder irgendetwas Rituelles mehr zwischen ihnen gab.

»Wie sieht's aus?«, fragte Blanchard.

Clarence spuckte verächtlich aus. »Wie ein Haufen Scheiße, so sieht's aus. Wir könn'n von Glück sagen, wenn wir hundert Ballen damit zustande kriegen.«

Die Presse war eine fünfzehn Jahre alte Allis Chalmers, die Blanchard kurz nach dem Kauf der Ranch bei einer Farmauktion erstanden hatte. Sie ging häufig kaputt, und die Ballen, die sie produzierte, waren klein und leicht, und die Schnur, die sie zusammenhielt, neigte dazu, zu reißen oder sich zu lockern. Clarence schien die Maschine und einen Großteil von Blanchards anderen technischen Geräten als persönlichen Affront anzusehen.

»Alle anderen machen inzwischen große Ballen«, beschwerte er sich. »Sie wissen, dass man es bei den kleinen, struppigen Ballen, die das Ding hier macht, nicht schaffen kann.«

»Kaufen Sie mir eine große Presse«, sagte Blanchard, »und wir benutzen sie.«

»Ich? Und womit? Herrgott, ich kann mir kaum mein Essen leisten.«

»Hab davon gehört.«

»Ja, wahrscheinlich wird das alte Gelumpe hier dieses Jahr jeden zehnten Ballen schreddern. Die Crew vom alten Russell, die hinter uns auflädt, kann sich dieses Jahr den ganzen Tag in der Nase bohren.«

Doch obwohl er an der Maschine kein gutes Haar ließ, entfernte und säuberte der alte Mann sorgfältig die Zahnräder des Getriebes. Blanchard fragte ihn, ob er Hilfe bei der Maschine benötigte, und Clarence sagte nein, dass er allein damit klarkomme. Blanchard teilte ihm mit, dass er am Nachmittag in die Stadt fahren müsse, weil seine Frau und Whit in ein paar Stunden zu einem Besuch bei ihrem Vater in Saint aufbrächen, weshalb er den Großteil des Vormittags im Haus sei, um ihnen bei den Vorbereitungen zu helfen.

»Sie sind also 'n Strohwitwer, was?«, bemerkte Clarence.

»Für eine Weile.«

»Hab'n Sie deshalb auf der Veranda geschlafen? Als 'ne Art Übung?«

Blanchard ignorierte die Frage. »Ich schau mal nach der Herde und füttere die Kälber«, sagte er. »Wenn Sie mich brauchen, sagen Sie Bescheid.«

Clarence schüttelte verwirrt den Kopf. »Ich konnt's letzte Nacht gar nicht so warm finden, ich meine, um draußen zu schlafen.«

Blanchard lächelte. »Sie werden auf Ihre alten Tage neugierig, Clarence«, sagte er.

Der alte Mann reagierte gereizt: »Was zum Teufel soll das heißen, *neugierig*? Ich hab Sie beim Herfahren auf der Veranda gesehn und gedacht, Ihnen wär zu warm, das ist alles.«

»Ganz bestimmt.«

»Und ob, Gottverdammich!«

Blanchard wusste, dass er ihn zur Abwechslung einmal auf die Palme brachte, und das gefiel ihm. »Genau das hab ich gesagt.«

»Aber nicht gemeint.«

Blanchard wandte sich zum Gehen. »Und sagen Sie Bescheid, wenn Sie Hilfe brauchen«, sagte er erneut, als plötzlich das Stahlgehäuse der Strohpresse hinter ihm schepperte. Doch er blieb nicht stehen, weil er das Geräusch bereits kannte, wenn Clarence einer widerspenstigen, blöden Welt einen Tritt verpasste.

Er brauchte fast eine Stunde, bis er auf den verschiedenen Weiden nach dem Vieh gesehen hatte. Als er damit fertig war, lud er ein Dutzend Säcke Weizenfuttermehl auf den Pick-up und fuhr zu dem klapprigen Zaun des Geheges am Ende der Nordweide, wo er die Säcke entlud, aufriss und in die Futtertröge kippte, bevor er die hungrigen Kälber, siebzig an der Zahl, hereinließ. Ein Rancher wie er hätte die jungen Stiere und Jährlinge eigentlich schon letzten Herbst nach dem Absetzen verkauft, doch war der Viehpreis so niedrig gewesen, dass er sich entschlossen hatte, sie über den Winter zu behalten und auf einen Preisanstieg im Frühjahr oder Sommer zu warten. Doch das war nicht passiert, und er hatte inzwischen sein gesamtes Heu verbraucht und musste welches zukaufen, über tausend Ballen zum Wucherpreis von einem Dollar achtzig das Stück. Die Kälber waren im Verkaufsalter und hätten sich normalerweise bereits in einem Feedlot befunden, einem Mastbetrieb, in dem sie fünf Monate lang so viel Korn und Silage fressen konnten, wie sie wollten, bis sie mit einem Gewicht von circa fünfhundert Kilo zum Schlachten bereit gewesen wären. Stattdessen wogen sie zwischen dreihundert und vierhundert Kilo und waren weit von ihrer Gewichtsklasse entfernt. Das war es, was das billige Weizenfuttermehl bewirken sollte: Ihnen genug Gewicht zu verleihen, um sie mit Gewinn zu verkaufen, falls der Markt anzog, damit er wenigstens sein Bankdarlehen bedienen konnte. Zumindest war das seine Hoffnung. Dann fuhr er zum Haus zurück, wo Tommy auf den Stufen der hinteren Veranda saß und auf ihn wartete, während er seinen Hund Spot mit einer Hand festhielt und mit der anderen streichelte. Er sah aus, als wäre er den Tränen nahe.

»Susan und Whit gehen weg«, sagte er.

»Nur für eine Weile.«

Tommy schüttelte den Kopf. »Nein, Whit sagt, sie kommen nicht zurück. Er meinte, sie gehen für immer.«

»Nun, das stimmt nicht.«

»Bist du sicher, Bob?«

»Ja, bin ich.«

Tommy lächelte erleichtert und stand auf, wobei er noch immer den Hund festhielt. »Mann, bin ich froh«, sagte er. »Ich will nicht, dass sie gehen und nicht mehr wiederkommen.«

Blanchard fragte ihn, ob er gefrühstückt hätte.

»Toast und Milch.«

»Na, dann lass doch Spot mal los, und wir braten uns ein paar Eier mit Speck. Ein Rancher braucht ein richtiges Frühstück, Tommy, das weißt du doch.«

»Ja, das ist wahr.« Noch immer grinsend ließ Tommy den Hund los, der davonsauste. Die beiden Brüder gingen in die Küche, wo sie Whit antrafen, der mürrisch über einer Schale Cornflakes saß, während seine Mutter eine Dose halb gefrorenen Orangensaft in der Spüle öffnete.

Als keiner von beiden aufblickte, versuchte Blanchard es mit Humor, indem er vor dem Gesicht seines Sohnes mit der Hand herumwedelte.

»Bist du wach?«, fragte er ihn. »Siehst du die hier? Die gehört zu deinem Vater.«

Der Junge reagierte nicht.

»Lass ihn in Ruhe«, sagte Susan.

Blanchard tat erstaunt. »Was ist los mit euch beiden? Heute ist Unabhängigkeitstag, oder nicht? Ich dachte, ihr würdet hier drin auf dem Tisch tanzen.«

Whit begann zu weinen, und Susan fragte Blanchard, ob er nun zufrieden sei. Tommy hatte sich umgedreht und wollte wieder hinausgehen.

»Nein, setz dich«, sagte Blanchard zu ihm. »Ich hab gesagt, ich mach dir was zum Frühstück.«

»Noch bin ich nicht weg«, warf Susan ein. »Und bis dahin kümmere ich mich um das Essen.«

Einen Augenblick lang dachte Blanchard, sie versuchte, witzig zu sein, doch ihr Blick besagte etwas anderes. »In Ordnung«, sagte er. »Dann kümmere du dich darum. Denn ich möchte mich mit meinem Sohn unterhalten.«

Er nahm Whit bei der Hand und führte den schluchzenden Jungen aus der Küche und durchs Wohnzimmer in den Wintergarten, wo er ihn aufs Sofa setzte. Susan kam herein und sah bleich und wütend aus.

»Keine Sorge«, sagte Blanchard zu ihr. »Wir unterhalten uns nur ein bisschen. Geh bitte wieder in die Küche, ja?«

»Er ist schon so verstört genug.«

»Ich weiß. Deshalb will ich mit ihm reden.«

»Du machst es nur noch schlimmer.«

Blanchard bat sie erneut, sie allein zu lassen, und schließlich gab sie nach. Er wandte sich wieder zu Whit um und setzte sich vor ihm auf den Sofatisch. Als ihn der Junge noch immer nicht anschauen wollte, packte er ihn am Kinn und zwang ihn, ihm in die Augen zu schauen.

»Bist du okay?«, fragte er.

Whit brachte ein Nicken zustande.

»Hör zu, ich weiß nicht, was deine Mutter dir erzählt hat, oder was du von dem Ganzen hältst, aber ich will sicher sein, dass du es nicht missverstehst. Ich meine, wo wir alle stehen.« Blanchard war sich nicht sicher, ob das Sinn ergab, fuhr jedoch fort, weil er das Gefühl hatte, dass es wichtig war, dem Jungen etwas zu geben, woran er sich klammern konnte, auch wenn es überhaupt nicht der Wahrheit entsprach.

»Dass wir getrennt sind – das ist nicht für immer«, fuhr er

fort. »Es ist nur vorübergehend. Verstehst du das, Whit? Nur für kurze Zeit.«

Er erzählte seinem Sohn, dass seine Mutter genug von der Ranch habe und eine Zeit lang in Saint Louis leben wolle, er selbst aber gerade nicht wegkönne, weil sein gesamtes Geld fest angelegt sei und er eine Menge Vieh zu versorgen habe, bevor er wisse, was zu tun sei, ob er alles verkaufen oder bleiben werde. Doch so oder so, sagte er, würden sie im Herbst wieder alle beisammen sein, dafür werde er sorgen. Er liebe ihn und seine Mutter zu sehr, um getrennt von ihnen zu leben, und seine Mutter liebe ihn ebenfalls, liebe Blanchard, auch wenn sie sich in letzter Zeit nicht so verhalten habe, weil ihr die Ranch auf die Nerven gehe, erklärte er. Doch wichtig sei, dass sie alle bald wieder zusammen sein würden. Das könne er versprechen.

Dann versuchte Blanchard, dem Jungen etwas Verbindlicheres zu geben, etwas, woran er sich festhalten konnte.

»Denk daran, Whit, du wirst bald kein Kind mehr sein. Du wirst groß und stark werden, wahrscheinlich größer als ich, größer als dein Großvater. Und es besteht die Aussicht, dass du dein Asthma überwindest – das sagen die Ärzte doch immer wieder, oder? Also Teufel noch mal, selbst wenn wir hierbleiben, selbst wenn du und deine Mutter hierher zurückkommen und nicht ich zu euch nach Saint Louis stoße, wirst du perfekt hierher passen. Du wirst Seite an Seite mit mir arbeiten können, mich wahrscheinlich weit hinter dir lassen. Das klingt doch nicht schlecht, oder?«

Whit schniefte noch immer, war jedoch zumindest dazu in der Lage, Blanchard anzuschauen und zwischendurch zu nicken. Schließlich stand Blanchard auf und zog den Jungen an sich, legte seine Arme um ihn und weinte beinahe selbst, als das Kind ihn ebenfalls ganz fest umarmte. Blanchard ertappte

Susan dabei, wie sie von der Küchentür aus zusah, überraschte sie in dem Moment, als sie sich mit schuldbewusstem, verletztem Blick abwandte.

»Bevor du gehst«, sagte Blanchard zu seinem Sohn, »möchte ich, dass du etwas für mich tust.«

»Klar, Dad«, sagte der Junge. »Was denn?«

»Sag Tommy, dass du dich getäuscht hast, das ist alles. Sag ihm, dass wir wieder zusammen sein werden. Okay?«

Blanchard gelang es fast eine Stunde lang nicht, Susan allein anzutreffen, entweder weil sie es vermied, oder weil Whit und Tommy sie beide aus einem mulmigen Gefühl heraus nicht aus den Augen ließen. Doch schließlich fing er sie an der Verandatür ab, wo sie nach ihrem Vater Ausschau hielt. Es war fast Mittag.

»Kannst es nicht erwarten, was?«, fragte er.

Sie nahm sich eine Zigarette und zündete sie an. »Ich will es einfach hinter mich bringen.«

Er sagte ihr, dass es noch nicht zu spät sei, ihre Meinung zu ändern, und sie erwiderte, dass das für ihn genauso gelte.

»Du kannst noch immer mitkommen«, fügte sie hinzu.

»Ich bin mir nicht sicher, ob du weißt, wie gefährlich das ist.«

»Nein, zum Teufel.«

»Es könnte eine Mauer zwischen uns entstehen. Und je länger sie besteht, desto schwieriger wird es, sie wieder einzureißen.«

»Ich errichte keine Mauern«, sagte sie.

»Doch, das tust du.«

»Ich will nicht darüber reden. Es ist alles gesagt.«

»Whit ist nicht besonders froh darüber.«

»Natürlich nicht. Er will, dass du mitkommst.«

»Vielleicht will er ja auch bleiben?«

»Er hasst es hier, das weißt du genau.«

»Tu ich das?«

»Das solltest du.«

»Tommy wird einsam sein.«

Susan musterte ihn mit einem verächtlichen Blick. »Dann musst du ihn eben von jetzt an abends mitnehmen. Vielleicht findest du ja auch ein Flittchen für ihn.«

Blanchard war bewusst, dass sie ihm lediglich eins auswischen und sich nicht über Tommy lustig machen wollte. Trotzdem machte ihn die Bemerkung sprachlos. Er zündete sich ebenfalls eine Zigarette an und hielt für kurze Zeit gemeinsam mit ihr Ausschau, beobachtete die Straße dort, wo ihr Vater auf der fernen Hügelkuppe zuerst ins Blickfeld kommen würde.

»Wenn wir mit dem ersten Heu fertig sind, besuche ich euch«, sagte er.

»Das Wichtigste zuerst.«

»Natürlich.«

Sie wandte sich zu ihm um, ihre Augen waren auf einmal gerötet. »Nur falls du während unserer Abwesenheit vergesslich werden solltest«, sagte sie, »ich liebe dich noch immer, weißt du? Und Whit liebt dich. Und wir werden jeden Tag darauf warten, dass du kommst und bei uns bleibst. Dich um uns kümmerst.«

Blanchard nahm sie in die Arme, und als sie aufschluchzte, spürte er ihren Schmerz, als wäre es sein eigener.

»Bitte geh nicht«, brachte er mühsam hervor. »Bitte, Liebling.«

Gewaltsam löste sie sich von ihm und rannte die wenigen Stufen hinunter zum Rasen und um das Haus herum, wobei sie ihm signalisierte, ihr nicht zu folgen. Und er verstand. Er wusste, dass sie den Gefühlspanzer wieder anlegen musste, schimmernd und undurchdringlich, bereit für Daddy.

Der Doktor kam um Viertel nach eins, wobei er sich mit einem Ford LTD zufriedengab, wahrscheinlich der größte Wagen, den er in Springfield hatte mieten können, doch noch immer ein beschämender Abstieg im Vergleich zu den Cadillac Fleetwoods, die er sonst fuhr und jedes Jahr, kaum eingefahren, gegen das neueste Modell austauschte. Und wie immer, außer beim Golfspielen, trug er einen maßgeschneiderten Anzug, diesmal einen grauen Dreiteiler mit Nadelstreifen, der auf angemessene Weise sowohl seinen Reichtum als auch seinen gediegenen Geschmack zur Schau stellte. Blanchard fragte sich oft, ob er den Mann auch dann so gar nicht hätte leiden können, wenn er nicht Susans Vater gewesen wäre, und die Antwort war stets ja, denn Doktor Ernest Adam Tidewell war bestimmt der selbstverliebteste Mensch, dem Blanchard je begegnet war. Vor sechs Jahren, in der Nacht, als die Frau des Doktors an Krebs gestorben war, hatte Blanchard versucht, ihm seine Anteilnahme und sein Beileid auszudrücken und war dafür mit einem Blick in den Abgrund belohnt worden.

»Bemüh dich nicht«, hatte der Doktor kühl entgegnet. »Ein Chirurg ist oft mit dem Tod konfrontiert. Und Margaret und ich standen uns sowieso nicht besonders nah. Sie wäre mit einem weniger erfolgreichen Mann glücklicher gewesen.«

Blanchard hätte beinahe erwidert: »Wie wär's dann mit Glückwünschen?«

Doch er hatte sich den Kommentar verkniffen und ihn stehen lassen, während er sich gefragt hatte, wie viel von diesem verdorbenen Charakter in seiner Frau und seinem Sohn schlummerte.

Über die Hälfte der Kunstobjekte im Haus des Doktors waren Porträts von ihm, Ölgemälde, Zeichnungen und Fotografien, eines sogar von dem unvergleichlichen Yousuf Karsh. Und der Doktor dachte sich nichts dabei, unter einem von ihnen zu sitzen und sich sorgfältig die Fingernägel zu feilen, während er ex cathedra Erklärungen zu Politik, Kunst, Soziologie und allem anderen abgab, denn es gab nichts, worüber er nicht Bescheid gewusst hätte, nichts, worin er nicht eine Autorität gewesen wäre – man brauchte ihn einfach nur zu fragen. Seine satte Selbstzufriedenheit war von einem solchen Ausmaß, dass Blanchard sich kaum vorstellen konnte, wie der Mann morgens wie jeder normale Mensch aufstand, sich dabei müde und zerschlagen fühlte oder schlecht gelaunt war. Er dachte vielmehr an einen Fernsehschauspieler in einem Werbespot für Schlafmittel, der sich lächelnd und voller Enthusiasmus streckte, da es einen neuen Tag zu erobern galt.

Und diesen Tag eroberte er ebenfalls, allerdings wohlwollend und sogar mit einem Lächeln, als er Blanchard nach der Ranch fragte – ob der Preisdruck nachlasse, ob ein Licht am Ende des Tunnels zu sehen sei, ob die neuen Steuervergünstigungen halfen oder es noch schlimmer machten –, während Blanchard und Tommy den Wagen mit Susans und Whits Sachen beluden. Schließlich packte der Doktor Blanchard am Arm und führte ihn ein Stück weg, damit niemand sie hören konnte, und bot ihm umfassende Hilfe an – um die Ranch loszuschlagen und, in Saint Louis, wieder Fuß zu fassen. Blanchard dankte ihm und sagte, dass er keine Hilfe brauche, dass die Viehpreise wieder anzögen und er zurechtkomme, dass es lediglich eine Frage der Zeit sei. Der gute Doktor lächelte daraufhin kalt, sagte, dass er sich für ihn freue – und, falls es doch nicht funktioniere, er nach Clayton kommen könne, die

Tür stehe jederzeit offen. Blanchard versicherte ihm, dass er das im Gedächtnis behalten werde.

Sie kehrten zum Wagen zurück. Susan gab Tommy einen Abschiedskuss, und Blanchard küsste sie und Whit. Dann stiegen sie in den Ford, die Türen schlugen zu und der Wagen fuhr ganz langsam den Hügel hinab, beinahe so, als wollte der Doktor den Vorgang möglichst in die Länge ziehen.

Blanchards Termin bei der Bank in Rockton war um drei, weshalb er sich beeilen musste, um für Tommy und sich rasch Mittagessen zu machen, abzuwaschen und dann ein frisches Hemd und eine andere Hose anzuziehen. Er nahm die Mappe mit den Bankunterlagen und steckte sie in seinen alten Aktenkoffer. Nachdem er Tommy angewiesen hatte, in der Nähe des Hauses zu bleiben, fuhr er mit seinem alten Chevy Malibu anstatt mit dem Pick-up in die Stadt.

Rockton war nur neun Meilen entfernt, wobei ein Großteil der Strecke über den Highway führte, die Hauptverbindung, die südlich von Springfield bis nach Arkansas und weiter führte. Trotzdem war es nur eine zweispurige Fahrbahn, die hügelauf, hügelab führte, was sie für die vielen Lastwagenfahrer, die sie benutzten und für die Zeit eindeutig Geld bedeutete, zu einer Herausforderung machte. Hügelabwärts hatten sie siebzig, achtzig Meilen die Stunde drauf, ein schrecklicher und zugleich wunderbarer Schwung, den sie beim nächsten Hügel höchstens der Schwerkraft opferten. So wurden Autofahrer, vor allem diejenigen, die sich törichterweise an die Geschwindigkeitsbegrenzung von fünfundfünfzig Meilen die Stunde hielten, häufig von K-Whopper-Sattelzügen und Peterbilts plattgewalzt.

Als er heute die kurze Strecke schnell, aber trotzdem sicher fuhr, musste Blanchard an drei Männer denken, die das in den vergangenen Jahren nicht getan hatten, Rancher wie er, Männer, die entweder von ihren Geldsorgen so geplagt waren, dass sie die Kolosse nicht bemerkt hatten, die aus zwei Richtungen auf sie zukamen, oder sich vielleicht einfach nur nicht um sie gekümmert hatten. Er konnte das verstehen. Er war jetzt selbst seit beinahe fünf Jahren Rancher und arbeitete auf eine Weise, wie sie sich organisierte Arbeiter und Büroangestellte einfach nicht vorstellen konnten. Deshalb konnte er nachvollziehen, wie es sich anfühlen musste, wenn alles den Bach runterging, nachdem man Jahr um Jahr sein eigenes Produkt mit Verlust gezüchtet hatte und schließlich vom Eigenkapital leben musste, wobei man sich von der Vergangenheit etwas für die Zukunft lieh. Er konnte diese Unaufmerksamkeit verstehen, während die riesigen Trucks auf einen zu donnerten.

Doch er selbst legte die Strecke erneut unbeschadet zurück. Er umrundete den Platz bis zur Bank, wo er parkte und hineinging. Wie immer im Sommer waren die Räumlichkeiten eisig kalt, stand der Temperaturregler auf Eier schrumpfenden einundzwanzig Grad oder weniger, was ironischerweise um die sechs Grad weniger war als mitten im Winter, wahrscheinlich, weil das Management die Energiekrise missverstanden hatte, dachte Blanchard, und sie für eine Krise des Überangebots hielt. Doch dann wurde ihm klar, dass er nicht recht haben konnte, denn das »Management« war der schlaue J.R. Gideon, ein hinterhältiger, kleiner Gauner, ein wiedergeborener Baptist, der die Dinge im Rock County gern auf seine Weise regelte und dafür sorgte, dass dem so geschah.

Als sie in die Gegend gezogen waren und die Ranch gekauft hatten, hatte Blanchard von der Bank eine Hypothek mit einer Laufzeit von dreißig Jahren bekommen. Um Vieh, Maschinen und Zeit kaufen zu können, war seine Schuldenlast bei Gideon fortwährend gestiegen. Wie Susan zu bemerken pflegte, waren nur ihre Möbel und ihre Kleidung nicht von Gideons Pfändungsrecht betroffen. Blanchard hörte oft von anderen Ranchern, dass sie von der Bank einen Aufschub für die Rückzahlung ihres Darlehens bekommen hätten, und er sah keinen Grund, warum man ihm diesen Gefallen nicht auch erweisen sollte. Zumindest war das von seiner Seite aus der Grund für den heutigen Termin. Gideon stellte sich das wahrscheinlich anders vor – er erwartete zumindest eine Teilzahlung für das größte Darlehen, das durch Blanchards Vieh abgesichert war und sich auf beinahe sechsundzwanzigtausend Dollar belief, mit Zinsfälligkeiten von über viertausend Dollar. Leider hatte Blanchard das Geld nicht, sondern nur das Vieh, von dem lediglich die Kälber verkäuflich waren. Und selbst wenn sie sich auf dem aktuellen Markt für vierzig Cent das Pfund verkauften, hätte er nicht das gesamte Darlehen zurückzahlen können, geschweige denn die angefallenen Zinsen. Also brauchte er wieder einmal Aufschub.

»Er kommt gleich«, sagte Gideons Sekretärin. »Warum setzen Sie sich nicht?«

Blanchard folgte dem Vorschlag und faltete seine hochgewachsene Gestalt auf einem der Stahlrohrstühle zusammen. Und er blätterte die wenigen Magazine durch, die auslagen: Christian Life, Der Wachturm, Reader's Digest. Dann griff er nach ein paar Flyern bevorstehender Ranchauktionen und fragte sich, ob seine eigene auch bald darunter wäre. *Freies Mittagessen* stand darauf. *Alle Verkäufe in bar. Auktionator: Billy Ray Diddle.*

Als Gideon ihm schließlich Audienz gewährte, ging Blanchard hinein und setzte sich neben den Schreibtisch des Bankers, ohne dass ihm die Tatsache entging, dass der nicht aufgestanden war, um ihn zu begrüßen oder ihm die Hand zu schütteln. Verärgert zückte Blanchard eine Zigarette und zündete sie an, wie er es bei der ersten Begegnung mit dem Banker schon getan hatte, damals ohne zu wissen, dass dieser seine Sekretärin rufen und bitten musste, einen Aschenbecher zu bringen, wie Gideon es jetzt ebenfalls tat. Die Frau kam hereingeeilt und stellte ihn auf die makellose Oberfläche des Schreibtischs, als handelte es sich um einen getrockneten Kuhfladen. Blanchard bedankte sich vergeblich bei ihr. Sie ging, ohne ihn eines Blickes zu würdigen.

»Ich hab ganz vergessen, dass Sie nicht rauchen«, sagte Blanchard.

»Oder trinken.«

»Gute Gewohnheiten für einen Banker.«

»Für einen Mann.«

Blanchards Erwiderung »Oder für eine alte Frau« blieb unausgesprochen, und aus irgendeinem Grund fiel ihm auch nichts anderes ein, also saß er einen Moment lang rauchend und fröstelnd da, während der kleingewachsene Banker seine Fingerspitzen aneinanderlegte, sich in seinem Drehstuhl zurücklehnte und nachdachte. Auf dem Büfett hinter ihm standen gerahmte Fotos von ihm und seiner Familie: Frau, Kinder, Enkel, alle mustergültig, höchstwahrscheinlich alle Nichtraucher und Abstinenzler. Über ihnen hing ein großer Nachdruck von Sallmans ätherischem Jesusporträt, links und rechts davon waren auf den Paneelen aus Holzimitat Bibelverse verewigt: *Alle haben gesündigt und ermangeln der Herrlichkeit Gottes … Auf dass alle, die an ihn glauben, nicht verloren werden, sondern das ewige Leben haben.*

»Ich kann nicht zahlen«, platzte Blanchard heraus.

»Können Sie nicht?«

»Das stimmt. Ich brauche einen Aufschub.«

Gideon schlug eine Mappe auf seinem Tisch auf und studierte das zuoberst liegende Dokument, eine Aufstellung von Blanchards Darlehen, als wäre er mit dessen Inhalt nicht bereits vertraut.

»Die Kälber vom letzten Jahr«, sagte er schließlich, »haben Sie die noch?«

»Ja.«

»Ganz schön alte Kälber inzwischen, finden Sie nicht?«

Blanchard nickte. »Siebzig Stück.«

»Warum verkaufen Sie sie nicht?«

»Die Preise sind am Steigen. Ich hab noch einen Haufen Gras. Ich dachte, es wäre besser, bis zum Herbst zu warten. Höheres Gewicht und ein besserer Preis.«

»Nun, wie viel von dem Darlehen könnten Sie denn zurückzahlen? Zusätzlich der Zinsen natürlich?«

»Ich hätte lieber einen Aufschub für das komplette Ding, einschließlich Zinsen. Sagen wir bis Mitte Oktober.«

»Für das komplette Ding, was?«

»Wenn das ginge.«

Gideon blätterte eine Seite weiter. »Was ist mit Ihrer Hypothekenzahlung? Die ist im Juni fällig, wie ich hier sehe. Sind Sie in der Lage, diese zu leisten?«

»Kein Problem«, log Blanchard in dem Wissen, dass er wahrscheinlich Kühe dafür verkaufen musste.

»Haben Sie Ihren Mitarbeiter noch?«

Blanchard bejahte, und Gideon verzog das Gesicht, als verursachte ihm die Information Kopfschmerzen.

»Viele Männer, die ich kenne, betreiben das Ganze allein«, sagte er. »Mit ihren Frauen und Kindern, die natürlich mit anpacken.«

»Meine Frau ist nicht so stark. Und mein Sohn auch nicht.«

»Ach ja? Tut mir leid, das zu hören.«

Blanchard wartete schweigend ab. Gideon zückte ein Taschentuch und putzte sich die Brille. Blanchard zog an seiner Zigarette und stieß den Rauch aus. Der Mund des kleinen Mannes wurde schmal, und er hob eine Hand, um den Rauch wegzuwedeln.

»Was ist, wenn die Viehpreise im Herbst sinken?«, fragte er.

»Das glaube ich nicht. Nichts von dem, was ich gelesen habe, weist darauf hin.«

»Nichts, was Sie gelesen haben, so, so. Und was lesen Sie, Mister Blanchard?«

»Bezüglich der Viehpreise? The Farm Journal, The Cattleman, Tageszeitungen.«

»Sagen Sie, lesen Sie je die Bibel?«

Blanchard spürte auf einmal ein Frösteln, das nicht von der unermüdlichen Klimaanlage verursacht wurde. Doch er fand, dass er nicht einmal für Geld einfach dort sitzen und sich schikanieren lassen konnte. »Nicht, um Marktinformationen zu bekommen, nein«, sagte er.

Gideon lächelte schmal. »Wegen sonstiger Informationen?«

»Nein, vermutlich nicht.«

»Vermutlich?«

»Sicher nicht.«

»Nun, das ist schade. Das Buch der Bücher kann eine große Hilfe sein, vor allem in schweren Zeiten.«

»Verlängern Sie mein Darlehen, Mister Gideon, dann sind die Zeiten vielleicht nicht mehr so schwer.«

Wieder legte der Banker seine Fingerspitzen aneinander und dachte nach. Dann schüttelte er den Kopf, langsam und bedauernd. »Ich weiß nicht«, sagte er. »Ehrlich gesagt bin ich mir nicht sicher, ob Sie nicht ein zu hohes Risiko darstellen, Mister Blanchard.«

Blanchard sagte einen Moment lang nichts, während er die Panik, die in ihm aufstieg, nicht zu zeigen versuchte.

»Und wieso?«, fragte er schließlich, während er die Zigarette ausdrückte.

»Nun, es betrifft nicht nur die Schulden. Viele Rancher in der Gegend haben ziemlich hohe Verpflichtungen, und ich unterstütze sie, wenn ich kann. Es kommt auf die Person an.«

Blanchards Furcht verwandelte sich jetzt in Wut, einen heißen Zorn, der sich in der Kälte bildete. »Tut es das jetzt plötzlich? Und in welcher Hinsicht erfülle ich Ihre Erwartungen nicht?«

»Oh, auf das alles will ich jetzt gar nicht eingehen.«

»Tun Sie's trotzdem.«

Gideon zuckte mit den Schultern. »Nun, sagen wir, es ist etwas Immaterielles – Dinge wie die Gesinnung und der Leumund. Wenn ich also Sie und Ihre Frau je in einer Kirche sehen sollte – egal in welcher –, wäre das zu Ihrem Vorteil. Denn dann könnte ich davon ausgehen, dass Sie ein abstinenter, gottesfürchtiger Christ sind, was für einen Rancher eine gute Sache ist. Doch wenn ich höre, dass ein verschuldeter Mann – bei mir verschuldet – in der Gegend herumscharwenzelt und zecht, nun, dann hat das durchaus einen Einfluss, meinen Sie nicht?«

Blanchard war aufgestanden, vor Wut und Enttäuschung war ihm ganz übel. Er hätte dem kleinen Pedanten am liebsten gesagt, dass er sich zum Teufel scheren soll, doch er wusste, dass das Gideon nur einen Grund geliefert hätte, das gesamte Darlehen zurückzufordern.

»Wie viel?«, fragte er. »Wie viel wollen Sie?«

Wieder zuckte Gideon in seiner unendlichen Großzügigkeit mit den Achseln. »Oh, sagen wir ein Viertel, plus Zinsen. Sagen wir also zehntausend.«

»*Zehntausend*«, wiederholte Blanchard.

»Jawohl.«

»Und wenn ich sie nicht aufbringe?«

»Oh, wir sind durchaus kompromissbereit, Mister Blanchard. Wir geben Ihnen dreißig Tage, bevor wir etwas unternehmen. Genug Zeit, um die Kälber zu verkaufen.«

»Verstehe.« Blanchard stand da und nickte wie ein Dummkopf, der versuchte, einer komplizierten Wegbeschreibung zu folgen.

»Und den gleichen Betrag jeden ersten Juni, bis alles abbezahlt ist«, sagte der Banker. »Klingt das fair genug?«

»Ich werde sehen, was ich tun kann.«

»Tun Sie das.«

Als Blanchard die Bank verließ, war die Hitze wie eine Wand, die auf ihn fiel, trotzdem brach er in kalten Schweiß aus, als er den Wagen erreichte. Er hatte keine zehntausend Dollar. Er hatte genug, um durch den Sommer zu kommen, das war alles, für Lebensunterhalt und Betriebsausgaben, mehr nicht. Und die Kälber zu verkaufen war wirklich das Letzte, was er im Moment tun wollte, denn dann hätte er genau gewusst, wo er stand. Er hätte gewusst, dass er es nicht schaffen würde.

5

Als Blanchard zur Ranch zurückkam, sah er, dass Shea mit Tommy auf der Veranda saß, beide mit einer Dose Bier in der Hand. Als er das blöde, einfältige Grinsen im Gesicht seines Bruders bemerkte, bat er ihn um seine Dose und kippte sie über dem Verandageländer aus, bevor er sie ihm zurückgab und ihn aufforderte, sie in die Küche zu bringen und in den Müll zu werfen. Als er weg war, drehte sich Blanchard zu Shea um.

»Das war wirklich eine dumme Idee«, sagte er.

»Was kann eine Dose Bier denn schon anrichten?«

»Er ist zurückgeblieben, schon vergessen?«

»Ja und?«

»Es ist schon schwer genug für ihn, nüchtern mit dem Leben klarzukommen, geschweige denn betrunken.«

»Für wen nicht?«

»Mach das nicht noch mal.«

Shea warf die Hände in die Luft. »Wenn du es sagst, Boss.«

Er war barfuß und ohne Hemd, trug nur schmutzige Chinos. Ein breiter, eng anliegender Verband umschloss wie ein Patronengurt seinen Brustkorb und seine Schulter; ein weiterer verbarg seine rechte Stirnhälfte, und einen dritten hatte er auf seinem Schädel, wo er eine offensichtlich geschorene Stelle bedeckte. Er hatte ein blaues Auge, sein Kinn war violett verfärbt und geschwollen.

»Du siehst wirklich reizend aus«, sage Blanchard.

»Ich werd's überleben. Gebrochene Rippen laut dem Doktor, das ist das Schlimmste, was sie angestellt haben. Das und zwölf Stiche, plus einer möglichen Gehirnerschütterung.«

»Das wird dich lehren, nicht mehr irgendwelche undankbaren Köter zu retten.«

»Das hat Ronda auch gesagt.«

»Wie geht's ihr?«

»Sie ist sexy. Selbst wenn man halb tot ist, ist sie noch immer sexy. Ich hab sie angebaggert, aber ohne Erfolg. Sie zieht wohl ältere Männer vor.«

»Sicher.«

»Wo wir gerade von Romantik reden … Tommy hat mir erzählt, dass Susan nach Saint Louis gegangen ist.«

»Das stimmt.«

»Wieso?«

»Eine spontane Eingebung. Sie wollte eine Pause, das ist alles.«

Shea sah ihn mit seinem geschwollenen Auge zweifelnd an. »Sie will dich doch nicht verlassen, oder? Es ist keine Trennung?«

»Natürlich nicht. Es sind nur Ferien. In ein paar Wochen sind sie wieder hier.«

»Verstehe. Und wer kocht in der Zwischenzeit?«

»Wieso nicht du?«

Shea verzog das Gesicht. »Ich bin hier für Spiel und Spaß. Wieso nicht Ronda?«

Tommy war wieder auf die Veranda gekommen und sah unglücklich und beschämt aus, bestimmt deshalb, weil ihm wieder eingefallen war, dass Blanchard ihm Bier und Schnaps verboten hatte. Und sicher nahm ihn das gewaltig mit, denn wie Blanchard wusste, war das Wichtigste in seinem Leben, seinen älteren Bruder zufriedenzustellen. Es war eine Bürde, die Blanchard nicht auf die leichte Schulter nahm.

Er ging zu ihm und legte ihm die Hand auf die Schulter. »Irgendwelche Anrufe, während ich weg war?«

Tommy schüttelte den Kopf. »Keine Anrufe«, sagte er. »Ich hab wirklich aufgepasst. Bin extra beim Haus geblieben.«

»Guter Junge.«

»Und dann ist Shea gekommen.« Tommy nahm seine Umhängetasche und umklammerte sie. »Böse Männer haben ihn verprügelt. Deshalb hat er die Verletzungen.«

Blanchard blickte zu Shea, der mit den Achseln zuckte.

»Er hat mich gefragt. Was hätte ich ihm denn erzählen sollen? Dass ich von einem Zug überfahren wurde?«

»Sie haben ihn verprügelt«, fuhr Tommy fort. »Sie haben ihn getreten und mit ihren Gewehren geschlagen. Und ihn geschlagen und getreten.«

»Das sind keine bösen Männer«, sagte Blanchard. »Sie waren nur betrunken. Sie tun das nicht wieder. Kein Grund, Angst zu haben.«

»Kommen sie hierher?«

»Nein, natürlich nicht.«

»Wenn sie es täten, würden sie dir auch wehtun?«

»Sie werden niemandem mehr wehtun. Sie haben versprochen, sich nicht mehr zu betrinken.«

Als Tommy das hörte, schien er sich ein wenig zu entspannen. »Sie müssen ganz schön betrunken gewesen sein«, sagte er.

Blanchard wechselte das Thema. »Es ist Zeit, mal nach Clarence zu schauen. Und vielleicht sollten wir das Viehsalz nachfüllen.«

»Ich mach das, okay?«

»Sicher.«

»Gut.«

Die Salzspender nachzufüllen war Tommys liebste Aufgabe auf der Ranch, eine, die er verstand und bei der er helfen konnte, und die er und sein großer Bruder stets gemeinsam machten.

»Er ist für die Salzspender zuständig«, sagte Blanchard zu Shea.

Tommy bestätigte das. »Ich bin für die Salzspender zuständig.«

»Wirklich großartig«, sagte Shea zu ihm. Dann prostete er Blanchard mit seiner Dose Bier zu. »Und das hier geht auf dich, alter Kumpel. Du bist ein Mann mit vielen Talenten.«

»Die meisten davon nutzlos.«

Shea grinste und musste sich an seinen schmerzenden Mund fassen. »Und das erzählst du *mir*?«

»Ich verstehe, was du meinst.«

»Natürlich. Aber noch mal – was ist mit dem Abendessen? Wer kocht?«

»Ich.«

»Warum nicht Ronda?«

»Meinst du das im Ernst?«

»Es ist ihr freier Abend.«

Blanchard hatte nicht daran gedacht. In der Flut der Ereignisse hatte er diese verlockende Tatsache vergessen. »Ich hab ihr gesagt, dass ich sie anrufen würde«, sagte er.

»Tu's.«

»Allerdings nicht, damit sie für uns kocht.«

»Wieso nicht?«

Blanchard antwortete nicht. Als er zur Tür ging, zwinkerte er Tommy zu. »Du bleibst hier und kümmerst dich um den armen Kerl, in Ordnung?«

Als er zum Telefon in der Küche ging, überlegte er, ob er sie zum Abendessen einladen sollte, doch er wusste, dass es nicht richtig war, dass es Tommy verwirren und beunruhigen würde. Und das wollte er nicht. Andererseits wollte er sie sehen, und er wusste, dass er nicht zu ihr gehen konnte, um Tommy nicht schon wieder allein zu lassen, nicht einmal mit Shea. Er wählte ihre Nummer und erzählte ihr, was los war.

Shea sei heil angekommen, erzählte er ihr. »Er sitzt gerade auf der Veranda und säuft Bier, als wäre nichts geschehen.«

»Das ist gut«, sagte sie. »Er ist wohl das, was man einen zähen Burschen nennt.«

Blanchard lachte und sagte ihr, dass er Shea das erzählen würde. Dann sprach er weiter: Susan und Whit seien für ein paar Wochen nach Saint Louis gefahren, und ob sie zum Abendessen rüberkommen wolle? Er könne Tommy abends nicht schon wieder allein lassen.

»Machst du Witze?«, fragte sie.

»Nein.«

»Zu dir nach Hause? Während Shea und dein Bruder dort sind?«

»Ja.«

»Hältst du das für klug?«

»Nein, aber es wäre ja nicht für die ganze Nacht«, sagte er zu ihr. »Nur den Abend über. Ich würde dich gern sehen.«

Er schlug ihr vor, frittiertes Hühnchen in dem neuen Laden an der Staatsgrenze zu besorgen, er würde ihr später das Geld dafür geben. Sie schwieg einen Moment lang. Dann sagte sie okay, sie werde kommen.

Mit Tommy im Schlepptau ging Blanchard hinaus zum Maschinenschuppen, um zu sehen, wie Clarence vorankam, doch er war weg, gemeinsam mit dem kleinen Ford-Traktor, was bedeutete, dass der alte Mann bereits draußen auf dem Feld Gras mähte. Die Heupresse stand montiert und eingefettet da.

»Der alte Clarence ist ein Schätzchen«, sagte Blanchard. »Jedenfalls, was die Arbeit betrifft.«

Tommy verstand nicht. »Clarence ist ein Schätzchen?«

»Ist nur ein Scherz. Ich meine damit, er macht gute Arbeit.«

»Oh.«

»Komm. Laden wir die Salzsäcke auf. Und ich will mir das Feld anschauen, das er mäht.«

Nachdem sie ein halbes Dutzend Säcke des Salz- und Mineralgemischs aufgeladen hatten, fuhr Blanchard den Pick-up von einer Weide zur nächsten, wobei Tommy bei jedem Trog ausstieg und ebenso emsig wie unbeholfen einen der Fünfundzwanzigkilosäcke herunternahm und mit ihm zu dem Trog ging, ihn unterwegs manchmal fallen ließ und schließlich mühsam in den Trog hievte, wo er den Sack umständlich an der Seite aufschlitzte, seinen Inhalt zu dem Rest kippte und mit diesem mischte. Blanchard überraschte jedes Mal, wie schwächlich sein Bruder war, wie es seinem beschränkten Geist offensichtlich irgendwie gelungen war, auch seinen Körper, der ansonsten völlig normal zu sein schien, mit dieser Konstitution zu strafen. Doch gab ihm die Arbeit ein solches Gefühl von Erfolg und Zufriedenheit, dass Blanchard gern den Preis dafür zahlte, indem er rauchend und fingertrommelnd in seinem Pick-up saß.

Als die Arbeit getan war, fuhren sie zu dem Feld, achtundzwanzig Hektar Schwemmland, das an dem Fluss lag, der schließlich in den Sweet Creek mündete. Clarence hatte bereits drei Runden hinter sich und fuhr während der vierten jetzt auf sie zu. Als der Mähbalken hindurchfuhr, fiel das saftige Schwingelgras in der Ferne neben dem Traktor mit furchterregender Präzision. Blanchard nahm eine Handvoll geschnittenes Gras und begutachtete die Struktur und Farbe der Stängel und wie voll die Blüten waren. Früher hatte man Schwingelgras fast nie so früh im Jahr geschnitten, weil die Rancher davon ausgegangen waren, dass es besseres Heu ergab, je reifer es war. Doch jetzt behaupteten Experten für Landwirtschaft, dass Mai der beste Monat sei, um Schwingelgras zu ernten, weil es dann am reichsten an Proteinen sei. In Clarences Augen war diese Idee lediglich »Schweinekacke«, womit Professoren und Möchtegern-Farmer aufs Neue ihre grenzenlose Dummheit bewiesen, indem sie Gras schnitten, bevor es reif war. Doch er machte mit. Es war weder sein Gras noch waren es seine Kühe. Außerdem gab ihm das einen weiteren Anlass, sich zu beschweren. Als er auf gleicher Höhe mit ihnen war, zog er den Mähbalken hoch und stellte den Motor ab.

»Irgendwelche Probleme mit dem Mäher?«

»Bisher nicht. Wie lief's bei Ihnen auf der Bank?«

Blanchard war manchmal überrascht, wie gut Clarence über seine Angelegenheiten Bescheid wusste, obwohl er ihm nur selten etwas erzählte. Die einzige Erklärung hierfür schien Susans Feststellung zu sein, dass das County im Grunde eine große, weitverzweigte Familie war, wo jeder irgendwie mit jedem etwas zu tun hatte und alle die meiste Zeit tratschten, einschließlich Ärzte, Anwälte und Banker.

»Lief gut«, sagte er.

Clarence spuckte aus. »Glaub ich gern.«

»Was ist mit der Truppe morgen früh?«, fragte Blanchard.

»Keine Sorge, die werd'n da sein. Ich hab gestern Abend mit Russell gesprochen. Wenn das Wetter hält, sind sie um zehn hier. Bis dahin sollten wir das Heu gebündelt haben.«

»Hoffentlich.«

»Was ist mit der Brucellose?«, fragte Clarence. »Haben Sie den Doktor angerufen?«

»Noch nicht.«

»Es rauszuzögern bringt nichts. Wenn sich rausstellt, dass sie alle Brucellose haben, ist das eben so. Da kann man nichts machen.«

Blanchard nickte erschöpft. »Ich werde ihn heute Abend anrufen.«

Clarence ließ den Blick über das Feld schweifen und spuckte erneut aus. »Und wenn sie Brucellose haben, dann haben wir 'ne Menge Heu.«

Blanchard stieg wieder in den Pick-up. »Ich mache morgen früh mit dem Rechen weiter. Um neun müsste es trocken genug sein, meinen Sie nicht?«

»Außer es ist zu nass«, sagte Clarence.

Daraufhin fuhr Blanchard kopfschüttelnd und lachend davon. »Oh ja, er ist wirklich ein Schätzchen, der alte Clarence.«

Und Tommy lachte mit ihm, wie er es immer tat. »Clarence ist wirklich ein Schätzchen«, sagte er.

Als sie wieder beim Haus waren, parkte Blanchard den Wagen und bat Tommy, einen Moment lang bei ihm im Wagen zu bleiben, weil es etwas gebe, worüber er mit ihm reden wolle. Dann versuchte er, ihm das mit Ronda zu erklären. Er sagte, dass sie zum Abendessen komme und, wie Shea, eine Freundin sei, das sei alles. Sie komme nicht, um Susans Platz einzunehmen oder so etwas. Sie sei nur eine Freundin, mehr nicht. Doch sie sei ein sehr nettes Mädchen, und Tommy solle versuchen, ebenfalls nett zu ihr zu sein, um ihr das Gefühl zu geben, willkommen zu sein.

Tommy legte die Stirn in Falten und nickte. »Ist sie hübsch?«, fragte er.

»Ich denke schon.«

»Ich werde nett sein«, versprach Tommy.

»Gut. Du bist auch ein Schätzchen.« Und die Brüder lachten erneut.

Als Ronda ankam, hatte Shea bereits ein Sixpack Budweiser intus, was ihn nicht davon abhielt, die Hälfte des Familien-Eimers mit Brathähnchen zu verschlingen, den sie mitgebracht hatte. Wie üblich fiel seine Gefräßigkeit kaum auf, da er auch den Großteil der Unterhaltung bestritt – abgesehen von den Resten, die einen so großen Haufen bildeten, dass es beinahe unheimlich wirkte.

Ronda hingegen rührte ihr Essen kaum an. Sie schien mehr an ihrer neuen Umgebung, an Tommy und vor allem an Blanchard interessiert zu sein, mit dem sie die ganze Zeit über Augenkontakt suchte, um die Wahrheit über das, was er ihr bei der Ankunft sogar noch einmal erzählt hatte, herauszufinden: dass Susan mit Whit lediglich verreist war und er sie, Ronda, hatte sehen wollen, aber ohne seinen Bruder allein zu lassen.

Tommy aß ebenfalls nicht viel. Er war zu beschäftigt damit, Ronda anzuschauen. Tatsächlich schien er den Blick nur dann von ihr abwenden zu können, wenn sie zu ihm hinübersah und lächelte und ihn dabei ertappte, wie er sie hingerissen anstarrte. Dann senkte er den Blick, schluckte und errötete, bevor er Blanchard flehentlich ansah. Und Blanchard verstand. Er fand, dass Ronda hübscher war als je zuvor, wahrscheinlich weil sie häufig lächelte und auf einmal eher schüchtern als zynisch wirkte. Darüber hinaus trug sie verwaschene, hautenge Jeans und ein gebatiktes T-Shirt ohne BH darunter, und ihre kleinen, straffen Brüste zogen die Blicke der Männer am Tisch magisch an.

Normalerweise hätte Blanchard die Vorstellung, dass sich Tommy in ein Mädchen verguckte, nicht gefallen, schon gar nicht in Ronda, doch in diesem Moment war er beinahe dankbar dafür, denn es schien Tommy von Shea und seiner Prügelei abzulenken. Blanchard verstand noch immer nicht, wie Shea Tommy die Wahrheit über das, was ihm passiert war, hatte erzählen können. Er hatte geglaubt, Shea wüsste, was Gewalt für Tommy bedeutete, wie sie ihn sowohl erschreckte als auch faszinierte, wie allein der Anblick einer simulierten Schlägerei im Fernsehen ihn so bannte, dass er reglos am Boden saß und den Atem anhielt, bis der Kampf vorbei und die Bedrohung gebannt war. Und trotzdem hatte Shea es ihm erzählt, die Geschichte anscheinend sogar ausgeschmückt, sofern das möglich war. Blanchard konnte es lediglich dem Draufgängertum seines Freundes zuschreiben, das überhaupt erst zu dieser Abreibung und anderen misslichen Dingen geführt hatte. Wie eine große, dicke Motte ins Licht, flog er stets direkt ins Unglück. Doch selbst unter Berücksichtigung dieser Tatsache und Sheas nonchalanten Flirtens mit der Katastrophe war Blanchard von dessen Benehmen während des Abendessens und danach, als sie das letzte Bier tranken, überrascht. Er schien ganz der Alte zu sein, nicht anders als an anderen Abenden, so als wäre nichts passiert, als hätte er nur ein paar Mückenstiche abbekommen.

Irgendwie kam das Gespräch auf *Darling* und Sheas letzte Tage in der Agentur, bei dem es, wie vorherzusehen war, um seine bevorzugten Feinbilder ging, beide damals Vizepräsidenten der Agentur, in der auch Blanchard angestellt gewesen war. Blanchard musste zugeben, dass es sich bei den beiden um exzentrische Typen gehandelt hatte, die auf absurde Art ihre Macht ausspielten. Der eine, Mack Donald, war Vizepräsident der Abteilung für Kundenbetreuung, in der Blanchard gearbeitet hatte. Als dieser hatte er das letzte Wort über alles, was die Kunden betraf, nicht nur über die Arbeit von Kundenbetreuern wie Blanchard, sondern auch über die gesamte kreative Arbeit, die von Gestaltern oder Textern wie Shea geleistet wurde. Obwohl er jeden dazu ermunterte, ihn Mack zu nennen und sich selbst als »Alter Mann« bezeichnete, so als wäre er ein strenger, jedoch geliebter Kriegskommandeur, musste er in Sheas Nähe mit anderen Spitznamen wie »Little

Mack« und vor allem »Mad Bomber« vorliebnehmen. Letzteren hatte er für sein unvergleichliches Talent bekommen, vielversprechende Werbekampagnen zunichtezumachen, und für seine umfassende Sammlung von Fotos, Gemälden und Miniaturen von US-Kampfflugzeugen, um seinen Dienst bei der Air Force während des Koreakriegs, den er zur Gänze in den Staaten abgeleistet hatte, zu zelebrieren.

Blanchard erinnerte sich an eine dieser großen Besprechungsrunden, bei denen es ebenfalls um Donald und eines seiner Lieblingsprojekte gegangen war, eine Werbekampagne für die Stadtverwaltung, um ein neues Nahverkehrssystem für Saint Louis zu promoten, was im Grunde bloß eine der vielen Geldverschwendungsaktionen der öffentlichen Hand war und in erster Linie Werbung für *Darling* und Donald – oder D. und D., dämlich und dienstuntauglich, wie Shea sie nannte. Wie Blanchard befand er sich unter den fünfzehn oder zwanzig Mitarbeitern, die um den Konferenztisch herumsaßen und ihrem Chef lauschten, der sich über die bevorstehende Ankunft des amerikanischen Verkehrsministers erging, der das Band eines neuen Streckenabschnitts des Freeway durchschneiden und danach der *Darling Agency* einen Besuch abstatten wollte, um sich die Werbekampagne anzuschauen, die zahlreiche Preise gewonnen und von Shea konzipiert und getextet worden war. Letzteres wurde bei dem Meeting allerdings mit keinem Wort erwähnt, vielmehr wollten D. und D. allein den Ruhm einheimsen. »Donald wird mit dem Bürgermeister am Flughafen sein, wenn der Minister ankommt … Wir wollen von Mack und dem Minister so viele PR-Fotos wie möglich … Donald wird in der Agentur eine Ansprache halten …«, so ging es in einem fort, bis Shea schließlich seinen Stuhl zurückschob und sich geräuschvoll erhob. Im Hinausgehen verkündete er, was er vorhatte.

»Shea muss scheißen«, sagte er.

Es war einer der großen Momente in der Geschichte der Agentur gewesen, einer, der zweifellos in die Annalen eingegangen war. Und Blanchard würde niemals Donalds Blick vergessen. Seine sowieso schon hervorstehenden Augen fielen ihm in diesen denkwürdigen Sekunden fast aus dem Kopf, und seinen stets leicht offen stehenden Mund hatte er aufgerissen.

Sheas zweiter Lieblingsfeind, Armfield, war sympathischer als Donald, doch im Grunde genauso lächerlich. Armpit, wie Shea ihn nannte, war Art Director, eine Position, die er weniger wegen seiner kreativen Begabung innehatte, als vielmehr wegen seines Verkaufstalents, weil er jedes Konzept, egal wie mies es war, erst dem Kundenbetreuer und dann dem Kunden in den Rachen stopfte, und diesen so eine beglückende Erfahrung verschaffte. Seltsamerweise gelang ihm das trotz seines Aussehens, denn er hatte eine erschreckende Ähnlichkeit mit einem Affen; er war klein, haarig und hässlich, ein richtiger Hafenarbeiter und nicht der Typ Mann, der über die teppichbedeckten Flure einer Werbeagentur schreitet. Obendrein war er ein gläubiger Katholik, der nie die Morgenmesse versäumte und zu großen, selbstlosen Gesten neigte: Da er selbst keine Kinder haben konnte, hatten er und seine Frau über die Jahre die Vereinten Nationen in Miniaturformat adoptiert, jeweils ein Kind von jeder Hautfarbe, Rasse und religiösen Überzeugung. Eines Abends war Shea auf einer Party zu ihm und seiner Frau getreten und hatte ihnen wie ein Drogendealer zugeflüstert, dass er wisse, wo man billig ein Chicano-Baby bekommen könne, und Armpit hatte laut gelacht. Und bei der Büroweihnachtsfeier, während der Shea vorübergehend als Zeremonienmeister fungiert und ihn mit den Worten vorgestellt hatte, »Was soll ich anderes über diesen Mann sagen, als dass er hässlich, tierhaft und klein ist?«, hatte Armpit ebenfalls gelacht. Im Laufe der Jahre hatte er sich lachend nach oben gearbeitet. Er hatte gelacht und Anerkennung für die Arbeit anderer eingeheimst. Er hatte gelacht und Freunde entlassen.

Und jetzt erzählte Shea von seinen letzten Tagen in der Agentur und welche Rolle Armpit und der Mad Bomber darin gespielt hatten, eine Erzählung, die Ronda genauso zu faszinieren schien wie Tommy.

»Es war das letzte Meeting für mich gewesen, so eine Art letztes Abendmahl ohne Brot und Wein, und mit mir als Judas natürlich. Und Armpit, der alte Junge, hatte sich ausnahmsweise mit seiner Arbeit, irgendwelchem Zeugs, das er völlig allein zusammengeschustert hatte, ziemlich exponiert. Ich weiß, es ist kaum zu glauben, aber wahr. Bestimmt war er in der Kirche, als ihm die Eingebung kam, während er auf Knien an seinem gottverdammten Rosenkranz und seinen Eiern gespielt hatte, und da ist es dann passiert – wie er den Biff-Hundefutter-Kunden an Land ziehen kann, der uns zu einem Pitch eingeladen hatte. Also hat er alles allein gemacht – Werbeanzeigen, Poster, TV-Storyboards, Lokalwerbung, den ganzen Mist –, und als wir in den Besprechungsraum kommen, sind sämtliche Entwürfe mit der Vorderseite zur Wand gedreht. Es müssen dreißig, vierzig Leute da gewesen sein. Und schließlich zieht er diese Nummer ab – im wahrsten Sinne des Wortes: Er holt eine Hundefutterdose raus, steckt den Finger durch einen Ring oben drauf und zieht an einer Schnur, und als er sie loslässt – redet die Dose. Sie sagt: ›*Biff spricht für sich.*‹ Und Armpit steht da und schaut uns an wie ein Gorilla, der sich den Stuhlgang verkneift – und alle jubeln. Ich schwör's bei Gott! Diese ganzen Profis, diese Heuchler, diese olympischen Dreckfresser sitzen johlend und applaudierend da. Und als sie damit aufhören, hat sich Armpit schon zu mir heruntergebeugt. ›Was ist mit Ihnen, Shea?‹, fragt er. ›Was denken Sie?‹ Na ja, ich hatte schon den ganzen Morgen Blähungen. Also versuch ich ihm eins auszuwischen. Wie ein Kind strecke ich also meinen kleinen Finger hoch und sage, ›ziehen Sie daran‹, und, ich schwör's, er tut es. Er hätte es besser wissen müssen, aber er tut es trotzdem – und ich gebe einen sieben Sekunden langen Bierfurz von mir. Jedenfalls hat niemand gelacht. Niemand außer Armpit. Und ich weiß auch, warum.«

»Was war mit Donald?«

»Er hatte mich zu der Zeit bereits auf dem Kieker. Und ich war mit einem seiner Aufträge für die Stadtverwaltung beschäftigt, eine Kampagne, um Nigger vor Bluthochdruck zu warnen. Also hab ich eine hübsche, kleine Anzeigenreihe zusammengestellt, die um ein Archivfoto von einem wirklich tough aussehenden Kerl herumgebaut war, der in die Kamera stierte, als wäre sie weiß. Und die Überschrift, die ich benutzt habe, war *Dieser Typ ist eine tickende Zeitbombe*. Nun ja, Donald wollte nichts davon wissen, und Armpit auch nicht. Hat ihnen aus irgendeinem Grund eine Scheißangst eingejagt. Also schmuggle ich's an ihnen vorbei und zeig's dem Kunden, irgendeiner Gettoagentur, und die sind Feuer und Flamme. Die Kampagne verkauft sich. Und schließlich gewinnt sie einen gottverdammten nationalen Preis, und das Erste, was ich mitbekomme, ist, dass die beiden, Armpit und Donald, mit ihren Frauen und zwei anderen Paaren runter nach New Orleans fahren, um den Preis entgegenzunehmen – drei ganze Tage, alle zusammen, auf Spesen. Natürlich war ich nicht eingeladen, was ich auch gar nicht erwartet hatte – schließlich hatte ich *nur* die Serie konzipiert. Als ich dann in der Zeitung davon gelesen hab, hab ich den Artikel rausgerissen und ihn mit meiner eigenen Headline versehen und in meinem Büro aufgehängt: *Der Mad Bomber hat wieder zugeschlagen.* Na ja, Donald sieht das und versucht, das Ding von der Wand zu reißen. Ich muss ihn also hochheben und hinaustragen. Ich schleppe ihn über den Flur und setze ihn im Aufzug wieder ab, und die ganze Zeit schlägt er um sich und kreischt wie Doris Day, die von Rock Hudson unsanft behandelt wird. ›*Genug, Shea! Genug! Genug!*‹ Das war's dann auch. Ich hab den Knopf für den Keller gedrückt und ihn runtergeschickt.«

Blanchard lachte erneut über die Geschichte. Er und Susan hatten sie bereits von anderen bei *Darling* gehört, alten Freunden, die mit ihnen in Kontakt geblieben waren.

»Ich würde sagen, du warst überfällig«, sagte er. »Jede Agentur mit ein wenig Selbstachtung hätte dich in der ersten Woche rausgeworfen.«

»Ich habe gute Arbeit geleistet.«

»Wen interessierte das schon?«

»Alle. Genau das konnten sie mir nicht verzeihen. Das Saufen und all das hat sie nicht gestört. Es war meine Arbeit, die sie hassten.«

»Schon möglich.«

»Ja, schon möglich.«

Im Laufe des Abends stellte Blanchard fest, dass er sich in Shea getäuscht hatte. Der große Mann hatte keineswegs die Abreibung vom Vorabend vergessen oder sich eine fadenscheinige Begründung dafür zurechtgelegt, wie man es mit Dingen tat, die man provoziert und verdient hatte. Er schien die Sache höchstens beiseitegeschoben zu haben, und erst jetzt, zu fortgeschrittener Stunde und betrunken, konnte Blanchard das Ausmaß seiner Wut und Entrüstung spüren. Wenn sie zwischen Veranda und Küche hin- und hergegangen waren, um nachzuschenken, hatte Blanchard zweimal auf Shea warten müssen, der vor dem Flurspiegel stehen geblieben war, um seine Verletzungen zu inspizieren.

»Sind sie nicht hübsch?«, sagte er. »Es bringt wohl nichts, sich mit dem alten Jiggs anzulegen.«

»Ich vermute nicht.«

»Du *vermutest* es?«

»Okay, ich weiß es.«

»Ich auch.« Und Shea grinste darüber, ein breites, zufriedenes Kindergrinsen, als würde ihm seine jüngste Erkenntnis große Freude bereiten. Doch Blanchard konnte den tiefen und hasserfüllten Groll sehen, der hinter dem Grinsen steckte, und ihm kam der Gedanke, dass Shea womöglich nicht widerstehen konnte, diesen Groll auszuleben, so wie er nicht hatte widerstehen können, den kleinen Finger auszustrecken, damit Armpit daran zog. Doch Blanchard war nicht gewillt, sich darüber den Kopf zu zerbrechen. Er hatte schon genügend Probleme. Und er fand Sheas Anwesenheit langsam ziemlich belastend. Dieser Mann war einfach zu viel. Er war zu groß, zu unberechenbar, zu *nah*.

Als es langsam dunkel wurde, wollte Blanchard gern mit Ronda allein sein, mit ihr auf der Veranda sitzen, etwas trinken und vielleicht ein wenig Frieden empfinden. Er hatte Tommy bereits dazu überredet, im Wohnzimmer fernzusehen, und er hoffte, dass Shea vielleicht ganz plötzlich von Taktgefühl übermannt würde und sich zu ihm gesellen oder sogar ins Bett gehen würde. Doch das sollte nicht geschehen.

In der Küche gab es noch einen Dreiviertelliter Cutty Sark und ausreichend Soda zum Mixen, und Shea hatte das Hühnchen als Grundlage für den Alkohol im Bauch. Also wusste Blanchard, dass sein Freund seinen Platz, Susans Korbschaukelstuhl, nicht so bald aufgeben würde, mit einem Glas in der einen und einer Zigarette in der anderen Hand und den ganzen Verbänden, die in der Dämmerung hell schimmerten.

Ronda saß neben Blanchard auf dem Sofa. Sie hatte die Knie angezogen, und ihre Hand lag auf seinem Bein und sendete eindeutige und konstante Signale an seine Lendengegend aus. Am Fuß des Hügels konnte er eine Gruppe Rinder ausmachen, die in der Dämmerung grasten, die schwarzen, die er am Tag zuvor auf Brucellose hatte testen lassen. Hinter ihnen und der Straße wurde die Landschaft erneut hügelig, ein kleines Meer aus bewaldeten Kuppen, die sich bis zur letzten Sonnenglut erstreckten, wie ein Waldbrand, der Abend für Abend minutenlang aufloderte und dann in einem violetten und goldenen Glühen verlosch. Und während das Licht an diesem Abend erstarb, ratterte Clarences Truck auf dem Weg nach Hause vorbei.

Shea prostete ihm zu. »Da fährt er, der alte Clarence. Sonnenaufgang bis Sonnenuntergang. Du bist ein Mistkerl, Blanchard, weißt du das? Niemals in der langen und beklagenswerten Geschichte menschlicher Schinderei hat ein Mann so hart gearbeitet, um so wenig dafür zu bekommen.«

»Es ist Heuernte.«

»Das ist keine Entschuldigung. Du bist ein wahrhafter Simon Legree.«

»Ich zahle so viel ich kann.«

»Viel kann das nicht sein.«

»Darum geht's.«

»Warst du heute bei der Bank?«

Blanchard lachte verärgert. »Mit wem hast du geredet – mit Clarence?«

Shea schüttelte den Kopf. »Nein, Susan hat's mir vor ein paar Tagen erzählt. Sie meinte, wenn du keinen Aufschub bekommst, bist du erledigt.«

»Ja, ich war dort«, sagte Blanchard.

»Und du hast ihn nicht bekommen, stimmt's?«

»Stimmt.«

»Und was passiert jetzt?«

»Ich werde die Kälber verkaufen. Was anderes bleibt mir nicht übrig.«

»Was ist mit der Brucellose? Hast du schon die Ergebnisse?«

Blanchard spürte auf einmal Wut in sich aufsteigen, sowohl auf sich selbst als auch auf Shea, weil er wusste, dass er die Sache vor sich herschob, dass er den Tierarzt schon vor Stunden hätte anrufen sollen. »Ich wusste gar nicht, dass du dich für meine Angelegenheiten interessierst«, sagte er.

Shea zuckte mit den Achseln. »Na ja, es war klar, dass heute oder morgen die kritische Situation eintritt. Ich hab mich nur gefragt.«

Jetzt mischte sich auch Ronda ein. »Wann weiß es der Tierarzt?«

Blanchard antwortete nicht. Er nahm einen letzten Zug von seiner Zigarette und schnipste sie auf den Hof. Dann trank er sein Glas leer.

»Ich geh vielleicht besser«, sagte Ronda. »Ich will nicht zu spät zu Hause sein.«

»Wieso willst du überhaupt gehen?«, fragte Blanchard.

Sie lächelte verlegen. »Ich weiß nicht. Es wäre irgendwie nicht richtig. Zu bleiben, meine ich.«

Shea lachte. »Mach den Hemingway-Test, Kleines. Wenn du dich danach gut fühlst, war's richtig.«

»Bleib noch ein wenig«, bat Blanchard. Er nahm ihre Gläser und stand auf. »Ich mach die hier noch mal voll, okay?«

»Während er weg ist, kannst du dich auf meinen Schoß setzen«, sagte Shea. »Wir können Hoppe, hoppe Reiter spielen.«

Sie schenkte ihm ein mattes Lächeln.

Drinnen traf Blanchard seinen Bruder gähnend vor dem Fernseher an und sagte ihm, dass es Zeit sei, ins Bett zu gehen, und begleitete ihn hinauf. Er wartete, während Tommy ins Bad ging, sich anschließend den Schlafanzug anzog und ins Bett schlüpfte. Wie üblich war es nicht einfach für Blanchard, aus dem Zimmer zu kommen, weil ihn sein Bruder mit nicht enden wollenden Gutenacht-Wünschen aufhielt.

»Gute Nacht, Bob.«

»Gute Nacht, Tommy. Wir sehen uns morgen früh.«

»Gute Nacht, Bob. Gute Nacht, Bob.«

Tommy machte so lange weiter damit, bis Blanchard, nachdem er das Licht ausgemacht und die Türklinke schon in der Hand hatte, die Zauberworte noch einmal sprach.

»Gute Nacht, Tommy.«

Als er in die Küche ging und Doc Parnells Privatnummer wählte, spürte Blanchard eine wachsende Unruhe. Die Frau des Tierarztes nahm ab, und Sekunden später ging Parnell selbst ran, und wie er ihn begrüßte, verriet Blanchard bereits, was er wissen musste. Trotzdem hörte er sich die Einzelheiten an. Von den fünfzehn Kühen waren sechs positiv, außerdem der Bulle. Doch das sei nur das Resultat seines Tests gewesen, den er in seiner Praxis gemacht habe, und nicht der offizielle, den der Staat vornehmen würde, sobald er die Blutproben erhalten hätte. Innerhalb einer Woche würde Blanchard vom staatlichen Veterinär hören, aber das Ergebnis würde natürlich dasselbe sein, weil es sich um einen einfachen Test handelte. Dann würde der staatliche Veterinär raus auf die Ranch kommen und die positiv getesteten Tiere kennzeichnen und sofort abtransportieren, um sie schlachten zu lassen. Der Veterinär würde auch ein Datum für Blutuntersuchungen der gesamten Herde festlegen. In der Zwischenzeit stünde Blanchards Ranch unter Quarantäne. Was bedeutete, dass er kein Vieh kaufen oder verkaufen durfte.

»Was ist mit den Jungtieren?«, fragte Blanchard. »Ich habe einen Haufen Kälber zu verkaufen. Die Hälfte davon Ochsen. Ich sehe nicht, wem das schaden sollte. Sie können die Krankheit nicht übertragen.«

»Das können Sie tun, mit einer Genehmigung«, teilte ihm Parnell mit. »Aber nur an einen Schlachter und auf Grundlage eines einzigen Angebots. Das wird ein echter Verlust für Sie. Wahrscheinlich fünfundzwanzig Cent pro Pfund.«

»Na, großartig.«

»Ja, ein echter Schlamassel«, bemerkte der Tierarzt. »Und es tut mir auch wirklich leid.«

Blanchard bedankte sich bei ihm und legte auf. Als er die Hand vom Telefonhörer nahm, fiel ihm auf, dass sie zitterte. Was die Gewalt der letzten Nacht nicht geschafft hatte, hatte nun dieses kurze Telefonat bewirkt. Er brauchte sich nicht darüber zu wundern. Denn er wusste jetzt mit Gewissheit, dass er auf dem letzten Loch pfiff, und dass es keine Alternativen und keine Hoffnung gab, nichts. Ihm kam in den Sinn, wie ironisch es doch war, dass ihn Susan ausgerechnet an diesem Tag verlassen hatte, diesem speziellen Tag, an dem sich all ihre Befürchtungen und düsteren Vorhersagen mit einem Schlag erfüllt hatten. Trotzdem war er froh darüber, froh, dass sie nicht da war, um seine Hand zittern zu sehen, als er nachschenkte.

Wieder auf der Veranda reichte er Ronda ihr Glas und setzte sich erneut neben sie, jedoch ohne etwas zu sagen, obwohl er wusste, dass sie und Shea darauf warteten, das Ergebnis des Telefonats zu erfahren.

»Nun, wie lautet das Urteil?«, fragte Shea.

Blanchard brachte es noch immer nicht über sich, zu reden,

wahrscheinlich aus Angst davor, die Worte aus seinem eigenen Mund zu vernehmen, die ihm den Richterspruch verkündeten.

»Deine Tiere haben sie, stimmt's?«, hakte Shea nach. »Sie haben Brucellose.«

Blanchard gelang es schließlich, Ronda anzuschauen, die seine Hand drückte und ihren Kopf an seine Schulter legte. »Es tut mir leid«, sagte sie. »Wirklich.«

»Was geschieht jetzt?«, fragte Shea. »Willst du mit einem Achselzucken bankrottgehen?«

»Sag du es mir.«

»Na ja, ich weiß nur, dass ich das nicht so einfach hinnehmen würde. Nicht nach der ganzen Arbeit, die du reingesteckt hast.«

»Was ist die Alternative?«

»Mit den Worten eines echten Spießers?«

»Was sonst?«

»Die Alternative, Kleiner, ist so klar und deutlich wie die Nase in deinem WASP-Gesicht. Es ist dein Vieh – also verkauf es.«

»Es ist in Quarantäne, schon vergessen?«

»Verkauf es und sag, es sei gestohlen worden. Auf diese Weise bekommst du den vollen Preis, plus die Versicherung.«

»Die Bank würde die Versicherung bekommen.«

»Um dein Darlehen zu tilgen, ja. Damit wärst du schuldenfrei und hättest noch Geld übrig.«

Blanchard lachte leise und schüttelte den Kopf. »Aus deinem Mund klingt das so einfach. So verlockend.«

»Ist es das etwa nicht?«

»Es ist außerdem Betrug.«

»Und du würdest nichts Illegales tun wollen, stimmt's?«

»Nicht in diesem Ausmaß, nein.«

Shea kippte sich beim Leeren seines Glases ein paar Eiswürfel in den Mund und zerkaute sie wie Popcorn.

»Du bist wirklich rührend, weißt du das, Blanchard?«, sagte er. »Aber das sind wir natürlich alle, kleine Sesselfurzer aus der weißen Mittelschicht. Doch ich lerne wenigstens dazu. Vor allem gestern Abend in der harten Schule des alten Jiggs. Als ich vor dem dämlichen Scheißkerl gekniet und gebetet habe, dass er mich nicht erschießt, wurde mir in meinem Suffkopf klar, dass er wenigstens Grundsätze hat. Ich demütige ihn mit einem beschissenen Köter – was mir ähnlich sieht, stimmt's? Denn ich bin an ›zivilisierte‹ Reaktionen von Deppen wie Armpit und Little Mack gewöhnt. Doch der alte Jiggs – er und der Rest von seiner Möchtegern-Cowboybande, und übrigens auch Little –, sie leben direkt auf Messers Schneide, weißt du? Direkt auf Messers Schneide, wo alles ernst ist. Keine beschissenen Mittelschicht-Spielchen, nein Sir, überhaupt keine Spielchen, nur das Leben, dessen Ende gewiss ist, real und ernst. Sie nehmen es wirklich ernst, was ich von jetzt an ebenfalls tun werde, und was du in diesem Fall auch tun solltest. Du stehst mit dem Rücken an der Wand und bist pleite? Dann rette dich. Klau dein eigenes, gottverdammtes Vieh und verkauf es in Kansas City, kassier die Versicherungssumme und gib den Laden auf. *Ohne* bankrott zu sein. Das ist ein riesiger Unterschied.«

Blanchard wiegte in gespielter Bewunderung den Kopf. »Und das hast du alles zu Jiggs' Füßen gelernt?«

»Oh, ich denke, ich habe selbst darauf hingearbeitet. Der gestrige Abend hat die Sache nur beschleunigt.«

»Lustig. Gestern Abend im Sweet Creek dachte ich, du wärst schon an dem Punkt.«

»Nee, da hab ich nur so getan. Ein Rollenspiel.«

»Aber im Augenblick spielst du keine Rolle.«

»Ich erteile nur Ratschläge, alter Kumpel. *Du* bist derjenige, der ein Problem hat, der Nägel mit Köpfen machen muss.«

Ronda war unruhig aufgestanden. Sie zündete sich eine Zigarette an und lehnte sich gegen das Verandageländer, die untere Körperhälfte ins Dunkel getaucht, während die obere vom Wohnzimmerlicht hell angestrahlt wurde, was ihr beinahe das Aussehen einer steinernen Skulptur verlieh, wobei ihr flacher Bauch und ihre Brüste nackt zu sein schienen. Und Blanchard dachte an später, dass er sie heute Nacht wieder haben müsse, wenigstens das. Es wäre wie eine Entschädigung, Lust, um den Schmerz zu lindern. Er dachte darüber nach, wie unfair das war, wie viel mehr sie verdient hätte.

»Was denkst du?«, fragte er sie. »Hat er recht?«

»Für manche Leute wär das vielleicht in Ordnung. Aber nicht für dich.«

»Hast du deine Meinung geändert?«

»Du meinst gestern Abend? Oh, das war nur so dahingesagt. Aber das hier klingt real.«

»Warum wäre es für ihn nicht in Ordnung?«, fragte Shea sie. »Was ist an dem Bauerntölpel so besonders?«

»Er ist kein Dieb, das ist alles.«

»Wen würde er denn bestehlen«?

»Die Versicherungsgesellschaft, vermute ich.«

»Der es nicht wehtun würde. Die es nicht einmal mitbekäme. Eine Routineangelegenheit, ein versicherungstechnisches Risiko, eine Zahl in der Statistik.«

»Ich kann es nicht sagen. Ich weiß nur, dass er es nicht tun würde.« Ronda wandte sich an Blanchard. »Oder?«

Blanchard schüttelte den Kopf. »Ich wüsste nicht mal wie.«

»Little könnte es für dich tun«, sagte Shea. »Die Lkws und alles besorgen.«

Ronda schaute ihn auf einmal verächtlich an. »Ein toller Freund bist du, ihn mit einem Widerling wie Little zusammenzubringen.«

»Wie du über deinen Bruder sprichst …«

»Halbbruder«, korrigierte sie ihn.

Shea hielt ihr sein leeres Glas hin. »Sei doch einem Krüppel behilflich, Schätzchen. Halb und halb.«

Sie nahm das Glas und ging hinein.

»Armes Ding«, sagte Shea. »Sie ist wirklich verliebt in dich.«

»Wie kommst du darauf? Nur weil sie in mir nicht einen Verbrecher sieht?«

»Sei nicht albern.«

»Bin ich das?«

Shea schenkte ihm einen langen, ernsten Blick. »Du weißt, Bob, dass ich das ernst meine. Wirklich. Ich finde, du solltest es tun.«

»Wieso liegt dir so viel daran?«

Eine Weile saß Shea nur stumm da und betastete missbilligend sein Gesicht.

»Aus drei Gründen«, sagte er schließlich. »Ich weiß, wie schwer du hier geschuftet hast, wie viel du hier reingesteckt hast, und ich will nicht mit ansehen müssen, wie du alles verlierst. Zweitens, ich würde mich an der Sache gern beteiligen – ich brauch die Kohle. Und drittens aus ethischen Gründen. Ich finde es moralisch falsch, wenn ein Mann so duldsam ist, dass er nicht um das kämpft, was ihm gehört, selbst wenn das auf schmutzige Weise geschieht. Wenn du so duldsam bist, so zivilisiert, besonnen und gehemmt, kapitulierst du womöglich ganz. Und wie du weißt, haben das viele von uns WASPs schon getan. Wir sind fertig, und der Feind weiß das. Man wird uns kampflos besiegen.«

»Hast du das auch von Jiggs gelernt?«

»Ich mein's ernst.«

»Okay, ich denk darüber nach.« Blanchard hatte keine Ahnung, warum er das sagte, denn für ihn kam die Sache nicht infrage und war bereits abgehakt.

»Tu das«, sagte Shea. »In der Zwischenzeit denke ich über Jiggs nach. Es wird langsam zu einer echten Leidenschaft, mir auszumalen, wie ich Jiggs den Arsch aufreiße, um meinen Stolz wiederherzustellen. Ich genieße es wirklich, darüber nachzudenken – beinahe so sehr, wie ich es genießen werde, wenn ich es anschließend in die Tat umsetze. Worauf du dich verlassen kannst.«

»Das habe ich befürchtet.«

Shea schüttelte resigniert den Kopf. »Fängst du schon wieder damit an«, sagte er.

Kurze Zeit später erhob sich Shea mühsam aus dem Schaukelstuhl und verkündete, dass er sowohl müde sei als auch eine volle Blase habe und sich, sobald er sich um Letztere gekümmert habe, auf dem Sofa hinhauen werde – seine »Dachstube« käme heute Abend nicht infrage. Nachdem er hineingegangen war, sagte Ronda, dass es für sie wohl an der Zeit sei zu gehen, und Blanchard erwiderte, dass sie das tun solle, wenn sie das Gefühl habe, sie jedoch wegen ihm gern bleiben könne.

»Wo?« fragte sie. »Nicht in ihrem Bett. Das könnte ich nicht.«

»Es gibt noch ein anderes«, sagte er zu ihr, ohne hinzuzufügen, dass es das seines Sohnes war.

Ob es diese unausgesprochene Tatsache oder etwas anderes war, das sie beide beschäftigte, konnte Blanchard nicht sicher sagen. Er wusste nur, dass Rondas Gehemmtheit an diesem Abend an Gefühlskälte grenzte, die ihn wiederum schlaff und teilnahmslos machte, unfähig oder nicht gewillt, sie beide ein wenig aufzutauen. Schweigend und ratlos lagen sie schließlich zusammen, sie in seinen Armen, und erst dann entstand eine gewisse Wärme. Er küsste ihr Haar und ihre Stirn und nach einer Weile auch ihre Lippen, berührte ihre Zunge, so lang und tief, dass der Sex, der darauf folgte, mehr ein Teil des Küssens war als umgekehrt. Und danach lagen sie wieder schweigend da, als fürchteten sie, ein Geräusch könnte alles zerstören.

Nach kurzer Zeit war Ronda eingeschlafen, wobei sie mit dem Kopf auf seiner Schulter lag und ihr Atem kühl durch sein Brusthaar blies. Doch er fand keinen Schlaf. Wie bei einem Vampir erwachte sein Verstand in der Stille und Dunkelheit mit aller Macht zum Leben. Er dachte an Susan und wie er sie in jeder Hinsicht betrogen hatte, nicht nur in ihrem eigenen Haus, sondern sogar im Bett ihres Kindes, fast wie in einem symbolischen Akt, einer bewussten Negierung der Beziehung, aus der das Kind hervorgegangen war. Doch kam es ihm vor allem seltsam vor, dass er kein schlechtes Gewissen oder Bedauern wegen des Treuebruchs verspürte, nur eine Art überwältigtes Staunen über den Wankelmut der Menschen, die moralische Strapazierfähigkeit der Spezies, denn aus Erfahrung und Anschauung wusste er, dass sein Verhalten die Norm war, dass unter den menschlichen Empfindungen Schuldgefühle selten waren, dass Männer und Frauen stets für alles eine Erklärung hatten, von kleinen Unhöflichkeiten bis zu brutalen Verbrechen, ohne mit der Wimper zu zucken oder zu zögern. In diesem Fall war das »Verbrechen« immerhin nur Sex, ein natürlicher Akt, ein Akt der Liebe, und somit im Grunde die Antithese zu einem Verbrechen. Deshalb fühlte er sich nicht wirklich schuldig, nur ein ganz klein wenig verwirrt angesichts der Intensität, mit der er das Mädchen liebte, jedenfalls wenn er mit ihr eins war.

Doch verweilten seine Gedanken nicht lange dabei, das Entscheidende lag vor dem geöffneten Schlafzimmerfenster, im Land, das sich vom Haus aus in alle Richtungen erstreckte, mondbeschienene Weiden, auf denen jetzt gerade sein Vieh in der kühlen Nachtluft graste. Es waren zweihundertvierzig Hektar, fast zweieinhalb Quadratkilometer Wälder und Weiden und Flüsse und Hügel, und in seiner Vorstellung gehörte das alles trotz Hypothek und Bankdarlehen ihm, gehörte ihm, weil er so viel Schweiß und Energie und Herzblut hineingesteckt hatte, weil er Felder von Gestrüpp und Steinen befreit und bestellt hatte, weil er Teiche angelegt und Ställe und Gehege errichtet und zahllose Pfahllöcher mühsam in harten Fels geschlagen hatte; und es gehörte ihm auch wegen des Viehs, wegen der Kühe, die hier in den ersten beiden Jahren gekalbt und nasse, auf wackligen Beinen stehende Wesen zur Welt gebracht hatten, die von ihren Müttern jeden Tag woanders hingebracht worden waren, um sie im hohen Frühlingsgras zu verstecken, und die jetzt wiederum ihre Jungen versteckten.

Und er überlegte, was ihm die Ranch eigentlich bedeutete, warum es wäre, als würde er sterben, wenn er sie verlöre, und ihm wurde klar, dass hierherzukommen eine Frage auf Leben und Tod gewesen war, weil er zu der Überzeugung gelangt war, dass die Welt, in der er lebte – das behagliche Vorstadthaus und das schicke Bürogebäude im Zentrum mit seinen eleganten Bars und Restaurants in der Umgebung –, nicht real war, dass die reale Welt sich zwischen diesen Polen von Arbeit und Zuhause befand, und dass genau diese Welt am Aussterben war, ein Brachland, eine Wildnis aus Verbrechen und Armut und Elend, und es gab nichts, was man dagegen tun konnte, weder die Regierung noch der Wille des Einzelnen schienen dazu in der Lage zu sein, dieses Sterben aufzuhalten oder zumindest zu verlangsamen, man konnte überhaupt nichts tun, außer das kranke existenzielle Paradoxon anzuerkennen, dass an jedem Tag, den man im finsteren Tal wanderte, dieser Weg zum Leben durch die Felder des Todes führte.

Damals hatte er allerdings nur eine vage Vorstellung davon gehabt, ein Gefühl, dass etwas aus dem Lot war, eine Wirklichkeit, die er mehr in der Rückschau erkannte als damals, als er ein Teil davon gewesen war. Er hatte hauptsächlich eine Frustration und Wut wahrgenommen, die er nicht so recht begreifen konnte, wusste nur, dass er es hasste, morgens aufzustehen, es hasste, ins Büro zu gehen und hasste, was er den lieben langen Tag dort tat, und es dann wiederum hasste, nach Hause zurückzukehren zu einem Fernsehabend oder einer Cocktailparty oder in eine Kino- oder Theateraufführung zu gehen, die Susan unbedingt sehen wollte. Schließlich war es so weit gekommen, dass er nur noch auf Geschäftsreisen Spaß zu haben schien, die mit Kunden aus der Landwirtschaft zu tun hatten, für die er zuständig war, Tage, die er mit Farmern und Ranchern verbrachte, die Ambor-Stickstoffdünger oder Tiergesundheitsprodukte von Gardner benutzten, und von denen *Darling* Empfehlungen für zukünftige Werbeanzeigen in Fachzeitschriften wollte. Und Blanchard war der himmelweite Unterschied zwischen ihm und diesen Männern nicht entgangen, ihre solide Art und Vitalität und, ja, Zufriedenheit. Sie schienen etwas zu wissen, etwas zu haben, das er nicht hatte. Und schließlich hatte er mit Susan darüber gesprochen, über diesen Unterschied und seine generelle Unzufriedenheit – nur um festzustellen, dass sie genauso unzufrieden war wie er, genauso enttäuscht von der Agentur und der Werbung und sogar von Saint Louis, das sie als eine Hure mit einer unheilbaren Geschlechtskrankheit bezeichnete. Es war wie bei ihm eine grundlegende Unzufriedenheit mit ihrer Lebensweise, der Geschäftigkeit, dem Druck, dem Mangel an Zeit und Ruhe, um wieder zu sich zu finden. Und so hatten sie damit begonnen, nebenbei zuerst, die Verkaufsanzeigen für Ranchs in der Sonntagszeitung zu lesen und später dann ganze Ranchkataloge bestellt, obwohl sie keine nennenswerten Rücklagen besaßen, da es ihnen irgendwie gelang, jeden Monat ihre beiden Gehälter auszugeben. Und natürlich hätte Susans Vater nicht in Betracht gezogen, ein Projekt zu finanzieren, das seine Tochter noch weiter von ihm wegführen würde, als sie es bereits war.

Da starb auf einmal, völlig unerwartet, Blanchards Mutter – und hinterließ ihm in ihrem Testament, genauso unerwartet, siebzigtausend Dollar. Seit sie im Zweiten Weltkrieg ihren Mann verloren hatte, hatte sie ein kleines Bekleidungsgeschäft in Bloomington, Illinois betrieben und häufig von früh bis spät gearbeitet, während sie Bob und Tommy in den fähigen Händen der alten Emma gelassen hatte, einer stämmigen polnischen Haushälterin, die überglücklich darüber gewesen war, ihre Ersatzmutter zu sein, und sich später nur noch um Tommy gekümmert hatte, als Blanchard aufs College gegangen war, dann geheiratet und das angestrebt hatte, was er damals für eine berufliche Karriere hielt.

Tommy hatte bei der Geburt einen Hirnschaden erlitten. Es war eine Steißgeburt gewesen, nur zwei Tage, nachdem die Regierung ihrer Mutter mitgeteilt hatte, dass ihr Mann, Captain Robert Blanchard senior, im Einsatz verschollen und wahrscheinlich tot sei, abgeschossen über Nazideutschland in einer Boeing B-17, der »Fliegenden Festung«, die er kommandiert hatte. Blanchard hatte nur eine vage Erinnerung an den Mann, der ein einziges Mal auf Heimaturlaub da gewesen war, hauptsächlich an ein Paar graue Hosenbeine mit scharfer

Bügelfalte, die an den Knien auf seiner Augenhöhe unterbrochen war. Das Geld aus einer Abfindung der Regierung hatte seiner Mutter schließlich dafür gereicht, ein kleines Geschäft zu eröffnen. Also war er nie auf den Gedanken gekommen, ihr Engagement in dem Laden zu hinterfragen, genauso wie es ihm auch nie in den Sinn gekommen war, dass sie so etwas wie ein Erbe hinterlassen würde. Doch das hatte sie. Und Blanchard hatte das, was nach den Steuern noch übrig war, sowie den bescheidenen Verkaufserlös von seinem Haus in Creve Coeur dazu benutzt, die Ranch und den Grundstock einer Herde zu kaufen, um für sie alle, ihn und Susan und Whit und Tommy, ein Leben außerhalb des endlosen Kreislaufs aus Schuld und Langeweile und Tod zu ermöglichen, ein Leben mit ehrlicher Arbeit und in wohlverdientem Frieden.

Und jetzt hatte er – einen Trümmerhaufen. Seine Frau und sein Sohn waren weg. Er hatte Schulden, die er nicht begleichen konnte. Er hatte Weiden voller Vieh, das er nicht verkaufen konnte. Er hatte im Grunde nichts außer Tommy und den kühlen, festen Körper, der sich in der Dunkelheit noch immer an ihn schmiegte, den leisen Atem, der noch immer über sein Brusthaar strich. Sanft zog er Arm und Schulter unter ihr hervor und stand auf. Er nahm sein Päckchen Zigaretten und das Feuerzeug vom Nachttisch und ging durch die Fliegengittertür hinaus auf die Galerie, die an der Front des Hauses entlangführte. Als er sich eine Zigarette angezündet hatte, setzte er sich mit einer Hinterbacke vorsichtig auf das Holzgeländer und versuchte, seine Rinder in der Dunkelheit auf dem weitläufigen Hügel, der zu der fernen Straße abfiel, auszumachen. Erst als sich seine Augen an die Dunkelheit gewöhnt hatten, die sich irgendwie von der im Schlafzimmer unterschied, erkannte er die Tiere, die sich größtenteils unter den Bäumen beim vorderen Teich versammelt hatten, während ein paar andere über die Weide verteilt standen und im schimmernden Mondlicht grasten. Und beinahe unmerklich, wie ein Virus, der sich in seinen Körperzellen ausbreitete, ging ihm Sheas Idee mehr als einmal durch den Kopf. Natürlich würde er es nicht tun, konnte er es nicht tun, weil er einfach kein Krimineller war. Doch er musste zugeben, dass er einen gewissen Gefallen an der Idee fand, eine faszinierende Symmetrie von Machbarkeit und ausgleichender Gerechtigkeit darin entdeckte, indem er bei dem frömmlerischen Gideon seine Schulden *mithilfe eines Verbrechens* zurückzahlte. Es wäre eine Symmetrie, die er allerdings ohne dieses herstellen müsste, denn er wusste nun einmal, wer er war, eins von Sheas unverbesserlichen Weicheiern aus der Mittelschicht.

Die Fliegengittertür hinter ihm quietschte, und dann stand sie nackt wie er selbst neben ihm.

»Komm wieder ins Bett«, sagte sie und legte ihre Arme um ihn. »Du brauchst deinen Schlaf. Ich werde dich massieren.«

»Mir geht's gut.«

»Nicht mehr, wenn du morgen beim Heumachen bist. Du solltest im Bett sein.«

»Ich muss nachdenken.«

»Worüber?«

»Über Brucellose und Bankschulden.«

»Das wird schon.«

»Bist du sicher?«

»Du wirst einen Weg finden.«

»Sheas Weg vielleicht.«

»Nein, das nicht. Das lass ich nicht zu.«

»Wieso nicht?«

Als Antwort schmiegte sie ihre Wange an seinen Rücken und umschlang ihn fester.

»Ich weiß nicht«, sagte sie schließlich.

Blanchard drehte sich langsam in ihren Armen um. Und wieder küsste er sie, zuerst sanft, wie vorhin im Bett, als würde er den Akt gar nicht im Sinn haben. Dann legte er ihr die Hände unter die Hinterbacken, stand auf und zog sie an sich, und sie schlang ihre Beine um seine Taille. So trug er sie zurück ins Zimmer seines Sohnes. Ihm war egal, ob er in dieser Nacht Schlaf bekam.

6

Gegen zehn am nächsten Morgen hatte Blanchard auf dem kleinen Ford-Traktor damit begonnen, das gemähte Schwingelgras in Schwaden zusammenzuschieben. Ihm folgte Clarence auf der Ballenpresse, und diesem die Crew zum Heuladen: zwei Teenager, die die Ballen zu einem dritten Jungen hinaufwarfen, der sie auf einen riesigen Tieflader packte, der von dem alten Russell in seiner klimatisierten Traktorkabine, von denen es im County nur wenige gab, gefahren wurde. Während Blanchard an der Crew, hin und her vorbeifuhr, hatte er ein wenig Mitleid mit den Jugendlichen, denn er wusste, was für eine harte und schmutzige Arbeit Heuladen bei über dreißig Grad war. Doch er wusste auch, dass sie sich in ihrem Alter einfach darüber freuten, einen Job zu haben, weshalb er mit dem Gefühl leben konnte. Es beeinträchtigte in keiner Weise die Freude, die ihm das Heurechen machte, was wahrscheinlich seine liebste Aufgabe von allen war, die er im Verlauf eines Jahres auf der Ranch zu erledigen hatte. Während das Pressen der Ballen langsam, laut und ermüdend war, und die alte Maschine so oft den Geist aufgab, dass Clarences Fähigkeiten als Mechaniker gefragt waren, war das Rechen schnell und einfach und ähnelte irgendwie dem Segeln, wenn man, wie eine Heckwelle, eine gerade, endlose Heuschwade hinter sich herzog.

Außerdem war es eine Aufgabe, bei der man kaum nachdenken musste und seine Gedanken schweifen lassen konnte. Doch an diesem Tag schienen alle nur in eine Sackgasse zu führen, zu einem Problem, für das es keine Lösung gab, also konzentrierte er sich auf das Heu und die Schwade, die er so gerade wie möglich zu ziehen versuchte. Nur wenn er eine ganzen Runde gefahren war und an Tommy vorbeikam, der im Schatten des Pick-ups saß, ließ er sich ablenken, indem er ihm lächelnd zuwinkte oder eine Grimasse zog, und würdigte damit die Freude, die sein Bruder jedes Mal zeigte, wenn er vorbeikam. Und während der restlichen Geraden, bevor er wieder wenden musste, dachte er über Tommy nach und darüber, was für diesen der Verlust der Ranch bedeuten würde.

Dreißig Jahre hatte sein Bruder bei ihrer Mutter und der guten Emma gelebt, die ihm wahrscheinlich so viel Liebe und Fürsorge wie irgend möglich hatte zukommen lassen. Trotzdem war sein Leben mit Spielsachen und Fernsehen und den Stunden im Park, wenn die normalen Kinder in der Schule waren, stark eingeschränkt gewesen, mit dem Ergebnis, dass er, nachdem ihre Mutter gestorben war und Blanchard und Susan ihn nach Saint Louis geholt hatten – nachdem Emma verkündet hatte, dass sie bald selbst Unterstützung bräuchte und demnächst in ein katholisches Pflegeheim gehen würde –, Tommy nicht nur zurückgeblieben, sondern regelrecht verkümmert zu sein schien, gleichermaßen vom Leben wie von dem Geburtsfehler. Somit war sein kleiner Bruder bei ihrer Entscheidung, Saint Louis endlich zu verlassen und die Ranch zu kaufen, ein nicht unerheblicher Faktor gewesen, weil sie geglaubt hatten, dass sie ihm mehr Freiheit als jede andere Umgebung bot.

Und von Beginn an hatte er sie in ihrer Annahme bestätigt. Der plötzlich unbegrenzte Raum, die Tiere, die Maschinen und die Aktivitäten – und natürlich, bei einer Familie wie Susan und Whit und Blanchard zu sein –, all das hatte ihn mit einem Schlag aus seiner beengten Welt befreit. Recht schnell war er aus sich herausgegangen und hatte seine Schüchternheit verloren, die manchmal beinahe lähmend gewesen war. Er wurde zu einem Kind, wissbegierig und unermüdlich und spielte und beobachtete und träumte während der erfüllten Tage. Und so war er bis zum letzten Jahr immer mehr aufgeblüht, bis auch ihm aufgegangen war, dass die Dinge nicht mehr so waren wie zuvor, dass sie alle die anfängliche Begeisterung und Freude nach und nach verloren hatten. Also hatte auch er sich verändert, seit geraumer Zeit lag ein ängstlicher, verunsicherter Ausdruck in seinen Augen, selbst wenn er Blanchard half oder mit den Sachen in seiner Umhängetasche spielte. Aber trotzdem ging es ihm immer noch viel besser als bei ihrer Ankunft auf der Ranch. Doch wenn er das alles verlieren würde, wenn er seine zweihundertvierzig Hektar große Welt und seine geliebten Tiere Blackie und Kitty und Spot verlassen müsste, würde er das, wie Blanchard befürchtete, nicht überstehen, ohne wieder in seiner kleinen, dunklen, angsterfüllten Welt, die er hinter sich gelassen hatte, zu versinken.

Aber so war das Leben nun mal, sagte sich Blanchard. Nach diesem Abenteuer wäre er wahrscheinlich auch nicht mehr derselbe.

Am Ende des Feldes wendete er Traktor und Rechen vorsichtig, bis er die gesamte Länge des Feldes wieder vor sich hatte. Und während er darüber hinwegholperte, während die Sonne auf ihn herunterbrannte und im geschnittenen Gras vor ihm schimmerte, sah er sich auf einmal wieder in Saint Louis bei *Darling* an seinem alten Schreibtisch in seinem alten Büro sitzen, und zum ersten Mal an diesem Morgen wich die Heuschwade hinter ihm von der geraden Linie ab und überschnitt sich beinahe mit der daneben.

Als Clarence und die Heuladecrew Mittagspause machten, brachte Blanchard Tommy zurück nach Hause und zauberte ein Mittagessen aus Resten von Hühnchen, Aufschnitt, Brot und Äpfeln. Shea war im Wohnzimmer. In Chinos hatte er es sich in Blanchards Lehnsessel bequem gemacht, während er mit der unvermeidlichen Dose Bier in der einen Hand und einer Tüte Kartoffelchips in der anderen die Arkansas-Version der Fernsehnachrichten sah. Von Zeit zu Zeit brüllte er vor Lachen, was Blanchard nicht überraschte, denn er erinnerte sich noch gut an seine und Susans Ungläubigkeit, als sie hierhergekommen waren und das erste Mal die lokal produzierten Sendungen und Werbespots gesehen hatten, vor allem die der Autohändler, die weder der Faszination eines Fernsehauftritts widerstehen noch ihre Angst davor überwinden konnten. Es war das provinzielle Grauen:

»Naa, ihr seid also alle da, um uns zu sehn, hmm? Wir biet'n euch 'n Deal an, dem ihr einfach nicht widerstehen könnt, keine Chance, ganz bestimmt nicht, nich 'n Hauch.«

Blanchard machte sich nicht die Mühe, Shea zu fragen, ob er mit ihnen essen wollte; die Spüle verriet, dass er sich bereits um sein leibliches Wohl für diesen Mittag gekümmert hatte. Außerdem waren da noch eine schmutzige Pfanne, die zerbrochenen Schalen eines halben Dutzends Eier, eine leere Packung Speck, ein ebenfalls leerer Krug Fruchtsaft und ein halber Laib Vollkornweizenbrot, der erst am Morgen angeschnitten worden war. Wie um die Völlerei ihres Gastes auszugleichen, aß Tommy nur wenig. Er war zu aufgeregt.

»Mann, Blackie wird diesen Winter bestimmt 'ne Menge Heu haben. Er braucht nicht zu hungern, was, Bob?«

»Ganz bestimmt nicht.«

»Wir haben alles, was er braucht.«

»Das stimmt.«

»Und diese Jungs, die sind echt stark, was, Bob?« Er war wirklich beeindruckt von Russels Teenagern, die allesamt kleiner als er und trotzdem dazu in der Lage waren, Heuballen auf den Wagen hinaufzuwerfen, oft mit über den Kopf gestreckten Armen.

»Und ob die stark sind«, sagte Blanchard. »Darum haben wir sie ja angeheuert.«

Tommy dachte eine Weile darüber nach, dann grinste er, weil ihm die Idee gefiel. »Das stimmt. Darum haben wir sie angeheuert.«

Blanchard stand auf, um sich ein Glas Wasser zu holen. Durch das Fenster über der Spüle sah er, wie ein Wagen durch das Tor am Fuß des Hügels einbog, ein Wagen mit einem roten Blinklicht.

»Genau, darum haben wir sie angeheuert«, wiederholte er, während er ins Wohnzimmer ging.

»Wo steht dein Wagen?«, fragte er Shea.

»Hinterm Haus. Wieso?«

»Da kommt jemand. Scheint der Sheriff zu sein, oder einer seiner Stellvertreter. Du machst besser, dass du nach oben kommst.«

»Recht hast du. Ich frag mich, was die wollen?«

»Ja, frag ich mich auch.«

Mit dem Bier in der Hand rannte Shea so schnell nach oben, dass die Treppe vibrierte. Blanchard trat hinaus auf die Veranda und zündete sich eine Zigarette an, als der Wagen in die Auffahrt einbog und hielt. Der Officer, ein großer, korpulenter, kahl werdender Mann mit dem für seine Berufsgruppe typischen breiten Hintern und dicken Bauch, stieg schwerfällig aus. Während er seinen Hosenbund mit dem Holster hochzog, kam er langsam den kurzen Weg herauf und lächelte gezwungen. Seine Augen waren hinter einer verspiegelten Sonnenbrille verborgen.

»Hallo, ich bin Sheriff Hume«, sagte er. »Bin erst 'n paar Monate im Dienst, also gibt's 'ne Menge Leute, die ich noch nicht kenne.«

Blanchard schüttelte ihm die Hand. »Ich bin Bob Blanchard.«

»Nun, dann sind Sie genau der, den ich sprechen möchte.«

»In welcher Angelegenheit?«

»Och, nichts von Bedeutung, dauert keine Minute. Ich nehm mal an, Sie sind mit so 'nem Stück Land ganz schön eingespannt.«

»Wir sind am Heumachen«, sagte Blanchard.

»Genau der richtige Zeitpunkt. Mach's, solange die gute, alte Sonne scheint, was?«

»Ich wollte gerade wieder rausfahren.«

Doch der Sheriff ließ sich nicht aus der Ruhe bringen. Er zog erneut seinen Hosenbund hoch und warf langsam einen Blick in die Runde, als würde er nach etwas Bestimmtem suchen. Weil er es offensichtlich nicht fand, drehte er den Kopf zur Seite und spuckte ins Gras.

»Äh, kennen Sie vielleicht einen Mann namens Shea?«, fragte er.

»Ja. Ist ein alter Freund von mir, aus Saint Louis.«

»War er kürzlich zu Besuch?«

Blanchard nickte. »Er ist vorgestern Abend wieder abgereist.«

»Oh ja, hab von dem Abend gehört.« Der Sheriff grinste. »Er soll fast das Sweet Crick zum Einsturz gebracht haben.«

»Es war ein Unfall. Er ist ein ziemlich starker Mann.«

»Hab davon gehört. Und auch, dass man ihm hinterher 'ne ordentliche Tracht Prügel verpasst hat.«

»Deshalb ist er wohl abgereist.«

»Würd mich nicht wundern. Wenn er verschwunden ist, ist das sowieso nicht mehr meine Angelegenheit. Dann muss sich wohl anderswo ein Gesetzeshüter um ihn kümmern.«

»Wenn Sie das sagen.«

Der Sheriff nickte nachdenklich, während er vor sich hin grinste. »Ihnen ist nicht zufällig bekannt«, fragte er, »dass er von der Polizei gesucht wird?«

»Weswegen – Alimente?«

Der Sheriff lachte. »Oh, ich fürchte, es geht um ein wenig mehr. Vorsätzlicher tätlicher Angriff, tätliche Beleidigung, Flucht, um sich der Verhaftung zu entziehen – suchen Sie sich's aus. Laut der Anzeige hat er seine Frau geschlagen und seinen Schwager und seinen Sohn, einen zehn Jahre alten Jungen, krankenhausreif geprügelt. Aber das hat er Ihnen bestimmt nicht erzählt, oder?«

»Nein, hat er nicht.«

»Nein, das habe ich auch nicht erwartet. Dann lass ich Sie mal wieder arbeiten. Aber falls Shea wieder auftauchen sollte, sagen Sie mir Bescheid, okay? Wir sollten gefährliche Typen wie ihn nicht frei herumlaufen lassen, oder?«

Blanchard dachte an die Klientel vom Sweet Creek, an Jiggs und seine Freunde. »Nein«, sagte er, »das sollten wir nicht.«

Nachdem sich der Sheriff zum Gehen gewandt hatte und auf seinen Wagen zusteuerte, fiel Blanchard auf, dass es eine wichtige Sache gab, die der Polizist nicht angesprochen und nach der Blanchard nicht gefragt hatte, was er jetzt tat.

»Woher wissen Sie eigentlich von ihm? Wer hat Ihnen gesagt, dass er hier ist?«

Der Sheriff war bereits am Einsteigen. »Seine Frau hat mich angerufen«, sagte er. »Wahrscheinlich hat ihr jemand einen Tipp gegeben.«

Blanchard nickte, als wäre er froh über die Information. Doch er war angewidert. Nachdem der Sheriff davongefahren war, blieb er noch eine Weile auf der Veranda und fragte sich, wem Susan eins hatte auswischen wollen, ihm oder Shea.

Tommy war aus dem Haus gekommen und hatte sich an

ihn herangepirscht, denn er hatte Angst vor dem Polizeiwagen, auch wenn dieser bereits auf der Asphaltstraße und fast außer Sichtweite war.

»Das war ein Polizeiauto«, sagte Tommy.

»Nur der Sheriff, Tommy. Er ist ein netter Mensch.«

»Erschießt er Leute?«

»Nein. Er sperrt böse Jungs nur ein, das ist alles.« Als er den erleichterten Ausdruck in den Augen seines Bruders sah, klopfte ihm Blanchard auf die Schulter. »Bleib mal kurz hier, okay? Ich bin gleich zurück.«

Er hatte gehört, wie Shea die Treppe heruntergekommen war. Als Blanchard hineinging, sah er ihn auf der untersten Stufe sitzen, den Kopf in die Hände gestützt.

»Hast du's mitbekommen?«, fragte er seinen Freund.

»Ja. Und es klingt schlimmer als es war.«

»Das hoffe ich.«

»Es ist so.«

»Sieht dein Junge das auch so?«

Shea machte eine resignierte Geste. »Ich war betrunken«, sagte er.

»Das hab ich mir irgendwie gedacht.«

»Ich war betrunken und wollte nur noch von dort verschwinden. Evelyn wusste, dass ich einen Großteil unserer Ersparnisse abgehoben hatte und hat aus irgendeinem Grund ihren Bruder, die Schwuchtel, angerufen, damit er rüberkommt und mich daran hindert, damit abzuhauen. Der Typ wiegt so um die siebzig Kilo. Ich hab ihm einen Schubs gegeben, da ist sie mit einem Golfschläger auf mich los, hat ausgeholt, und ich hab mich zu schützen versucht. Dann hat sich mein kleiner Joey auf mich gestürzt …«

»Und du hast ihn ebenfalls geschubst.«

»Genau.«

»Du schubst ziemlich kräftig, Shea.«

»Na ja, mehr war es nicht – ich hab sie geschubst, das war alles. Hab sie weggestoßen. Keine Ahnung, was der Cop da erzählt – von wegen Krankenhaus. So schlimm war es nicht. Ich wollte nur weg.«

Blanchard nickte, mehr aus Gleichgültigkeit als aus Zustimmung oder Verständnis. Er hatte genug von Shea und seinen Problemen, vor allem im Moment, wo er nicht einmal mit seinen eigenen fertig wurde.

»Jedenfalls ist es vorbei«, sagte er. »Aus und vorbei. Ich bin eher über das Hier und Jetzt besorgt. Wann bist du wieder reisefähig?«

»Du meinst, um von hier zu verschwinden?«

»Ja.«

»Sofort, wenn du willst.«

»Nein, nicht jetzt. Nicht in deinem Zustand. Doch in ein, zwei Tagen vielleicht, okay?«

»Wenn du meinst.«

Blanchard entging nicht der Anflug von Verachtung in den blutunterlaufenen Augen des großen Mannes. »Du hast mir nicht erzählt, dass du wegen einer schweren Straftat gesucht wirst«, sagte er. »Wenn du hier verhaftet wirst, dann werde ich das auch – und zwar dafür, einem Flüchtigen Unterschlupf gewährt zu haben.«

Shea setzte ein schiefes Grinsen auf. »Wie gedankenlos von mir, nicht wahr?«

»Könnte man so sagen.«

»So bin ich nun mal.«

»Ja, ich weiß.«

Shea blickte ihn mit einem Stirnrunzeln an und tat bestürzt. »Ich frage mich, wieso«, sagte er. »Wirklich.«

»Ganz bestimmt.« Blanchard wandte sich von ihm ab. Er

ging hinaus auf die Veranda, und Tommy folgte ihm zum Pick-up. Es war erst früher Nachmittag. Und es gab noch eine Menge Heu zu machen.

Den ganzen Nachmittag über bis in den Abend hinein arbeiteten sie. Nachdem Blanchard mit dem Rechen fertig war, schloss er sich Russells Truppe beim Aufladen der Ballen auf den Wagen an, die dann, Ballen für Ballen, im Heuschober wieder abgeladen wurden. Zweimal gab die Ballenpresse am späten Nachmittag ihren Geist auf, doch jedes Mal brachten Clarence und Blanchard sie wieder zum Laufen. Gegen sieben war das gesamte Heu zu Ballen gepresst, und Blanchard brachte Tommy nach Hause und holte seinen eigenen Traktor, der kleiner als Russells war, um gemeinsam mit einem der Teenager Heu aufzuladen, während Clarence den Traktor fuhr. Bei Einbruch der Dunkelheit war das Feld leer und einer der Heuschober bis zu den Dachsparren mit beinahe zweitausend Ballen Schwingelgras und Ackerklee gefüllt und roch sowohl nach frischem Grün als auch nach Tod, ein Geruch, der stets eine große Wirkung auf Blanchard hatte und so eindringlich war wie Holzrauch, urtümliche Gefühle in ihm weckte, Erinnerungen, die er nicht so recht zu fassen bekam.

Blanchard zahlte Russell aus, der wiederum die Teenager bezahlte. Dann machten sich alle auf den Heimweg, und Clarence folgte ihnen in der Abenddämmerung. Blanchard erledigte die verbliebenen Pflichten wie in Trance und ging schließlich zum Haus, wo er die nächste Stunde in einer Wanne mit heißem Wasser verbringen wollte, während Shea hoffentlich Abendessen für sie zubereiten würde. Doch als er ins Wohnzimmer kam, war da nur Tommy, der spielend auf dem Boden saß. Blanchard sah im Wintergarten und auf der Veranda nach, doch der große Mann war nirgends zu sehen.

Er fragte Tommy nach Shea, und Tommy dachte angestrengt nach, als sich plötzlich seine Miene aufhellte.

»Er ist jagen gegangen«, sagte er.

Blanchard wurde plötzlich ganz flau. »Jagen?«

»Ja. Er hat eins der Gewehre genommen, vom Gestell. Und er ist jagen gegangen.«

»Wohin?«

Tommy blickte erneut ernst und strahlte dann wieder. »Oben. Er hat gesagt, da wär eine Maus in seinem Zimmer, und er war ...«

»Hat er das Gewehr abgefeuert?«

»Ich hab nichts gehört.«

Müde wie er war, rannte Blanchard die Treppe bis zum Dachgeschoss hinauf und stürmte in die winzige Kammer. Shea saß in Boxershorts mit verschränkten Beinen am Kopfende des Bettes und sah aus wie ein großer, haariger Buddha. Das Gewehr, Blanchards Jagdgewehr vom Kaliber zwölf lag in seinem Schoß.

»Gib es mir«, sage Blanchard.

»Aber ich hab es noch gar nicht benutzt.«

»Das wirst du auch nicht. Gib es mir.«

»Wieso nicht?« Shea reichte ihm das Gewehr mit beiden Händen, als wäre es ein Zeremonienschwert. »Was soll der Aufruhr, alter Kumpel? Denkst du etwa, ich hätte es hier heraufgebracht, um es gegen mich selbst zu richten?«

»Sag du es mir.« Nachdem er das Gewehr an sich genommen hatte und die Krise offenbar überwunden war, überfiel Blanchard die Erschöpfung so schwer wie ein Heuballen, und er ließ sich auf den einzigen Stuhl im Raum sinken.

»Ich höre immer wieder eine Maus hier drin«, sagte Shea. »Dafür wollte ich es benutzen.«

»Gewiss doch.«

»Ehrlich.«

»Und ein Loch in den Fußboden oder die Wand schießen? Das wäre bestimmt sehr sinnvoll, nicht wahr?«

»Ich hab wohl nicht nachgedacht.«

»Sieht ganz so aus.«

Blanchard saß eine Weile da und sah sich Shea, sein verzagtes Lächeln und den Schmerz und die Schuld dahinter an. »*Wieso?*« fragte er schließlich. »Kannst du mir das verraten?«

»Wieso ich nicht nachgedacht habe?«

»Hör auf damit, ja? Hör auf, mich für dumm zu verkaufen.«

»Das war nicht meine Absicht.«

»Ich will eine Antwort«, insistierte Blanchard.

Und eine Zeit lang erwiderte der große Mann seinen Blick und schüttelte dann den Kopf. »Ich weiß nicht«, sagte er. »Wirklich nicht. Ehrlich, es ist nicht das, wonach es aussah.«

»Was meinst du?«

»Das mit dem Gewehr. Ich hab das Ding nur für alle Fälle hier raufgebracht. Für den Fall, dass ich hier oben eine Metamorphose durchlaufen würde – für den Fall, dass ich mich plötzlich von einer Kakerlake in einen Menschen verwandeln sollte, mit Eiern und allem, was dazugehört. Dann hätte ich es griffbereit gehabt, verstehst du? Ich hätte es mir in den Mund stecken können, wie Papa Hemingway es getan hat, und dieses exquisite Gehirn über deine exquisite Tapete verteilen können.«

»Wie lange sitzt du schon so da?«

»Wie lange? Ich weiß nicht. Ein paar Stunden wahrscheinlich. Ich hab neuerdings kein Zeitgefühl mehr. Ich wandere nur einsam wie eine Wolke.«

»Ach ja?«

»Wirklich.«

Aus irgendeinem Grund hielt Blanchard es für wichtig, Shea festzunageln und ihn mit dem zu konfrontieren, was er beinahe getan hätte und warum. »Es war das, was der Sheriff gesagt hat, oder? Darüber, dass du deinen Jungen ins Krankenhaus befördert hast.«

»Glaub ich nicht. Ich glaub nicht, dass es irgendwas Bestimmtes war. Es geht nur um mich, alter Kumpel. Was ich bin.«

»Und was bist du?«

»Ein Ungläubiger.«

»Ungläubig in Bezug auf was?«

Shea lachte resigniert auf und schüttelte den Kopf. »Nenn mir etwas, Kleiner, irgendwas, und ich werde nicht daran glauben. An gar nichts.«

»Ist wohl kaum auszuhalten, was?«

»Sieht ganz so aus, ja.«

»Und wir anderen glauben alle an irgendwas?«

»Sieht ganz so aus.«

»Da bin ich anderer Meinung.«

»Wie kommt es dann, dass du gerade richtig fanatisch klingst? Weil du nicht an deine Sache glaubst, an dieses Land und deine verdammten Kühe?«

Blanchard wusste keine Antwort darauf.

»Jetzt zu mir. Das Geschäft mit der Werbung zählt natürlich nicht, weil von einem nicht erwartet wird, dass man daran glaubt. Doch Heimat und Familie und die Fahne, Jimmy Carter und Jesus und Menschen und Kühe und Bäume – all das macht keinen Eindruck auf den Ungläubigen. Ich will nur ein wenig Alkohol und ihn mir so schnell wie möglich hinter die Binde kippen, damit ich den Zensor da oben endlich abstellen kann, ihn, den Kleingläubigen.«

Er tippte sich an den bandagierten Kopf.

Blanchard zündete sich eine Zigarette an. »Du bist also zynisch. Immerhin was.«

»Ein *Zyniker* – hab ich etwa gesagt, ich sei zynisch?«

»Ich glaub schon.«

»Sicher. Und Jiggs ist eine *reizbare Person.*« Er lispelte die Worte.

»Vielleicht bist du auch nur ein Alkoholiker. Hast du daran mal gedacht?«

Shea, wieder ganz der Ungläubige, verzog das Gesicht. »Das bezweifle ich. Ich komme mühelos tagelang ohne das Zeug aus. Aber mir wird langweilig, verstehst du? Ich hasse es, einfach nur rumzusitzen und alles und jeden mit Verachtung zu strafen, mich eingeschlossen, also mach ich mir 'ne Dose oder zwei auf, und als Erstes merke ich, dass ich nicht mehr alles so schrecklich hasse. Ich finde es nur lächerlich und amüsant. Ich bekomme so etwas wie eine Gnadenfrist.«

»Das ist doch was.«

»Oh, und ob. Das ist mein Leben, eine Aneinanderreihung von Gnadenfristen.«

»Nun, gerade hast du wieder eine bekommen.«

»Herrje, danke.«

»Kommst du runter und isst mit uns zu Abend?«

Shea schüttelte bewundernd den Kopf. »Ah, was für ein hübscher Trick aus der Psychokiste, Bobby. Die kumpelhafte Nummer. Die Selbstmordgefahr ist vorüber, also lasst uns was essen, hm?«

»Was soll ich deiner Meinung nach tun, hier sitzen und den Seelenklempner spielen?«

»Wie wär's mit Primärtherapie? Wir könnten aus uns herausgehen und schreien.«

»Weißt du, dass es deshalb so schwierig ist, dich ernst zu nehmen?«

»Meinst du mein Geplänkel?«

»Deine ganze Haltung. Wenn du wirklich so leidest, wozu dann das alberne Getue?«

Blanchard konnte sehen, wie Shea erneut mit Spott und Lachen reagierte. Doch im Grunde war er resigniert. Und plötzlich sah er fast klein aus, wie er da auf dem Bett saß.

»Du kennst die Antwort darauf«, sagte er. »Es ist eine Gewohnheit. Ein dummer Abwehrmechanismus.«

»Was kann ich tun?«, fragte Blanchard.

Shea hob die Hände, um Ironie und Vergeblichkeit zu demonstrieren. »Du hast es bereits getan, alter Kumpel. Du hast mich aufgenommen.«

Blanchard stand auf. Er suchte angestrengt nach den passenden Worten, nach irgendeiner Rettungsleine, die er seinem Freund zuwerfen könnte. Doch ihm fiel nichts ein.

»Ich werde ein paar Steaks braten«, sagte er. »Du kommst runter, okay?«

Shea schüttelte den Kopf. »Ich glaube nicht. Jedenfalls nicht heute Abend.«

An der Tür versuchte es Blanchard noch einmal. »Gib nicht auf, hörst du? Ich hab es auch nicht getan. Und wer weiß? Vielleicht fällt uns gemeinsam etwas ein, vielleicht finden wir sogar ein wenig Licht am Ende dieses gottverdammten Tunnels, in dem wir beide stecken. Einen Versuch wäre es wert, oder?«

Shea lächelte, Blanchard war sich nicht sicher, ob über die Idee oder über ihn.

»Ich nehm's an«, sagte der große Mann.

»Du weißt es. Wir sehen uns jedenfalls später. Ich brate ein Extrasteak.« Mit dem Gewehr in der Hand verließ Blanchard die Kammer.

Später, nach einem Bad und dem Abendessen, brachte er Tommy ins Bett und ging dann in sein Zimmer, um Susan in Saint Louis anzurufen, das viel näher war, als ihre Stimme es vermuten ließ, die eher klang, als handelte es sich um einen fernen Planeten, irgendeinen Zufluchtsort, der außerhalb seiner Reichweite und Vorstellungskraft lag. Oh, alles sei in Ordnung, sagte sie. Sie und ihr Vater und Doktor Butlers seien gerade von einem späten Abendessen im Busch's Grove zurückgekehrt, und es sei sehr nett gewesen. Er wäre bestimmt überrascht, wie nett es »dort draußen in der Welt« sei. Whit habe fast den ganzen Tag im Pool verbracht und liege bereits im Bett. Wenn Blanchard den Jungen hätte sprechen wollen, hätte er eben früher anrufen müssen. Sie fragte, ob das Vieh Brucellose habe, und er sagte, er wisse es noch nicht, und sie wollte wissen, ob die Bank den Aufschub für das Darlehen bewilligt habe, und er log auch diesmal; Gideon habe noch nicht entschieden, sagte er. Dann erzählte er ihr von dem Sheriff, der zur Ranch gekommen war, und sie gestand bereitwillig, dass sie Evelyn Shea angerufen und ihr mitgeteilt habe, wo sich ihr Mann befinde. Schließlich sei er zur Fahndung ausgeschrieben. Ein Krimineller. Sie tue nur ihre Bürgerpflicht – das könne er doch verstehen, oder etwa nicht? Und mit dieser kühlen Bemerkung war die Konversation beendet, denn Blanchard murmelte etwas von Heumachen und wie müde er sei. Erst als er aufgelegt hatte, wurde ihm bewusst, dass keiner mit einem Wort erwähnt hatte, dass er den anderen vermisste oder etwa liebte.

Doch Blanchard sagte sich, dass das nicht wichtig sei. Er sagte sich, dass es ihm egal sei, dass er einfach zu müde sei und nur noch schlafen wolle. Und er fiel fast sehnsüchtig nach Vergessen ins Bett. Doch der Schlaf wollte sich nicht einstellen. Über eine Stunde wälzte er sich hin und her, rauchte und starrte in die Dunkelheit. Schließlich stand er auf, zog sich an und fuhr die zwölf Meilen zu Rondas Trailer.

Sie kam in ihrem hässlichen blauen Morgenmantel an die Tür, die Haare hingen ihr über die schweren Lider und das verschlafene Gesicht.

»Es ist nach eins«, sagte sie und schloss die Tür hinter ihm.

»Ich konnte nicht schlafen.«

Sie lächelte nachsichtig. »Ich hab mir so etwas gedacht.«

»Frag mich nicht, wieso«, sagte er. »Ich bin bei Gott müde genug.«

»Vielleicht zu müde.«

»Vielleicht.«

»Wahrscheinlich ist es das Bett. Du bist es nicht gewöhnt, allein zu schlafen.«

»Könnte sein.«

»Du vermisst sie.«

»Ich bin hierhergekommen. Zu dir.«

»Zu mir ist es nicht so weit.«

»Wie auch immer.«

»Willst du Kaffee?«, fragte sie. »Willst du reden?«

Er schüttelte den Kopf. »Ich bin zu erledigt. Wirklich. Ich will einfach nur ins Bett.«

Sie nahm seine Hand. »Komm. Ich geb dir eine Massage. Eine richtige.«

Im Schlafzimmer half sie ihm beim Ausziehen, als wäre er betrunken oder ein Kind. Nachdem sie ihren Morgenmantel abgelegt hatte, bat sie ihn, sich auf den Bauch zu legen. Dann setzte sie sich rittlings auf ihn, und innerhalb von Sekunden war er bereit für sie und wollte sich herumrollen. Doch dann berührten ihre Hände seine Schultern mit ihren kräftigen Fingern mit den kurzen Fingernägeln, die sich in sein Fleisch zu bohren schienen und die Anspannung und Erschöpfung von ihm nahmen. Also blieb er eine Weile, wie er war, und überließ ihr seinen Körper. Dann war es zu spät, und er spürte, wie er zu sinken begann, wie ein Stein im tiefen Wasser.

7

Spät am nächsten Morgen, einem Sonntag, fuhren Blanchard und Tommy zu den verschiedenen Weiden hinaus, um nach den Rindern zu sehen, nach allen, bis auf die infizierten Tiere rund um den Emulous-Bullen, die noch immer auf der vorderen Weide in der Nähe des Hauses standen. Es war eine Aufgabe, die Tommy beinahe so sehr genoss wie das Füllen der Salztröge, wahrscheinlich, weil sie ihn fast genauso auf Trab hielt, denn er musste an jedem Gatter aus dem Wagen springen, es öffnen, damit Blanchard durchfahren konnte, es hinter ihm schließen und eilig wieder einsteigen, und schließlich zu ihm auf die Ladefläche des Transporters klettern, um das Vieh zu zählen. Normalerweise nannte Blanchard als Erster seine Zahl und fragte Tommy, ob er auf die gleiche gekommen sei, was ausnahmslos der Fall war.

»Jawohl, sechsundfünfzig«, sagte Tommy dann. »Das hab ich auch.«

Dann sprang Blanchard von der Ladefläche und ging zwischen den Tieren hindurch, wobei er nach möglichen Problemen – Bindehautentzündung, Blähungen, Durchfall oder Lungenentzündung – Ausschau hielt.

An diesem Morgen jedoch tat er nur so, als würde er zählen und den Gesundheitszustand des Viehs überprüfen, da sein eigentliches Ziel das alte Gehege am äußeren Ende der Nordweide war, nicht nur, um die Kälber mit Getreide zu füttern, was er erneut tat, sondern auch, um den Zaun Planke für Planke und Pfosten für Pfosten zu prüfen in der Hoffnung, dass dieser doch nicht so wacklig und untauglich war, wie es den Anschein machte. Und er war besonders sorgfältig beim Überprüfen des Gehegezauns und Verladepferchs, die beide gleich alt und unbrauchbar aussahen, und wo Unkraut und Gras durch die Bohlen der Rampe wuchsen. Doch je eingehender er alles in Augenschein nahm, desto überzeugter war er davon, dass der heruntergekommene Zustand nur oberflächlich war. Und wieder ertappte er sich dabei, wie er in stummer Ehrfurcht vor den lange verstorbenen Männern dastand, die das Land vor ihm ohne die Hilfe von Benzinmotoren oder elektrischem Strom fruchtbar gemacht hatten. Was auch immer sie errichtet hatten, war auf Beständigkeit angelegt. In diesem Fall waren es die mit der Axt behauenen Pfosten und Planken aus Amerikanischer Weiß-Eiche, die sorgfältig getrocknet, gelagert und schließlich zusammengesteckt worden waren, denn an den Verbindungsstellen gab es keinerlei Fäulnis, keine Stelle, an der Blanchard die verwitterten Planken packen und von Hand lösen konnte, was leider bei vielen Dingen, die er in den letzten Jahren selbst auf der Ranch errichtet hatte, der Fall war. Erstaunlicherweise steckten sogar die Pfosten noch immer fest und ohne zu faulen im Erdreich, was kaum zu glauben war, weil sie nicht einzementiert, sondern nur mit einer inzwischen vergessenen Technik, die er nur dankbar bewundern konnte, in den Boden gerammt worden waren.

Somit war das Gehege geeignet.

Hier, weit weg von jeder asphaltierten Straße, den Blicken von Nachbarn oder Passanten entzogen, konnte er das Vieh verladen und fortschaffen – und behaupten, dass es jemand anders getan hätte, dass es gestohlen worden sei.

Als er am Morgen um neun in Rondas Bett aufgewacht war, hatte er noch keine Ahnung davon gehabt, dass er um die Mittagszeit bereits entschlossen sein würde, es durchzuziehen, den Diebstahl seines eigenen Viehs. Er war nur langsam aufgewacht und hatte ihren mit ihm verschlungenen Körper kaum wahrgenommen. Dann, als er nach seiner Uhr auf dem Fußboden gegriffen und festgestellt hatte, wie spät es war, hatte er sich auf der Stelle in das, was Ronda wohl für einen rasenden Irren hielt, verwandelt, der aus dem Bett sprang, sich hastig anzog und ihre überraschten Fragen mit gequälten Ausrufen darüber, wie spät es bereits sei und dass er normalerweise um sechs aufstand und es jetzt zehn werden würde, bis er überhaupt mit seiner Arbeit auf der Ranch beginnen konnte. Aus irgendeinem Grund schaffte er es nicht, ihr den wahren Grund für seine Besorgnis zu nennen – dass Tommy bereits aufgestanden und auf dem Grundstück unterwegs sein würde, ohne dass jemand auf ihn aufpasste, da Shea mit Sicherheit noch schlief und Clarence seinen freien Tag hatte.

Ronda, die sich noch immer im Halbschlaf befand und verwirrt dreinblickte, war ihm zur Tür gefolgt. Er gab ihr einen Abschiedskuss und sagte, dass er sie am Nachmittag anrufen werde, was sie mit einem Nicken quittierte.

Dann war er so schnell er konnte über die kurvenreiche, hügelige Straße zurück zur Ranch gefahren. Als er sie erreicht hatte und durch das Viehgatter gefahren war, hatte er sogleich Tommy auf der Veranda ganz oben auf dem Hügel entdeckt, eine winzige Gestalt, die beim Anblick des Pick-ups aufsprang und mit langsamen, tapsigen Schritten, wie ein Kleinkind, das unsicher auf seine Mutter zuwankt, auf ihn zugerannt kam. Blanchard würde das, was er in diesem Moment empfand, nie wieder vergessen, die Erkenntnis, dass er ohne Susan weniger Freiheit als je zuvor genoss, dass er von jetzt an fast keine Entscheidung mehr treffen konnte, die nur ihn betraf. Doch irgendwie machte ihm das Gefühl keine Angst. Es war wie das Hinnehmen der Tatsache, dass man sterblich war, eine unerfreuliche Übereinkunft, das war alles. Und noch bevor

Tommy den Pick-up erreicht hatte, wusste Blanchard, was er zu tun hatte, dass ihm keine andere Wahl blieb. Er musste, egal wie, seine Ranch – und Tommys Welt – retten. Es war jedoch nicht, wie er gehofft hatte, als würde man das Licht am Ende des Tunnels sehen. Vielmehr so, als hätte er das Dunkel erreicht. Doch wenigstens war er an das Ende gelangt, hatte den Durchbruch geschafft und konnte jetzt atmen und vielleicht sogar bald aufrecht stehen.

Als Tommy ihn erreicht hatte, hielt Blanchard an und stieß die Tür auf.

»Tut mir leid, dass ich nicht da war«, sagte er. »Geht's dir gut?«

Tommy wischte sich mit den Fäusten die Tränen ab, die ihm übers Gesicht liefen. »Ich dachte, du wärst tot«, brachte er mühsam hervor. »Ich dachte, ich sehe dich nie wieder.«

Nachdem er den Transporter wieder angelassen hatte, legte Blanchard seinem Bruder den Arm locker um die Schultern, und Tommy, noch immer schniefend, brachte ein Lächeln zustande.

»Denk so etwas nicht«, sagte Blanchard zu ihm. »Ich werde immer da sein.«

Nachdem er das Gehege geprüft hatte und wieder zurück ins Haus ging, traf Blanchard Shea in der Küche an, wo er sein übliches Rancharbeiter-Frühstück, bestehend aus Eiern, Speck und Pommes frites zubereitete. Blanchard bat ihn, eine Extraportion für ihn und Tommy dazu zu tun, während er versuchte, ein wenig Obst für sie aufzustöbern und sich schließlich für eine Dose Pfirsiche und einen Krug Fruchtsaft entschied. Gleichzeitig schwor er sich, dass er seine und Tommys in letzter Zeit zu fettreiche Ernährung mit einem großen, gemischten Salat aus sämtlichen Gemüsen, die er finden konnte, auflockern würde, weil das ihr Lieblingsgericht war und eines, das Susan beinahe jeden Tag zubereitet hatte.

Doch Eier mit Speck und Pommes frites waren einfach zuzubereiten, und die drei Männer hatten die Mahlzeit in null Komma nichts verdrückt.

Blanchard war froh, seinen Freund in einer besseren Stimmung als am Abend zuvor anzutreffen.

»Jawohl, meine Wunden heilen«, rief der aus. »Der erste Morgen, an dem ich ohne Schmerzen in der Brust zu haben furzen kann.«

»Ein zweifelhafter Segen«, sagte Blanchard.

»Für dich vielleicht, jedoch nicht für mich. Und der Tinnitus lässt ebenfalls nach. Ich werde ihn echt vermissen.«

»Was ist Tinnitus?«

»Klingeln in den Ohren, du Tor.« Kopfschüttelnd wandte er sich an Tommy. »Dein Bruder ist ein Tor, stimmt's?«

Tommy fragte, was ein Tor sei, und Shea erklärte es ihm.

»Ein Mitglied der Blanchard-Familie, glaube ich.«

Tommy machte daraufhin ein nachdenkliches Gesicht und ging hinaus, um nach Spot und Kitty zu rufen.

»Wie schön, dass es dir besser geht«, sagte Blanchard zu Shea.

»Auch das ein zweifelhafter Segen. Ich fürchte, ich bin demnächst reisefähig. Wahrscheinlich verschwinde ich morgen von hier.«

Blanchard deutete bei der Ankündigung ein Lächeln an, denn er hatte selbst eine zu machen. »Vielleicht musst du das nicht. Vielleicht finden wir ja eine Aufgabe für dich hier.«

»Heu laden für zwei Dollar die Stunde?«

»So ähnlich.«

»Was denn?«

»Wie wär's damit, ein paar Kühe an einen anderen Ort zu

bringen? Interessiert? Sagen wir, morgen schaffen wir sie alle auf die Nordweide, und in der Nacht darauf nach Kansas City – interessiert?«

Shea blickte ihn forschend an. »Willst du mich auf den Arm nehmen, alter Kumpel?«

»Nein, ich fürchte nein.«

»Ich fass es nicht. Ich fass es einfach nicht.«

»Der Moment ist gekommen, an dem ich keinen anderen Ausweg mehr sehe.«

»Da ist auch keiner.«

»Wahrscheinlich nicht.«

»Na, sieh mal einer an.« Shea stand auf und grinste begeistert. »Und wenn ich das richtig verstehe, soll ich einen der Transporter fahren.«

Blanchard zuckte mit den Achseln. »Vermutlich. Aber ich kenne die Einzelheiten noch nicht. Wahrscheinlich habe ich mir bisher weniger Gedanken gemacht als du, du und dein kleiner Freund. Denkst du, er ist heute Nachmittag zu Hause?«

»Wieso nicht. Ich ruf ihn an.«

»Okay. Und wenn er da ist, sag ihm, dass ich rüberkomme, um mit ihm zu reden. Du bleibst derweil bei Tommy.«

Shea sah überrascht aus. »Wieso nehmen wir ihn nicht mit?«

»Nein, lieber nicht. Ich will von Little nur wissen, ob es von seiner Seite aus machbar ist, welche Trucks er organisieren kann und so weiter. Und wenn es gut klingt, treffen wir uns heute Abend hier, wir drei, und planen die Details.«

»Wie du meinst.«

»Das ist die richtige Einstellung.«

»Eine Frage noch: Was glaubst du, ist deine Herde wert? Was könntest du dafür bekommen?«

»Nun, die Schwarzen kann ich nicht verladen, die stehen unter Brucellose-Verdacht. Alle anderen verkaufe ich pro Pfund, nicht als Zuchttiere – Kühe, Bullen, alle. Also werden wohl nicht mehr als fünfundvierzig- bis fünfzigtausend dabei rauskommen.«

»Plus der Versicherung.«

»Die, wie du gesagt hast, direkt an die Bank geht.«

Shea verzog das Gesicht, was sowohl Zustimmung als auch Ablehnung signalisierte. »Bleiben immerhin noch fünfzigtausend. Und ein angemessener Prozentsatz davon – nun, das stünde mir zu, meinst du nicht?«

»Ich dachte, du wolltest meinen Arsch retten.«

»Oh, das will ich auch – gleich, nachdem ich meinen gerettet habe.« Grinsend ging er zum Telefon und rief die Information an. Er fragte nach der Nummer von Mr. Smith in der River Road. Dann rief er ihn an.

Little ging ran, und Shea fragte ihn, ob er am Nachmittag zu Hause sei, weil Blanchard mit ihm über ein kleines Geschäft, bei dem es um Vieh ging, sprechen wollte. Shea hörte einen Moment lang zu und wandte sich dann an Blanchard.

»Er will wissen, wann.«

»Zwei Uhr?«

Shea teilte Little die Uhrzeit mit und sagte dann okay, »der Mann« werde da sein. Nachdem er aufgelegt hatte, wandte er sich an Blanchard.

»Zwei Uhr also. Dein erster Schritt in ein kriminelles Leben.«

Als Blanchard an Rondas Trailer vorbeifuhr, war er froh, dass sie nicht draußen war, wo sie hätte sehen können, wie er von der Straße zur anderen Seite hin abbog, in die Auffahrt vom Haus ihrer Großmutter, denn er zweifelte nicht daran, dass sie ihn sofort durchschaut hätte, weil sie wusste, dass er ihren Bruder nur aus einem Grund würde treffen wollen. Und er wollte an diesem Punkt nicht über die Sache mit ihr streiten, wollte nicht einmal, dass sie davon erfuhr, bis die Aktion angelaufen war, damit ihre Einwände nur noch theoretisch wären.

Langsam bog er in die Auffahrt ein und ließ den Wagen ausrollen, weil er von ihr auf der anderen Straßenseite nicht einmal gehört werden wollte. Doch als er den Motor abstellte und aus dem Pick-up stieg, wurde ihm klar, dass seine Vorsichtsmaßnahmen unnötig gewesen waren, denn es gab nur ein Geräusch im Flusstal, und das war die honigsüße Stimme einer Frau, die von ihrer Liebe zu Jesus sang, und das in einer Lautstärke wie für eine Menschenansammlung in Woodstock. Blanchard ging auf die Lärmquelle zu, das kleine Steinhaus, das im Schatten eines halben Dutzends Scheinakazien stand. Er stieg die Stufen zur wackligen Holzveranda hinauf und spähte durch die Fliegengittertür ins Wohnzimmer, wo er die üppige Gestalt von Dolly Parton auf dem großen Farbfernseher sah, vor dem mit mürrischem Gesicht eine geisterhafte, alte Frau in ihrem Schaukelstuhl wippte und ihre abgegriffene Bibel befingerte, während sie ihren Mund in stummem Zorn bewegte. Hinter ihr tauchte Little aus einem benachbarten Zimmer auf und trat zu ihm auf die Veranda.

»Großmutter liebt ihre Dolly Parton einfach«, rief er.

»Wo können wir reden?«, fragte Blanchard.

Little machte Blanchard Zeichen, ihm zu folgen, und sie gingen um das Haus herum und einen flachen Hügel zu einer verwitterten Scheune hinab, die so windschief war, als wäre sie einem ewigen Sturm ausgesetzt. Sie gingen hinein, in einen von Spinnweben überzogenen, staubbedeckten Raum, der vollgestellt war mit einem Haufen verrosteter, altmodischer Farm- und Gartengeräte, Milchkannen und allerlei anderen Gegenständen. Licht fiel nur vom Heuboden herein, eine Säule aus goldenem Staub. Little, der Jeans und ein Gefängnis-T-Shirt trug, lehnte sich gegen eine heruntergekommene Werkbank und zündete sich, plötzlich mit übertriebenem Selbstvertrauen versehen, das nichts mit dem weinerlichen, verängstigten, kleinen Mann von vor ein paar Tagen zu tun hatte, eine Zigarette an.

»Shea hat mir erzählt, Sie wären an irgendeinem Viehgeschäft interessiert«, sagte er.

Blanchard wollte keine Spielchen spielen, vor allem nicht mit Little. »Sie wissen, worum's geht. Können Sie die Trucks besorgen? Sattelzüge?«

Little zuckte mit den Achseln. »Na ja, ich kenn da einen Typen mit ein paar Sattelschleppern, ja. Wie viele müssen denn transportiert werden?«

»Um die hundertvierzig Kühe und Jährlinge und siebzig Kälber. Ich vermute, so um die hundertzwanzig-, hundertdreißigtausend Pfund.«

»Nehmen Sie vier Sattelschlepper.«

»In Ordnung.«

»So viele hat mein Mann. Sogar mehr als vier.«

»Schön.«

»Wohin wollen Sie das Vieh bringen?«

»Das wollte ich Sie fragen.«

»Na ja, K.C. geht immer. Es ist weit weg, weshalb es keine anderen Transporte aus der Gegend hier gibt. Und die bekommen 'ne Menge Lieferungen, wickeln einen Haufen Geschäfte ab. Also stellen sie nicht zu viele Fragen.«

»Sonst wären da noch Joplin und Fort Scott.«

Little schüttelte den Kopf. »Zu viele Trucker aus der Gegend hier frequentieren die Städte.«

»Na schön, dann Kansas City«, stimmte Blanchard zu. »Was diesen Trucker betrifft, den Sie kennen – vermietet der seine Trucks, oder wie macht er das?«

»Ich denke, zum richtigen Preis vermietet er uns zwei, ja. Die anderen beiden wird er wahrscheinlich selbst fahren wollen, er und sein Junge. Damit er weiß, was gespielt wird – und um auf seine Trucks aufzupassen. Sie verstehen.«

Little ließ seine Zigarette fallen und trat sie aus, und Blanchard zündete sich selbst eine an, so als würden die beiden dort im Halbdunkel der Scheune eine Art ewige Flamme am Brennen halten.

»Ich will nicht, dass mein Name auftaucht«, sagte Blanchard. »Das Geschäft müsste zwischen Ihnen und ihm laufen.«

»Selbstverständlich.«

»Was würde er dafür nehmen?«

»Für vier Sattelzüge nach K.C. – oh, ich denke, so um die zweitausend. Wenn man die Bedingungen berücksichtigt.«

»Und woran hatten Sie gedacht?«

Little musste eine Weile darüber nachdenken. Er verzog das Gesicht wie unter Schmerzen, schüttelte den Kopf und kratzte sich am Hals. »Na ja, ich bin schließlich derjenige, der sich aus dem Fenster lehnt«, sagte er schließlich. »Ich bin es, der das Risiko eingeht.«

Blanchard belehrte ihn eines Besseren. »Blödsinn. Wenn es irgendwelche Probleme gibt, müssen Sie nur sagen, dass ich Sie angeheuert habe, um das Vieh zu transportieren, das ist alles – Sie wussten einfach nicht, dass es unter Quarantäne stand.«

Doch Little schüttelte noch immer den Kopf. »Trotzdem werde ich derjenige sein, der die Sache arrangiert und durchführt, um sie nach K.C. zu bringen.«

»Wie viel, Little?«

»Na ja, zehntausend sollten's schon sein.«

Blanchard lächelte bitter. »Ich kann froh sein, wenn ich fünfzig kriege. Abzüglich Gebühren für den Schlachthof und die Viehverladestelle bleiben siebenundvierzig. Minus zwei für die Trucks bleiben fünfundvierzig. Ich muss mindestens fünfunddreißig einnehmen, bleiben also für Sie und Shea zehn. Sagen wir sechs für Sie, und vier für Shea.«

Little zögerte. »Herrgott, ich weiß nicht. Ich weiß einfach nicht, ob ich es dafür tun soll. Wirklich nicht.«

»Na ja, ich könnte es auch auf meine Weise tun, wenn ich müsste«, sagte Blanchard. »Ein paar Ryder-Trucks mieten und die ganze Herde selbst fahren.«

»Ist irgendwie riskant. Sie sollten hier sein, im Sweet Crick, um sich 'n Alibi zu verschaffen, wissen Sie?«

»Deshalb bezahle ich Ihnen und Shea zehntausend.«

Little seufzte großmütig. »Na schön, in Ordnung. Da Sie ja auch ein Freund von Ronda sind und so.«

»Das Geld gibt es, nachdem das Vieh verkauft ist.«

Little sah skeptisch drein. »Auch für die Trucks?«

»Nein, ich bezahle ihn im Voraus.«

»Gut. Denn Jack würde es sonst nicht machen.«

»Was ihn betrifft, befördern Sie nur Vieh, klar? Ein ehrliches Geschäft.«

Little grinste. »So dumm ist er nicht. Er weiß, dass ich kein Cowboy bin.«

»Das spielt keine Rolle. Er soll nur nicht zu neugierig werden, was mich oder den Grund für den Viehtransport betrifft.«

»Das ist ihm völlig egal.«

Blanchard machte seine Zigarette aus und ging zur Tür. Als er sie öffnete, hörte er in der Ferne eine elektrische Gitarre aufjaulen. »Eins noch«, sagte er. »Ich will den Transport am Dienstagabend.«

»So schnell? Schon in zwei Tagen?«

Blanchard nickte. »Die Brucellose. Ich kann nicht warten.«

»Okay. Ich ruf Jack heute Abend an.«

»Nein, heute Nachmittag. Ich will, dass wir uns heute Abend bei mir treffen. Sie, ich und Shea. Die Sache soll glatt über die Bühne gehen. Ich will keine Überraschungen.«

»Okay, ich werd's gleich mal versuchen. Ich bin mir aber nicht sicher, ob das klappt.«

»Versuchen Sie's wenigstens. Und lassen Sie uns um neun treffen.«

»In Ordnung.«

Little schenkte Blanchard ein strahlendes Lächeln mit vielen Zähnen, das er wohl für unwiderstehlich hielt, Blanchard jedoch abstoßend fand. Er ging hinaus. »Bis heute Abend«, sagte er.

Noch bevor er seinen Transporter erreichte, sah er sie auf der anderen Straßenseite im Bikini auf einem gewebten Klappliegestuhl vor ihrem Trailer. Und er wusste, dass sie ihn ebenfalls sehen konnte, was bedeutete, dass sich die Sache herumsprechen würde. Er müsste es also nicht vorsichtig enthüllen wie in Zeitung gewickelter Müll. Nein, von dort aus, wo sie lag, konnte sie es wahrscheinlich riechen. Also fuhr er so, wie er war, zu ihr hin, mit dem Geruch, der an ihm haftete, doch ohne etwas zu verbergen – bis auf die Tatsache, dass er sie genauso brauchte wie ihren Bruder.

Obwohl sie gehört haben musste, dass er in ihre Auffahrt gerollt und aus dem Auto gestiegen war, gab sie das nicht mit der kleinsten Regung zu erkennen.

»Ich bin's«, sagte er.

Ihre Augen hinter der Sonnenbrille blieben geschlossen. »Ja, ich weiß.«

»Hast du keine Angst, hier so rumzuliegen? Irgendein Lustmolch könnte des Weges kommen.«

Sie antwortete nicht.

»Ich nehme an, du hast mich drüben bei deinem Bruder gesehen.«

»Bei meiner Großmutter«, korrigierte sie ihn.

»Dann bei deiner Großmutter. Ich war aber bei deinem Bruder.«

»Halbbruder.«

»Egal.«

»Mir nicht.«

»Und vermutlich weißt du, warum.«

»Vermutlich.«

»Ich hab anscheinend keine andere Wahl«, sagte er und wusste, wie lahm das klang.

Sie rührte sich noch immer nicht. »Das ist deine Angelegenheit.«

»Es ist heiß hier draußen. Wieso gehen wir nicht rein?«

»Ich versuche, braun zu werden.«

»Oder du holst dir einen Sonnenbrand.«

»Ich bin ein großes Mädchen.«

»Das bist du. Ich geh schon mal rein und warte auf dich. Mach uns einen Drink.«

Er wartete ein paar Sekunden, doch sie antwortete nicht. Also ging er in den Trailer, wo es dank einer Klimaanlage, die in einem der winzigen Fenster ratterte, kühl und trocken war. Untypischerweise herrschte ein ziemliches Durcheinander, Handtücher und Kleidungsstücke lagen überall verstreut, einschließlich BHs und Höschen und ein paar Trägerhemden. In der Küche tropfte der Wasserhahn auf einen Stapel schmutziges Geschirr. Der Esstisch war ebenfalls unaufgeräumt, begraben unter einem Berg Broschüren und Faltblättern, die Sonnenorte anpriesen: Santa Barbara, La Jolla, Mazatlán, Acapulco. Nicht nur Orte, wie er wusste, sondern auch Träume. Träume von Flucht.

Nachdem er die Flasche Wodka und eisgekühlten Orangensaft im Kühlschrank gefunden hatte, machte er einen Krug Screwdriver und schenkte sich einen ein. Als er sich hinsetzte, um ihn zu trinken, kam Ronda herein.

»Verfluchte Ozarks«, sagte sie. »Hier wird man nicht braun, hier schwitzt man.«

Blanchard stand auf, um ihr einen Drink einzuschenken.

»Später«, sagte sie. »Ich geh duschen.«

Er sah ihr nach, als sie den Flur zum hinteren Schlafzimmer entlangging, wo sie einen weißen Frotteebademantel von einem Haken nahm, bevor sie ins Bad ging, und ihn dabei bewusst ignorierte. Dass ihr Missfallen so heftig war, überraschte ihn. Er wusste, dass sie die Idee von Anfang an nicht gemocht hatte, sie für unter seiner Würde und ihn nicht für einen Dieb hielt. Und er wusste auch, dass es ihr nicht gefiel, wenn er sich mit Little einließ. Doch ihre Ablehnung kam ihm übertrieben vor, vor allem wenn er ihren Hintergrund bedachte, den Hang der Leute vom Land, zu denen sie nun einmal gehörte, fanatisch alles, was mit der Regierung oder dem Gesetz zu tun hatte, abzulehnen, dazu noch ihre eigene Geschichte als Schulabbrecherin, Barmädchen und Nackttänzerin. Angesichts dessen hatte er erwartet, dass sie das, was er vorhatte, etwas lockerer nehmen würde. Nicht dass er es selbst auf die leichte Schulter genommen hätte. Er wusste ganz genau, dass er ein Verbrechen begehen würde. Oh, natürlich konnte er Gründe dafür vorbringen, dass eine Versicherungsgesellschaft zu bestehlen ein wenig so war, als wollte man dem

Teufel Konkurrenz machen, oder dass selbst dann, wenn man die Sache als Diebstahl an den Kunden der Versicherungsgesellschaft betrachtete, es eine gewisse Rechtfertigung dafür gab, weil das die gleichen Leute waren, die Blanchard seit über vier Jahren das Rindfleisch stahlen, indem sie weniger als die Herstellungskosten bezahlten. Doch das waren Haarspaltereien. Er wusste genau, was er vorhatte und warum. Er wusste, dass es ein Verbrechen war, und dass er damit würde leben können. Und wenn er das konnte, warum nicht Ronda? Er war sich nicht sicher, und das störte ihn.

Minuten später kam sie in dem kurzen, weißen Bademantel aus der Dusche, der ihm fast genauso gefiel, wie er den blauen nicht leiden konnte. Er schenkte ihr einen Drink ein, den sie wortlos nahm. Sie ging damit ins Wohnzimmer, wo sie sich auf einen der winzigen, gepolsterten Sessel setzte, nicht aufs Sofa, wo er sich neben sie hätte setzen können.

»Ich versteh nicht, weshalb du so verstimmt bist«, sagte er.

»Bin ich vielleicht gar nicht. Bin vielleicht nur müde.«

»Und vielleicht lügst du auch. Es ist wegen der Sache mit dem Vieh, nicht wahr?«

»Spielt das eine Rolle?«

»Für mich schon.«

»Lass es sein. Es geht mich nichts an.«

»Ich will das nicht tun, Ronda. Glaub mir. Ich hab nur keine andere Wahl.«

»Das ist es nicht.«

»Was dann?«

Sie zuckte mit den Achseln. »Er. Ich hasse die Vorstellung, dass er mitmacht.«

»Wer, Little? Es ist nur dieses eine Mal. Er kann die Trucks besorgen, das ist alles.«

»Er ist ein Schwein«, sagte sie. »Ein kleines Dreckschwein.«

»Na ja, besonders gern habe ich ihn auch nicht.«

»Warum heuerst du nicht jemand anders an? Du kannst ihm nicht vertrauen. Er wird dich übers Ohr hauen.«

»Ich organisiere alles, dann kann er das nicht.«

»Ich wünschte, sie hätten ihn nicht entlassen. Ich wünschte, er wäre drin gestorben.«

»So sehr hasst du ihn?«

»Ja, so sehr hasse ich ihn.«

Blanchard überraschte ihr Blick, seine Intensität. »Mach dir keine Sorgen um ihn«, sagte er. »Wir kommen klar mit ihm.«

»Du verstehst nicht. Ich hab gesagt, ich *hasse* ihn.«

»Ich weiß.«

»Willst du wissen, wieso?«

Blanchard nickte widerstrebend, denn er sah bereits den Schmerz, der in ihre Augen trat. Und plötzlich weinte sie. Sie stellte ihren Drink auf den Sofatisch und vergrub ihr Gesicht in den Händen. Blanchard ging zu ihr, doch sie wehrte seine Berührung ab und blickte zu ihm auf, und ihre Augen schimmerten genauso vor Zorn wie von den Tränen.

»Er hat mich bedrängt … oh Gott, ich weiß nicht einmal mehr, wann er damit angefangen hat … *fass ihn an, nimm ihn in die Hand, lutsch ihn.* Und wenn ich es nicht getan habe, hat er mir mit der Faust ins Gesicht geschlagen oder mir so fest den Arm auf den Rücken gedreht, dass mein Ellbogen angeschwollen ist. Er hat auch dauernd versucht, ihn mir reinzustecken, und jedes Mal, wenn ich der alten Dame dort drüben davon erzählen wollte, hat sie mich zum Schweigen gebracht und gesagt, ich würde lügen und Männer seien nun mal so. Das hat sie tatsächlich gesagt, die ganze Zeit – *Männer sind so.* Jungs sind eben Jungs, weißt du? Also habe ich irgendwann einem Lehrer davon erzählt, und man hat mich untersucht, und dann hat man ihn gezwungen, auszuziehen und bei seinen Cousins zu wohnen. Aber er ist dauernd zurückgekommen und hat es weiter versucht und mich geschlagen, wenn ich nicht mitgemacht habe, was ich schließlich nicht mehr getan habe. Ich hab geglaubt, er würde mich deswegen umbringen, also hab ich mich von dem Nachbarsjungen schwängern lassen, der nicht viel besser war als er, nur noch so ein ekelhafter Kerl. Doch zumindest bin ich so von dort weggekommen. Die alte Dame hat mich in einem Haus für ledige Mütter angemeldet und mir eine Busfahrkarte und zehn Dollar in die Hand gedrückt.«

Als sie weinte, wollte Blanchard sie in die Arme nehmen und trösten, doch etwas in ihrem Blick hielt ihn davon ab, sagte ihm, dass ihr Schmerz und ihr Hass ihr allein gehörten und niemand ihn mit ihr teilen oder sie davon erlösen konnte. Stattdessen dachte er daran, über die Straße zu gehen und dem kleinen Mann eine Abreibung zu verpassen. Doch das tat er nicht. Er blieb und wartete ab, und schließlich gab er ihr sein Taschentuch.

»Weshalb bist du dann zurückgekommen?«, fragte er.

»Er war im Gefängnis. Und Whitehead wollte diesen Grund und Boden – er war zu haben und billig.« Sie schüttelte niedergeschlagen den Kopf. »Doch im Grunde weiß ich es nicht. Ich habe das hier immer gehasst, und daran ändert sich auch nichts.«

»Ich werd's nicht mit ihm machen«, sagte Blanchard.

Sie schüttelte erneut den Kopf, diesmal gleichgültig. »Es spielt keine Rolle. Wen könntest du sonst nehmen?«

»Ich weiß nicht. Und ich hab nicht viel Zeit, mich nach jemand anderem umzusehen, wegen der Brucellose. Ich nehme an, der staatliche Veterinär kommt noch vor Ende der Woche, um von der gesamten Herde Blutproben zu nehmen. Dann sitz ich in der Falle.«

»Dann nimm ihn«, sagte sie. »Was spielt das für eine Rolle, was er vor Jahren mit mir angestellt hat? Ich bin nicht involviert.«

Doch das *war* sie, oder würde es wahrscheinlich sein, auch wenn sie es noch nicht wusste. Das wusste nur Blanchard, und er war sich jetzt nicht einmal sicher, ob es das wert war – seine und Tommys Zukunft gegen ihre Vergangenheit, ihre Notlage gegen Rondas Schmerz. Es war unmöglich, das zu beurteilen, unmöglich, eine Entscheidung zu treffen. Und trotzdem tat er es. Er ergriff das Wort.

»Das ist ja genau das Problem, ich wollte, dass du involviert bist.«

Sie blickte zu ihm auf. »*Ich?* Wie?«

Blanchard setzte sich auf das Sofa. »Na ja, ich weiß, dass ich Little nicht trauen kann«, sagte er. »Mit dem Geld, meine ich. Nachdem das Vieh verkauft ist. Und sobald Shea zu trinken anfängt, kann ich ihm ebenfalls nicht trauen. Also bleibst nur noch du. Ich hatte gehofft, du würdest als die offizielle Viehbesitzerin mitgehen, die das Geld überwacht. Bei Problemen mit einem von ihnen könntest du mich anrufen, dann würde ich sie anschwärzen und behaupten, das Vieh sei gestohlen worden. Das ist die einzige Absicherung, die ich habe. Andernfalls könnten sie – oder Little jedenfalls – einfach mit allem verschwinden.«

Die Tränen waren jetzt versiegt, und sie sah ihn verblüfft an. »Es ist trotzdem illegal«, sagte sie. »Ein Verbrechen. Ich könnte ins Gefängnis kommen. Weshalb sollte ich das tun – für Geld?«

Es war eine Frage, kein Vorwurf. Und Blanchard hatte keine Antwort darauf, zumindest keine, die gut genug für sie war, keine, die sie ihm abnehmen würde. Zu behaupten, er hätte erwartet, dass sie es für Geld tun würde, hätte sie gekränkt, das wusste er, doch der andere logische Grund – dass es einfach die Gefälligkeit einer Freundin, einer Geliebten war – würde nicht genügen. Er konnte sich nicht vorstellen, dass sie ihm das abkaufte.

»Für uns«, sagte er schließlich. »Ich dachte, vielleicht für uns.«

Sie saß da und blickte ihn an, während sie ihn zu durchschauen versuchte. »Was soll das heißen?«

Blanchard wusste, dass er sich auf gefährlichem Terrain bewegte, Terrain, das er selbst kaum kannte. Natürlich mochte er das Mädchen, liebte sie vielleicht sogar genug, um sie nicht anzulügen, so entscheidend ihre Hilfe auch wäre. Das Problem war, dass er nicht mehr genau zu wissen schien, was die Wahrheit war und was nicht. Vor zwei Tagen, im Bett seines Sohnes, da hatte er sie geliebt, hatte echte Liebe für sie empfunden – das stimmte doch, oder? Und was die Ranch betraf – dort zu bleiben, sie rentabel zu machen, sie zum Laufen zu bringen –, darauf konnte er im Grunde nicht hoffen, oder? Es war bestenfalls ein Traum, ein aussichtsloses Unterfangen. Also begnügte er sich mit einer *Art* von Wahrheit, mit etwas, wovon er glaubte, dass sie es hören wollte und das sich mit der Zeit tatsächlich als Wahrheit erweisen würde.

»Ich habe dir nicht die Wahrheit über Susan erzählt«, sagte er. »Sie und mein Junge sind wahrscheinlich endgültig nach Saint Louis gegangen.«

Ronda sah ihn ungläubig an. »Sie hat dich verlassen? Sich von dir getrennt?«

»Oh, sie hält sich ein paar Möglichkeiten offen. Ich kann verkaufen und zurückkriechen, wieder da anfangen, wo ich vor vier Jahren aufgehört habe.«

»Was du nicht tun wirst?«

»Na ja, ich denke, ich werde am Ende doch verkaufen müssen. Die Bank wird schon dafür sorgen. Aber ich glaube nicht, dass ich nach Saint Louis zurückkehren werde.«

»Wo willst du dann hin?«, fragte sie.

Er senkte den Blick und schüttelte den Kopf. »Ich weiß es nicht. Ich muss immer wieder an diesen mondbeschienenen Strand denken, von dem du mir erzählt hast. Diesen Strand und uns.«

»*Uns?*«

Er sah sie an und merkte, dass sie ihn mit einem kalten Blick maß, voller Wut und Angst.

»Spiel nicht mit mir«, sagte sie. »Lüg mich nicht an.«

»Das tu ich nicht.«

»Sei dir da bloß sicher.«

»Ich verspreche nichts«, sagte er. »Weil ich das nicht kann. Ich sage dir nur, was ich möchte, Ronda, hier, in diesem Moment.«

»Und dein Bruder?«

»Wo ich hingehe, geht auch er hin.«

»Hätten wir Geld? Aus dem Viehverkauf?«

Er nickte. »Wenn alles gut geht, vielleicht vierzigtausend. Aber ich kann es nicht garantieren.«

Das musste er auch nicht. Sie stand auf und trat zu ihm. Und ihr harter, zynischer Blick hatte wieder etwas Weiches angenommen, brachte das verborgene Kind in ihr zum Vorschein, das Verlangen und die Verletzlichkeit.

»Ich weiß nicht, was geschehen wird«, versuchte er zurückzurudern, als ihm klar wurde, dass er zu weit gegangen war. »Ich kann nichts versprechen. Ich sage nur, wie ich es gern hätte, damit es funktioniert.«

Sie drückte ihn fest an sich. »Keine Versprechungen, ich verstehe. Es ist mir egal. Nur die Hoffnung, das ist alles, was ich brauche.«

»Mehr geht auch nicht.« Er küsste sie auf den Kopf und sie sah ihn an.

»Ich kenne mich aus mit falschen Versprechungen«, sagte sie. »Die brauche ich nicht.«

»Gut.«

Sie ließ ihn los und setzte sich, mit dem Gesicht zu ihm, rittlings auf seinen Schoß. Sie löste den Gürtel ihres Bademantels und knöpfte dann sein Hemd auf.

»Was das betrifft«, sagte sie, »wer braucht schon einen Strand? Wer braucht Mondschein?«

Blanchard nahm sie in die Arme und küsste sie innig, und aus irgendeinem Grund dachte er an ihren Bruder, als er das tat, und fragte sich, ob sich der kleine Mann jemals so schäbig gefühlt hatte wie er in diesem Moment.

Blanchard hatte das Treffen für neun Uhr anberaumt, weil er wusste, dass Tommy um die Zeit müde genug wäre, um ins Bett zu gehen, wenn er darauf bestand, was er getan hatte. Es war ihm wichtig, dass sein Bruder nicht dabei war, wenn Little kam, dass er nicht sah, wie er sich mit ihm an einen Tisch setzte und wie er und Shea Pläne mit ihm schmiedeten, denn Blanchard wusste, dass der Teil von Tommys Gehirn, der mit Menschenkenntnis zu tun hatte, bei der Geburt keinen Schaden erlitten hatte. Ein Blick ins Gesicht eines Fremden, und er blieb entweder lächelnd stehen oder wandte sich ab und versuchte, Schutz hinter Blanchard zu suchen, als wäre das Negative, das er spürte, so greifbar und bedrohlich wie eine geladene Waffe.

Also war er bereits im Bett, als Little in einem Jeep vorfuhr, über dessen Herkunft sich Blanchard nur wundern konnte. Little hatte sein Haar nach hinten gegelt und trug ein schickes Cowboyhemd, neue Jeans und spitze Stiefel aus

Krokoimitat mit hohen Absätzen. Als er Ronda sah, die direkt mit Blanchard von ihrem Wohnwagen zur Ranch gefahren war, tat er furchtbar überrascht und meinte, dass sie es ohne ihn anscheinend nicht aushielt, dieses »hübsche Schwesterchen«.

»Denn egal, wo ich hinkomme – ob ins Sweet Crick oder hierher oder sonst wohin –, sie ist schon da, so hübsch und adrett, bereit, mir was auch immer zu geben.«

Er lachte begeistert auf, obwohl Ronda sich nicht einmal die Mühe machte, von ihrem Platz im Wohnzimmer aus aufzublicken, wo sie Popcorn aß, das sie zuvor gemacht hatte. Shea hingegen stand auf, um den kleinen Mann zu begrüßen und klopfte ihm sogar auf den Rücken, als wären sie alte Kumpel, die ein krummes Ding ausheckten.

»Sieh mal einer an, schick siehst du aus«, sagte Shea, als er in seine Hinterwäldlerrolle schlüpfte.

»Hey, du siehst ebenfalls gut aus«, sagte Little zu ihm. »Ich meine, du hast das gut überstanden. Ich dachte, du würdest im Rollstuhl landen.«

»Es tut nur weh, wenn ich weine.«

Wieder lachte Little.

»Kommen wir zum Geschäftlichen«, sagte Blanchard.

Er setzte sich neben Ronda auf das Sofa, während Shea und Little in den Polstersesseln Platz nahmen, die auf der gegenüberliegenden Seite des Sofatischs standen, ein aus dem 19. Jahrhundert stammender Salontisch aus Rosenholz mit gekürzten Beinen und einer Marmorplatte, der zu den Beistelltischchen passte, die das Sofa flankierten. Die Möbelgruppe stand im rechten Winkel zum Kamin, den Susan in einem gebrochenen Weiß gestrichen hatte, das den roséfarbenen Teppich bei einem bestimmten Licht wie Herbstlaub schimmern ließ. Wände und Decken waren im gleichen Weiß gehalten, es war ein wunderschöner Raum, ein Raum, den Susan geschaffen und geliebt hatte.

Blanchard konnte nicht anders, als einen Anflug von Schuld zu empfinden, als sie jetzt zu viert hier saßen, um ein Verbrechen zu planen, *sein* Verbrechen, während sie mit Bierdosen und Popcorn zwischen den sorgfältig ausgewählten Objekten saßen und Little etwas von der Brillantine in seinem Haar an seine Sessellehne schmierte, während Shea seine Füße auf den Sofatisch legte.

»Ich wusste gar nicht, dass Damen an dieser Sache beteiligt sind«, sagte Little.

»Das geht in Ordnung«, sagte Shea zu ihm. »Sag ihm, dass du keine Dame bist, Ronda.«

Sie erwiderte nichts.

Blanchard zündete sich eine Zigarette an. »Ich nehme an, du hast das mit den Trucks organisiert?«, fragte er.

»Jawohl. Der gute Jack steht bereit, wie immer.«

»Guter, alter Jack«, bemerkte Ronda.

Little reagierte gereizt. »Genau – guter, alter Jack. Zumindest trägt er etwas bei. Was man nicht gerade von jedem sagen kann, oder?«

Blanchard bat ihn, sich zu beruhigen. »Das ist keine Party«, sagte er. »Wir spielen keine Spielchen. Wir sind hier, um einen Viehtransport zu organisieren, das ist alles, einen illegalen Transport.«

Little lächelte unschuldig. »Hab nie was anderes gedacht. Hab nur wegen ihr gefragt, das ist alles. Wenn ich mich recht erinnere, haben Sie nichts davon gesagt, dass sie dabei ist.«

»Was dagegen?«

»Na ja, ich weiß nicht. Ich denke nicht, wenn das meinen Anteil nicht schmälert.«

»Wird es nicht.«

»Na schön. Und was macht sie? Soweit ich das sehe, gibt es nichts für sie zu tun.«

»Sie leitet die Sache«, teilte ihm Blanchard mit.

Jetzt lächelte Little nicht mehr. »Wollen Sie mich verarschen?«

»Keineswegs. Bei den Schlachthöfen muss dieser Transport so normal und unkompliziert aussehen wie jeder andere. Das bedeutet, vorab mit den Händlern zu reden, ihnen zu sagen, was ich transportiere, wie ich die verschiedenen Gruppen verkaufen will und so weiter. Und vor allem muss ich ihnen einen Namen geben.«

»Welchen Namen?«, fragte Little.

»Nun, meiner kann es nicht sein, oder? Also bin ich stattdessen C.C. Whitehead, der von irgendwo aus Clay County kommt. Ronda hat noch ihren alten Ausweis, falls danach gefragt wird.«

»Was nicht passieren wird«, sagte Little. »Überprüft wird von denen nur, wer das Vieh bringt, ohne irgendwelche Fragen.«

»Also Sie oder Shea?«

»Genau. Wozu brauchen wir sie also?«

»Weil er es sagt«, warf Shea ein.

Blanchard hatte ihn bereits ins Bild gesetzt, und weil Shea den wahren Grund für Rondas Teilnahme zweifellos durchschaut hatte – dass Blanchard lieber ihr als ihm oder Little das Geld anvertraute –, hatte er keine Einwände erhoben. Die Aussicht, in einer Nacht viertausend Dollar zu verdienen, schien ihm zu genügen.

Das galt nicht für Little. »Na ja, ich kann sie mir nur nicht als Boss von dem Ganzen vorstellen, das ist alles. Sie hat die Trucks nicht organisiert. Sie fährt sie nicht. Sie verlädt das Vieh auch nicht. Was tut sie eigentlich?«

»Sie besitzt es«, sagte Blanchard. »Was den Schlachthof betrifft, gehört es ihr. Und sie nimmt das Geld in Empfang. So ist das nun einmal.«

Little dachte darüber nach. Er zündete sich eine Zigarette an, nahm einen tiefen Zug und stieß seufzend den Rauch aus. »Sie trauen uns wohl nicht«, sagte er. »Sie denken wohl, wir sacken das Geld ein und verschwinden einfach, ist es das?«

Blanchard schüttelte den Kopf. »Nein, das ist es nicht. Shea ist mein bester Freund, natürlich vertrau ich ihm. Aber ich glaube nicht, dass einer von euch als Viehbesitzer glaubwürdig wäre. Sie würden euch Dinge fragen, die ihr einfach nicht beantworten könntet, wie alt die Bullen sind und woher sie stammen, wann die Kühe trächtig waren – Informationen, die sie brauchen und die ihnen nur der Besitzer geben kann. Und wenn er nicht da ist – bei einem so großen Transport –, na ja, dann wirkt das vielleicht ein bisschen verdächtig. Also macht das seine Frau an seiner Stelle – mit einer Liste von ihm, auf der alles steht. Es sieht einfach seriöser aus.«

Little seufzte erneut, doch diesmal resigniert. »Okay, in Ordnung – ich arbeite für meine kleine Schwester.«

»Für Mrs. C.C. Whitehead, das ist richtig. Ich ruf am Dienstag beim Schlachthof an und sag denen, dass die Lieferung am frühen Mittwochmorgen eintrifft für die Auktion am gleichen Tag – etwas über zweihundert Tiere in vier Transportern – und dass meine Frau dort sein wird, um das Geschäft abzuwickeln. Ich werde ihnen sagen, dass die Trucker bereits im Voraus bezahlt wurden, weil der Viehhändler die Trucker normalerweise bezahlt, per Scheck, von dem Gewinn des Verkäufers – was wir nicht wollen. Wir wollen nur den einen Scheck, den sie auf meine Frau ausstellen sollen, damit sie ihn angeblich bei der Bank zur Verrechnung einreichen kann. Doch sie wird ihn gleich einlösen, und dann fahrt ihr drei mit dem Geld zurück zu Rondas Trailer, wo wir uns am Abend treffen werden. Ich zahl euch aus, und das war's dann.«

Shea grinste. »Sieh einer an, Robert, ich glaube, du hast endlich dein *Metier* gefunden.«

»Sein was?«, fragte Ronda.

»Seine Berufung. Sein wahres Talent.«

»Warum hast du das dann nicht gesagt?«

»Aus Snobismus, Schätzchen. Aus reinem Snobismus.«

Irgendwie gelang es Blanchard in der darauffolgenden Stunde, die Operation im Detail auszuarbeiten. Er erklärte außerdem die Gründe dafür, Rondas Ehenamen zu benutzen; auch wenn der Schlachthof nicht von ihr verlangte, sich auszuweisen, würden die Angestellten der Bank, wo sie schließlich den Scheck einlösen würde, das zweifellos tun, um sicherzugehen, dass sie das Geld auch der richtigen Person aushändigten. Um zu verhindern, dass irgendetwas zu ihr zurückverfolgt werden könnte, würde Ronda jedem, der ihren Personalausweis prüfte, erzählen, dass die Adresse alt sei, und dass die neue Adresse ihres Mannes Route I, Sarcoxie, Missouri 64862 lautete – eine Adresse, die nicht existierte.

Blanchard teilte ihnen mit, dass er am nächsten Morgen seinen Mitarbeiter unter dem ganz und gar glaubwürdigen Vorwand entlassen würde, ihn nicht länger bezahlen zu können. Clarence würde zwar Zeter und Mordio schreien, sagte Blanchard, doch das würde nichts daran ändern. Der alte Mann war einfach zu neugierig, zu schlau und zu redselig, um ihn dazubehalten. Sobald er weg wäre – morgen Mittag, sagte Blanchard –, würden sie das gesamte Vieh bis auf das schwarze auf die Nordweide bringen, wo sie es am Dienstagabend von dem alten Gehege am hinteren Ende der Weide aus verladen würden. Er sagte, dass er am nächsten Tag jemanden mit der

Unkrautvernichtung auf den geräumten Weiden beauftragen würde, was einen triftigen Grund dafür liefern würde, weshalb er das Vieh auf die Nordweide gebracht hätte, eine Frage, die bestimmt aufkommen würde, sobald Polizei und Schadensermittler den »Diebstahl« des Viehs untersuchen würden.

Little fragte ihn nach der Brucellose und was passieren würde, wenn eines der Tiere auf dem Schlachthof positiv getestet würde – würde dann die gesamte Herde beschlagnahmt und der Verkauf annulliert? Blanchard erklärte, dass er seinen infizierten Bullen, den Angus, außer zu der kleinen Gruppe von schwarzen Tieren, die er nicht verladen würde, nicht zu seinen Kühen gelassen habe. Also war es unwahrscheinlich, dass sich Kühe aus der großen Herde infiziert hatten. Dann fragte Blanchard Little nach den Trucks, ob er und Shea irgendwelche Probleme hätten, sie zu fahren, und Little meinte, dass er schon häufig Sattelschlepper gefahren sei und Shea am Dienstagmorgen zu Jack gehen und ein bisschen üben würde, bevor sie sich auf den Highway wagten.

So ging es weiter. Blanchard sprach sämtliche Aspekte der Operation an, die ihm einfielen, während die anderen hin und wieder Einwürfe machten. Little war zu Beginn ganz sachlich, doch je länger sich das Treffen hinzog, desto großmäuliger wurde er. Ronda sagte fast gar nichts, und wie vorherzusehen war, behandelte Shea die Angelegenheit, als handelte es sich um einen Streich einer Studentenverbindung. Währenddessen wuchs die Zahl der leeren Bierdosen auf Susans Beistelltisch neben ihm stetig an. Er verleibte sich das restliche Popcorn ein und verputzte dann eine ganze Schachtel Ritz-Cracker mit Schweizer Käse.

Schließlich sagte Blanchard, dass er fertig und das Treffen für ihn zu Ende sei. Little leerte seine Bierdose und stand so langsam wie ein Zweimetermann auf. Er wünschte Shea eine gute Nacht und »meinem Schwesterchen dort drüben« ebenfalls, zwinkerte Blanchard zu und tat so, als würde er ihm gegen den Arm boxen, wie um eine Vertrautheit zu demonstrieren, die den anderen nicht zuteilwurde. Dann ging er.

»Was für ein Widerling«, sagte Ronda und stand auf.

Sie blickte zu Blanchard hinüber, und es hätte ihn nicht überrascht, wenn sie geweint oder gelacht hätte. Stattdessen drehte sie sich um und ging zur Treppe.

»Ich geh ins Bett«, sagte sie.

Nachdem sie die Treppe hinaufgegangen und verschwunden war, erhob sich Shea ebenfalls. »Richtet sich wohl schon häuslich ein hier«, sagte er in seiner Hinterwäldlermanier.

»Ich hab sie gebeten zu bleiben.«

»Ich mach dir keinen Vorwurf.«

»Du hast auch keinen Grund dazu.«

Shea schüttelte betrübt den Kopf. »Ich hab wirklich genug vom Alleinschlafen, weißt du? Ich glaube, eines schönen Tages wird der Piephahn von Muttis kleinem Jungen verschrumpeln und abfallen.«

»Nach dem Mittwoch wirst du reich sein. Dann kannst du dir ein junges Ding angeln und den Sugardaddy spielen.«

Shea lachte. »Sugardaddy? Wo hast du das denn her?«

»Aus der Vergangenheit.«

»Das glaub ich dir.« Shea blickte zur Treppe. »Nun, es ist wohl an der Zeit, dass ich mich in mein Verlies begebe, zu meinem treuen Tiegel mit Vaseline.«

Jetzt war es an Blanchard zu lachen. »Es macht dir doch nichts aus, wenn ich nicht nach dir sehe?«

»Feigling.«

Blanchard folgte Ronda nicht sogleich ins Bett. Besorgt und unruhig versuchte er eine Weile, fernzusehen, plünderte dann den Kühlschrank, trank Kaffee draußen im Dunkeln auf der Veranda und zerbrach sich über eine Stunde lang den Kopf über seine Probleme und Pläne. Schließlich ging er hinein, machte die Lichter aus und ging hinauf ins Schlafzimmer, sein eigenes anstelle von Whits heute, da Ronda ihre Zurückhaltung bereits überwunden hatte, in *ihrem*, wie sie es nannte, also in Susans Bett, zu schlafen.

Er war froh, dass sie bereits schlief, denn er wollte sich weder unterhalten noch Sex. Er wollte nur die Augen schließen und schlafen, am liebsten tagelang. Doch er brauchte lang, bis er einschlafen konnte, und selbst dann war der Schlaf nicht von Dauer. Er wachte vor Tagesanbruch auf, und es war eine Art von Erwachen, das er nicht kannte, weil er sich normalerweise einfach auf die andere Seite gedreht und weitergeschlafen hätte. Jedoch nicht in dieser Nacht. Schlaf war, wie er sich aus dem Kurs für Englische Literatur an der Highschool erinnerte, etwas für die *Unschuldigen*. Nun, er war auch etwas für die Solventen, dachte er, mehr als für jeden anderen. Es waren die Armen, die keinen Schlaf mehr fanden, oder zumindest diejenigen, die auf dem Weg in die Armut waren.

Eine Zeit lang rührte er sich nicht. Er lag dort unter dem Laken, das er Ronda irgendwann in der Nacht weggezogen hatte, und er blickte sie an, wie sie nackt im schimmernden Mondlicht auf der Seite lag. Er betrachtete das Licht, das auf die Rundung ihrer Hüfte fiel, den Knick, den ihre Taille machte, und die Art, wie sich ihre Brüste aneinanderschmiegten, die Nippel klein und rosa im gedämpften Licht. Er betrachtete ihre Halslinie dort, wo sie in die Schulter überging, und das kleine, fast unsichtbare Fettpolster unter ihrem Nabel, das ihrem flachen Bauch eine weiche Note gab, als er sich zu ihrer Scham hin, dem dunklen Herzen ihrer Schönheit, verjüngte. Und ihm kam in den Sinn, wie seltsam und geheimnisvoll es war, dass ein Frauenkörper für einen Mann ein Objekt reinster, anmutiger Schönheit sein und trotzdem zugleich das körperlichste Verlangen, das es gab, in ihm wecken konnte.

Doch war eine Frau mehr als das, mehr als ein Körper, mehr als Schönheit. Und das war das Problem. Er dachte daran, wie es am Nachmittag in Rondas Trailer gewesen war, es nicht nur den Sex gegeben hatte, sondern wie etwas hinzugekommen war, etwas, das er nicht gewollt hatte und nicht brauchte. Nachdem sie gekommen war und in seinen Armen gelegen hatte, hatte sie erneut stumm geweint, und er hatte sie gefragt, was los sei. Nichts, hatte sie gesagt, nichts sei los, bis auf die Tatsache, dass sie ihn liebe. Und aus irgendeinem unerklärlichen Grund hatte er daraufhin die gleichen Worte zu ihr gesagt, wie ein Teenager, ein Kind, ein Dummkopf. *Ich liebe dich auch.* Doch sie hatte sich nicht täuschen lassen.

»Nein, tust du nicht. Aber das macht nichts. Du springst trotzdem nicht ab. Und wir verschwinden trotzdem gemeinsam von hier. Ich werde gut für dich sein. Ich versprech's.«

Jetzt lag sie im Mondlicht da, ohne Decke, ohne Tränen oder Worte oder Kompliziertheit, schöner als er sie je wahrgenommen hatte, so schön, dass er beinahe wünschte, sie würde nie mehr aufwachen, nie mehr die Augen öffnen und ihn so sehen, wie er war. Doch dann nahm er das zurück und sich selbst in Schutz. Er sagte sich, dass er sie nie wirklich angelogen hatte, weil er sie auf eine bestimmte Art ja auch liebte. Und er hatte ihr nie wirklich etwas versprochen, hatte ihr sogar gesagt, dass er ihr keine Versprechungen machen könnte.

Und dort in der Dunkelheit, wach und von ihrer Schönheit Lügen gestraft, waren seine Gedankenspiele ein schwacher Trost.

Als er gerade aufstehen wollte, hörte er die Stufen zur Dachkammer knarren. Er breitete das Laken über Ronda und stand auf. Nachdem er seine Hose angezogen hatte, folgte er Shea nach unten und hinaus auf die Veranda.

»Konntest du auch nicht schlafen?«, fragte er.

Shea zündete sich gerade eine Zigarette an. »Dass du das bemerkt hast.«

»Oh ja, für so etwas habe ich ein scharfes Auge. Gib mir eine.«

Shea reichte ihm die Zigaretten und ein Streichholzbriefchen. »In Wahrheit ist mir die Vaseline ausgegangen«, sagte er.

»Deine eigene, kleine Energiekrise, was?«

»Eine Krise auf jeden Fall.«

»Midlifecrisis?«

»Das soll ein Leben sein?«

»Das erzählt man sich jedenfalls.«

»Wahrscheinlich ein Gerücht.«

»Schon möglich.«

Shea schüttelte den Kopf. »Das heute Abend«, sagte er, »das war wirklich was. Echt großartig. Echt *krass*, wie Armpit gesagt hätte. Da sind wir also, setzen uns mit zwei Hinterwäldlern zusammen und schmieden keine Pläne für eine Werbekampagne, sondern für einen Viehdiebstahl. Für eine *schwere Straftat.*«

»Krass, hm.«

»Mehr als das.«

»Komisch?«

»Natürlich. Aber auch desillusionierend.«

»Illusionen? Ich wusste gar nicht, dass du welche hast.«

»Ich vielleicht nicht. Aber du, das ist was anderes – der aufrechte Bobby Blanchard, der anständigste Kerl bei *Darling.* Ich erinnere mich, wie ich einmal im Schreibbüro war, um mal wieder rumzuknutschen, und du bist mit irgendwas zum Tippen für die Mädchen hereingekommen, und als du wieder gegangen warst, sagte die eine: ›Das ist der netteste Typ der ganzen Firma.‹ Und ich sage, na ja, für 'n atheistischen Sodomiten ist er ganz okay, doch sie wusste es besser. Sie erkannte einen anständigen Kerl, wenn sie einen sah.«

»Tut mir wirklich leid«, sagte Blanchard, »deine Illusionen auf diese Weise zu zerstören. Doch wenn ich mich richtig erinnere, hast du die Sache von Anfang an für eine gute Idee gehalten.«

»Nun, ich empfehle auch Pussylecken, doch es hat seine Nachteile, oder? Es hat *Konsequenzen*, würdest du wohl sagen.«

»Willst du kneifen?«

»Keineswegs. Nein, ich brauch die Kohle. Und vielleicht ist es das, was mich an der ganzen Sache so ärgert – sie ist so verdammt erbärmlich. Einen Haufen beschissener Kühe zu stehlen, und obendrein die eigenen. Wenn wir wenigstens etwas im Stil von Vesco planen würden, sagen wir, ein paar Tausend Investoren um ein paar Hundert Millionen Dollar prellen, dann könnte ich mit meiner Desillusionierung wohl leben, würde wahrscheinlich jetzt sogar noch friedlich schlafen.«

»Du hast recht.«

Shea ließ seine Kippe auf den Verandaboden fallen, trat sie aus und legte sie dann auf das Korbsofa. Er gähnte, seufzte und schüttelte den Kopf. »Und dann bin da noch ich, alter Kumpel«, fuhr er fort. »Ich muss wohl zugeben, dass ich so ein Gefühl von Niedergang habe. Aber das scheint eine Angewohnheit von mir zu sein, was? Man könnte sogar sagen, dass ich in dieser Hinsicht von unerschütterlicher Beständigkeit bin.«

»Ist das so?«

»Oh ja, das ist so. Und ob. Im College bin ich zum Beispiel regelmäßig mit dem Schlafsack zu einer der Klippen oberhalb des Sees hinaufgegangen – hoch über den Cayuga-Gewässern, lautet die Zeile, glaube ich – und habe mich dort unterm Sternenhimmel ausgestreckt, kein Bier, kein Mädchen, nichts außer mir und meinem Schicksal. Und du hast ja keine Ahnung, wie großartig das aussah, wie vollkommen ich davon überzeugt war, dass ich bedeutend und berühmt werden würde. Oh, ich wusste nicht genau, worin, aber das spielte keine Rolle, denn ich wusste einfach, dass ich es in mir hatte. Ich war einer der Auserwählten, es konnte einfach nichts schiefgehen, unmöglich. Also bin ich hin und wieder da hinaufgegangen, um dort zu liegen und in meiner Zukunft zu schwelgen. Es war herrlich. Und fünf Jahre später, als ich bei Y and R war, bekam ich diesen Anruf von einem aus der neuen Truppe bei Welles Rich Greene, und er lud mich zum Mittagessen ins noble Twenty-One ein. Er kenne meine Arbeit, sagte er und machte mir ein Angebot – ich solle *der* Startexter bei Welles Rich Greene werden, anstatt nur einer von vielen bei Y and R zu sein. Wirklich großartig, oder? Trotzdem – es war auch ein Abstieg. Es war nicht gerade das, was ich in den Sternen über Ithaca gesehen hatte. Und es vergingen weitere fünf Jahre, und ich sitze in meinem Büro bei *Darling* und schaue hinaus durch den Gateway Arch auf den Mississippi und den östlichen Teil von Saint Louis, dieses völlige Elend und den Hass – und schreibe weiter meine kleinen Werbetexte für Hundefutter. Und jetzt – nun, jetzt sitze ich hier schwitzend in den Ozarks und freu mich darauf, ein paar Kühe zu stehlen.«

Blanchard zog ein letztes Mal an seiner Zigarette und warf die Kippe auf den Hof. »Das stand auch nicht in den Sternen«, sagte er.

»Wohl wahr«, räumte Shea ein.

»Jedenfalls bist du nicht allein damit.«

»Oh, ich weiß. Das gibt mir wirklich ein tolles Gefühl.«

»Vielleicht ist das ja unser Fehler.«

»Was?«

»Vielleicht hätten wir nicht erwarten dürfen, uns jemals toll zu fühlen.«

Shea lachte matt. »Ich werd's im Kopf behalten«, sagte er.

8

Blanchard wartete bereits auf Clarence, als dieser am nächsten Morgen zur Arbeit kam und seinen Pick-up an der gewohnten Stelle neben dem Gehege unter einer Eiche parkte, gleichgültig gegenüber dem Vogelmist, der im Laufe des Jahres darauf herabregnete. Und obwohl der alte Mann sah, dass Blanchard auf ihn wartete – was so gut wie nie vorkam –, ließ er sich mit dem Aussteigen Zeit, griff zuerst nach einer Tüte Redman, steckte sich ein Stück Tabak hinter die Unterlippe, verstaute das Päckchen wieder und fummelte an den Schulterträgern seiner Latzhose herum, bevor er schließlich die Fenster des Trucks zumachte. Blanchard tat in der Zwischenzeit so, als interessierte er sich für den Angus-Bullen und ein paar der Kühe, die ihm in das Gehege gefolgt waren, das mit dem Stall verbunden war, wo der Bulle den Winter über mit Getreide und Eiweißergänzungsmitteln als Vorbereitung auf die Zuchtsaison, die noch andauerte, prächtig gediehen war. Doch häufig, wenn keine der Kühe stierig war, erinnerte sich der Bulle an den Geschmack des Getreides und trabte auf dem Weg zum Stall den Hügel hinauf und in das Gehege, nur um vor einem geschlossenen Tor zu stehen – ein Abstecher, den seine beiden anderen Bullen vielleicht auch gemacht hätten, nur dass die Weiden, auf denen diese standen, nicht mit dem Gehege verbunden waren.

Jedenfalls war Blanchard froh, dass der Bulle da war, denn er bot ihm den Aufhänger, den er brauchte.

»Also, er hat's«, sagte er.

Clarence spuckte über den Zaun. »Hab ich's doch gewusst.«

Blanchard fragte ihn, woher er das gewusst habe.

»Ich wusste, dass Sie Parnell so schnell wie möglich anrufen würden. Und weil Sie am Samstag beim Heumachen nichts gesagt haben, hab ich mir irgendwie gedacht, dass er's hat, das ist alles.«

»Er und sechs von den Kühen. Ich muss die gesamte Herde testen lassen.«

»So läuft das nun mal.«

»Das ist noch nicht alles.«

Clarence hakte nicht nach. Es war nicht seine Art, übermäßiges Interesse zu zeigen.

»Die Bank hat mir eine Abfuhr erteilt. Gideon will mein Darlehen nicht verlängern.«

»Auch das hab ich gewusst.«

Blanchard widerstand dem dringenden Bedürfnis, den alten Mann zu schlagen. Stattdessen lächelte er. »Ja, das hab ich mir irgendwie gedacht.«

»Und was passiert jetzt?«

»Nun, da ist noch eine Sache – die Sie sich wahrscheinlich ebenfalls schon gedacht haben. Meine Frau ist nicht nach Saint Louis gegangen, um Ferien zu machen – sie kommt nicht zurück.«

Clarence reagierte darauf, indem er einen weiteren Strahl Tabaksaft ausspuckte. »Das musste irgendwann so kommen«, sagte er. »Sie hat nicht hierher gehört. Das konnte jeder Dummkopf sehen.«

Blanchard zündete sich eine Zigarette an und nahm einen tiefen Zug, als wollte er damit Kräfte sammeln. Ihm gefiel nicht, was er gleich tun würde. »Ich bin mir nicht sicher, ob Sie verstehen, was das alles zu bedeuten hat«, sagte er. »Ich werde Sie entlassen müssen.«

»Wieso das?«

»Geld. Ich hab kein Geld mehr, mit dem ich Sie bezahlen könnte.«

Clarence dachte einen Moment lang darüber nach, während er sich an seinem stoppeligen Kinn kratzte. »Na ja, 'ne Zeit lang könnte ich wohl mit 'ner Gehaltskürzung leben, wenn's sein muss. Und den Rest können Sie mir später bezahlen.«

»Ich hab's nicht, Clarence. Nicht jetzt. Und in der Zukunft auch nicht.«

»Was ist mit den Jährlingen? Die sind zum Verkauf bereit.«

»Wir sind in Quarantäne, schon vergessen?«

Clarences Erregung wuchs. Er war heftig am Kauen und konnte seine Hände nicht stillhalten. »Wie zum Henker wollen Sie das allein schaffen? Sie müssen noch das ganze Heu machen. Und ...«

»Shea ist noch da«, sagte Blanchard. »Ich hab ihm gesagt, dass er arbeiten muss, wenn er bleiben will.«

Clarence spuckte erneut aus. »Shea – Scheiße! Was könnte dieser Riesengaul denn anderes machen als Bier saufen und schlau daherreden?«

»Er wird arbeiten. Er muss.«

Clarence trat auf einmal gegen den Zaun des Geheges und traf die untere Planke. Falls etwas Schaden genommen hatte, dann sein Fuß.

»Verdammt!«, rief er aus. »Verdammt. Gerade jetzt, wo alles so gut lief.«

»Es läuft schon eine Weile nicht mehr gut, Clarence. Zumindest nicht für mich.«

»Na schön, ich red heute Abend mit der Frau«, knurrte der alte Mann. »Ich denke, wir kommen 'ne Weile klar. Aber Sie hab'n einfach zu viel zu tun hier. Und was soll ich zu Hause – außer rumsitzen und grübeln?«

Genau das hatte Blanchard befürchtet, denn er wusste, dass Arbeit für den alten Mann das Leben bedeutete. Er und seine Frau, die Teilzeit auf der Rockton-Hühnerfarm arbeitete, lebten von praktisch nichts. Sie besaßen eine vier Hektar große Farm, auf der sie ihre Nahrungsmittel größtenteils selbst anbauten, kamen ohne Innentoilette oder Telefon oder Klimaanlage aus und hatten lediglich bei Kühlschrank und Fernseher die Grenze gezogen, die in den Ozarks wie in den Gettos der großen Städte ein echtes Muss zu sein schienen.

»Wenn ich mir einen Mann nicht leisten kann«, sagte Blanchard, »dann kann ich es mir auch nicht leisten, ihn für mich arbeiten zu lassen.«

»Was soll das heißen?«

»Genau das. Ich kann Sie nicht bezahlen, also kann ich Sie auch nicht arbeiten lassen.«

»Sie meinen, *jetzt?* Ich bin *jetzt* raus?«

Blanchard nickte. »Bis ich Sie wieder bezahlen kann. Dann geb ich Ihnen Bescheid und werde versuchen, Sie zurückzuholen.«

»*Versuchen, mich zurückzuholen?*«

»Richtig. Das Ganze hat nichts mit Ihnen zu tun, Clarence. Sie sind ein guter Mann, das weiß ich. Wenn ich es mir leisten könnte, würde ich Sie behalten.«

Clarence spuckte erneut aus. Er schüttelte den Kopf und wischte sich mit dem Ärmel über den Mund. »Das kann irgendwie nicht wahr sein«, sagte er. »Die Leute hab'n mich immer nach Ihnen gefragt, und ich hab ihnen immer erzählt, dass Sie nicht viel wüssten, am Anfang jedenfalls, aber dass Sie 'n anständiger Kerl sind – was ich auch immer geglaubt habe. Aber das hier ist nicht anständig. Oh nein, das ist einfach nicht anständig.«

»Es tut mir leid.«

»Es tut Ihnen leid?«

»Richtig.« Das tat es Blanchard auch, denn er sah Tränen – vor Schmerz oder Zorn – in den Augen des alten Mannes.

»Dann fahr'n Sie doch zur Hölle, Mister Großmaul«, stieß Clarence hervor. »Fahr'n Sie zur Hölle.«

Nachdem er zu seinem Pick-up zurückgehumpelt war, kletterte er mühsam hinein, doch anstatt zurückzustoßen, legte er den Vorwärtsgang ein und krachte in den Zaun, wobei an der Aufprallstelle zwei Mittelplanken brachen. Dann stieß er ein Stück zurück, legte krachend wieder den Vorwärtsgang ein und brauste davon, ohne Blanchard noch eines Blickes zu würdigen. Blanchard war sogar froh darüber, denn auf einmal war ihm schlecht. Er musste würgen und spürte, wie das Frühstück in seinem Magen rumorte. Während er gegen den Brechreiz ankämpfte, wurde ihm endlich die Bedeutung der alten Redewendung »etwas schlägt einem auf den Magen« klar.

Doch er wusste auch, dass er in dem Moment, als er beschlossen hatte, das Vieh loszuwerden, keine andere Wahl gehabt hatte. Sobald sie damit angefangen hätten, die gesamte Herde bis auf die schwarzen Tiere auf eine einzige Weide zu treiben, hätte der alte Mann gewusst, dass etwas nicht stimmte, weil es Blanchard nicht ähnlich gesehen hätte, mehr als einen Bullen in eine Gruppe von Kühen zu stecken oder zu riskieren, dass die Kuhkälber vor ihrem Verkauf trächtig wurden. Und Blanchard konnte auch nicht zulassen, dass der alte Mann nach dem »Diebstahl« die Wahrheit erfuhr und sie herumerzählte – dass nämlich Blanchard persönlich die Verlegung seines Viehs auf eine Weide am Tag vor dessen Verschwinden beaufsichtigt hatte –, weil das dem Sheriff und den Leuten von der Versicherung den entscheidenden Grund dafür geliefert hätte, Ermittlungen anzustrengen, die bald zu seiner Verhaftung und Verurteilung geführt hätten. Das wollte er genauso wenig, wie den Respekt und die Freundschaft von Clarence zu verlieren.

Doch wie er erfahren musste, gehörte das zu den versteckten Kosten eines Verbrechens. Es würde sich vielleicht in anderer Hinsicht auszahlen, doch, wie er sich eingestehen musste, trug es nicht besonders zu seiner Selbstachtung bei. Wie es schien, konnte man einfach kein Verbrechen begehen, ohne sich wie ein Verbrecher zu fühlen.

Nachdem er seine häuslichen Pflichten erledigt hatte, holte er Tommy und Shea, und gemeinsam beluden sie den Pick-up mit zwanzig Sack Futter und einem halben Dutzend Futtertrögen aus Metallblech, die Blanchard selbst angefertigt hatte. Dann stiegen sie in den Truck und fuhren zum äußersten Ende der kleinen Wiese hinter dem Gehege, wo sie die Tröge abluden und mit Futter füllten. Dann öffneten sie den Zaun in der Ecke und fuhren auf das Gelände, das Blanchard einfach »den Höcker« nannte, sechzig Hektar Wälder und Wiesen, die von einem steilen Kalksteinhügel dominiert wurden, von dem aus man weit in alle Richtungen blicken konnte, im Süden sogar bis Arkansas. Den meisten Einheimischen wie Clarence war der Hügel als Newt's Knob bekannt, zu Ehren eines längst verstorbenen Eremiten, der das rasche Tempo der Pferdewagen in den Tälern gegen die Einsamkeit einer Hügelspitze eingetauscht hatte, wo er sich von Nüssen und Beeren und dem reinen Wasser aus einer Quelle an der Westflanke des Hügels ernährte. Doch es war ein unwirtlicher Ort, geeignet nur für Eremiten, Ziegen und Vögel, vor allem Truthahngeier, die hier nisteten und ihn als Horst nutzten, von wo aus sie ihre anmutige Totenwache über die Umgebung hielten. Das Vieh mied ihn und bevorzugte während der kühlen Morgen- und Abendstunden die Wiesen und Waldstücke dazwischen, wo es während der brutalen Mittagshitze ruhte und sein Futter wiederkäute.

Doch weil es noch recht früh war, als Blanchard über das unebene Gelände rumpelte, stand das Vieh grasend auf offener Weide. Die meisten Rancher in der Gegend hätten einfach ihre Quarter Horses bestiegen und die Kühe dorthin getrieben, wo sie sie haben wollten. Doch Blanchard ritt nicht gern und fand die Kosten für Pflege und Futter für die Pferde zu hoch für die paar Tage, an denen ihre Dienste gebraucht wurden. Nachdem er jedoch erlebt hatte, wie schwierig es war, Vieh zu Fuß oder vom Pick-up aus zusammenzutreiben, hatte er auf eine Yamaha Enduro und Tierpsychologie gesetzt, vor allem auf das Wunder der sogenannten *bedingten Reaktion*. Letztere hatte Clarence zumindest vorübergehend den ersten Beweis dafür geliefert, dass sein Boss verrückt war, ein geistesgestörter Großstädter. Zuerst stellte Blanchard die leichten, tragbaren Tröge her, die er dann hinaus zum Vieh auf die Weide brachte, wo er sie mit Getreide und Melasse füllte, was die Tiere liebten. Zu dieser unerwarteten Fütterung pfiff er wiederholt mit einer Blechflöte einen schrillen, unmelodischen Ton. Clarence hatte erst überhaupt nicht begriffen – bis Blanchard damit begann, die Tröge dorthin zu stellen, wo er das Vieh haben wollte, und dann die Blechflöte zu benutzen. Natürlich kam das Vieh angetrabt, oft regelrecht herbeigestürmt, mit dem Ergebnis, dass Blanchard es hintreiben konnte, wohin er wollte, manchmal, indem er einfach nur in die Flöte blies, doch normalerweise fütterte er es auch.

Während er jetzt also zwischen den Tieren hindurchfuhr und aus dem Truckfenster pfiff, begannen die Tiere ihm zu folgen, ein paar rannten, andere machten Luftsprünge und warfen ihre Hinterbeine in die Luft, weil sie wussten, was der Klang der Blechflöte versprach, einen süßen Geschmack, den es selten in ihrem Leben gab. Als er sich sicher war, dass ihn sämtliche Tiere gehört hatten, lenkte Blanchard den Wagen zur Zaunlücke zurück und dorthin, wo er die gefüllten Tröge platziert hatte, die beinahe sofort von den über vierzig Kühen umringt waren, von denen die meisten Hereford und schwarzweiß gescheckte waren, darunter ein paar Milchkühe, die Blanchard billig erworben hatte. Dann war da noch der Bulle, ein fünf Jahre alter Polled-Hereford, der wahrscheinlich als Letzter ankommen würde, weil er sich nie Gedanken um einen Platz am Trog oder Wasserloch machen musste – die Damen gingen jedes Mal zur Seite.

Während das Vieh fraß, führte Blanchard Tommy und Shea zurück auf die »Knob«-Weide, wo ein paar Kälber im Zaun festhingen. Weil sie die Öffnung nicht gesehen hatten, versuchten sie mit aller Macht, zu ihren Müttern hinter dem Stacheldraht zu kommen. Die Männer kreisten die Kälber von hinten ein und trieben sie am Zaun entlang durch die Öffnung, die Shea hinter ihnen verschloss. Blanchard war überrascht, dass er schon bei dieser kleinen Anstrengung außer Atem war.

»Du bist wirklich in Form«, sagte er zu Shea.

Shea wischte sich den Schweiß ab, der ihm übers Gesicht lief. »Dir gefällt das wirklich, oder? Du bist echt verrückt, weißt du das?«

»Susan hat es mir oft genug gesagt.«

»Nun, sie hat recht.«

Sie saßen auf der Ladeklappe des Pick-ups und zündeten sich beide eine Zigarette an. Tommy schlich sich an Blanchard heran.

»Das haben wir gut hinbekommen«, sagte Blanchard zu ihm. »Wir sind noch immer schlauer als die Kühe.«

Tommy strahlte. »Ganz recht, das haben wir.«

»Oh ja«, fiel Shea mit ein. »Wir sind 'ne echte Siegertruppe.«

Blanchard schenkte ihm einen genervten Blick. »Das ist die richtige Einstellung. Falls wir mal deprimiert sein sollten, munterst du uns wieder auf, okay?«

»Keine Sorge«, sagte Shea. »Dafür bin ich genau der Richtige.«

Als das Vieh mit dem Fressen fertig war, lud Blanchard die Tröge wieder auf den Pick-up und fuhr zu der Lücke, die zur Nordweide führte, wo er die Jährlinge hielt und sich das alte Verladegehege befand. Er bat Tommy, den Zaun zu öffnen, fuhr hindurch und blies erneut in die Blechflöte, und bald folgte ihm das gesamte Vieh, wenn auch weniger begierig, weil es nicht mehr so hungrig war. Er, Shea und Tommy trieben die Nachzügler hindurch und schlossen die Öffnung wieder, und dann wiederholten sie den gesamten Vorgang mit dem Vieh, das sich auf der Südweide befand, die sich zwischen die beiden Heufelder von Blanchard fügte, viel freier und ebener war und mit Schwingelgras und Klee bepflanzt war.

Um die Mittagszeit herum waren sie fertig damit und kehrten zum Haus zurück, wobei Shea schweigend litt und schwitzte, während Tommy sich begeistert über die Operation ausließ.

»Mann, das haben wir richtig gut hinbekommen, oder, Bob? Oder, Shea? Wie viele Kühe haben wir auf die Weide getrieben, hm? Eine ganze Menge, ich weiß. Das war 'ne ganze Menge, oder?«

Shea nickte erschöpft und schleppte sich müde hinauf, um zu duschen und sich umzuziehen. Auf dem Küchentisch fand Blanchard eine Nachricht von Ronda, die lang geschlafen hatte, wie sie es zu Hause in ihrem Trailer auch üblicherweise tat. *Bin einkaufen gefahrn – bin gegen eins zurük.*

Blanchard knüllte die Nachricht zusammen und warf sie in den Papierkorb, wobei er nicht wusste, was ihn mehr ärgerte, ihre Rechtschreibfehler oder seine Reaktion darauf. Er holte für sich und Tommy Cola und rief dann einen Mann namens Ross aus Rockton an, der eine kleine Schädlingsbekämpfungsfirma unterhielt und nebenbei auch auf Feldern sprühte. Blanchard schilderte ihm, in welchem Zustand zwei seiner Weiden seien, dass das Unkraut schneller wuchere, als er es beseitigen könne. Mähen schien es nur noch schlimmer zu machen, sagte er, und es sei einfach zu viel, um von Hand zu sprühen, etwas über achtzig Hektar. Er gehe davon aus, dass eine Mischung aus Trinitrophenol und Dieselbenzin die Sache beheben werde, doch es müsse bald sein, sagte er, möglichst noch in dieser Woche. Ross sagte, er dürfe das Vieh nach dem Sprühen sechs oder sieben Tage nicht auf die Weiden lassen, und Blanchard meinte, das sei kein Problem. Sie verabredeten sich für den kommenden Freitag zu einem Preis von hundertfünfzig Dollar pro Füllung, mit einem Maximum von drei Füllungen.

Blanchard legte auf und ging ins Wohnzimmer, um die Marktdaten der Mittagsnachrichten nicht zu verpassen. Er war nicht überrascht zu hören, dass die Viehpreise noch immer unten waren. Jungbullenfleisch war um ganze zwei Cent pro Pfund an den Schlachthöfen in Kansas City gesunken. Getreide, der Dow Jones, Gold, sogar Schweinefleisch, alles war gestiegen, alles außer Rindfleisch, alles außer dem, was er im Überfluss besaß.

Er stellte den Sender ein, auf dem Tommys Lieblings-Gameshow lief, ließ ihn dann allein und ging hinaus auf die Terrasse, um eine Zigarette zu rauchen und seine Cola zu trinken. Noch bevor er sich hinsetzte, sah er Rondas Wagen den Hügel heraufkommen. Er ging ums Haus herum, um sie auf der Rückseite in Empfang zu nehmen.

»Das sollte für eine Weile reichen«, sagte sie, als sie den Kofferraum öffnete, wo ein halbes Dutzend Einkaufstüten stand.

»Sieht so aus. Was schulde ich dir?« Er reichte ihr eine der Tüten und nahm selbst zwei.

»Siebzig«, sagte sie. »Aber wir können später abrechnen. Ich vertrau dir.«

Nachdem sie die Einkäufe hineingebracht hatten, nahm sie den Tisch und die Spüle in Augenschein, die noch immer mit schmutzigem Geschirr vollstanden, und zuckte mit den Achseln. »Entweder spülen oder etwas zu essen holen«, sagte sie. »Du hättest mich früher wecken sollen.«

»Du siehst im Schlaf so hübsch aus. Vor allem aufgedeckt.«

»Er hat mich doch nicht gesehen, oder?«

»Wer?«

»Tommy.«

»Nein.«

»Stellt er Fragen wegen mir? Ich meine, dass ich in deinem Bett schlafe. Du weißt schon.«

Blanchard schüttelte den Kopf. »Nein, ich hab's ihm erklärt. Er scheint es ganz normal zu finden.«

Nachdem sie die Lebensmittel eingeräumt hatten, schaute sie ihn forschend an. »Du siehst besorgt aus«, sagte sie schließlich. »Du kannst deine Meinung noch immer ändern.«

Blanchard zwang sich zu einem Lächeln. »Ich zieh es lieber durch, als das Vieh noch einmal von der Weide zu holen.«

»Klar – es zu verladen wird kein Spaziergang.«

»Kennst du dich aus damit?«

»Ich hab ein paarmal zugesehen. Und es war jedes Mal brenzlig.«

»Es kommt auf die Vorrichtung an. Das Gehege und der Pferch sind schon alt, aber noch immer stabil. Jedenfalls hoffe ich das.«

»Vielleicht macht dir ja auch etwas ganz anderes Sorgen«, bemerkte sie.

»Was denn?«

»Wir. Der Strand im Mondschein. Vielleicht willst du dir das noch mal überlegen?«

»Würdest du dann noch immer mitmachen? Noch immer nach Kansas City fahren?«

»Ich denke schon. Wieso? Willst du einen Rückzieher machen?«

Obwohl es beiläufig klang, wusste Blanchard, dass es das nicht war. »Nein, es ist noch immer das, was ich will«, sagte er. »Wenn wir das hier hinkriegen.«

Sie legte Eier in den Kühlschrank, vier Dutzend. »Warum sollten wir es nicht hinkriegen?«

»Dafür gibt es keinen Grund, jedenfalls keinen, den ich im Moment sehen könnte. Aber manchmal passieren die Dinge einfach. Dinge, die man nicht erwartet.«

»Was zum Beispiel?«

»Ich weiß nicht.«

Sie stand da und sah ihn lange an. »Wenn wir es hinkriegen wollen, dann klappt es auch«, sagte sie.

»Dann wird es das.«

»Bestimmt.« Sie gab ihm einen flüchtigen Kuss und ging zur Tür. »Ich muss jetzt gehen. Ich will nicht, dass Reagan mich rauswirft.«

Sie lächelte im Gehen, ein Lächeln, das so distanziert wirkte wie ihr Kuss. Als er allein war, setzte sich Blanchard in das Durcheinander der Küche und fühlte sich auf einmal erschöpft und unsicher, wie ein Jongleur, der eine Keule zu viel in seine Nummer eingearbeitet hat und weiß, dass sie alle jeden Moment auf ihn herunterfallen könnten.

Er wusste jetzt, dass sie ihm misstraute. Und er wusste

auch, dass sie gute Gründe dafür hatte. Weshalb, fragte er sich, sollte sie ihm glauben, dass er eine solche Wendung machen würde, die seinem ganzen Leben völlig widersprach, nicht nur das Stehlen, sondern auch, seine Familie zu verlassen, und seine Arbeit, sein Zuhause und seine Ranch ebenfalls? Nun, es gab nichts, was er gegen ihren Argwohn hätte tun können. Er brauchte sie jetzt, und wenn er ihr, um das zu erreichen, eine gemeinsame Zukunft versprechen musste, war er einverstanden. Falls sie später nicht akzeptieren wollte, dass er auf der Ranch bleiben wollte, konnte er sie wie die anderen auszahlen. Doch vielleicht würde sie ihre Enttäuschung überwinden und bei ihm bleiben – wer konnte das schon sagen? Wenn Susan darauf bestand, in Saint Louis zu bleiben, gab es keinen Grund, warum Ronda nicht bei ihm einziehen sollte, keinen Grund, weshalb die beiden nicht zusammenleben sollten. Dafür mochte er sie wirklich genug, oder? Doch falls sich herausstellen sollte, dass ihr die Fantasien von kalifornischen Stränden wichtiger waren, dann wäre das ihre Entscheidung. Er wollte sich jetzt nicht den Kopf darüber zerbrechen. Im Augenblick zählte nur das Vieh, der Transport nach Kansas City und das Geld, das er dafür bekommen konnte, um neu anzufangen.

Genau, das war's – *neu anfangen*. Das sagte er sich nicht im Stillen, sondern sprach die Worte laut aus, rief sie beinahe. Denn schließlich ging es bei seinem schäbigen, kleinen Vorhaben um nichts anderes als darum, neu anzufangen, oder? Warum sonst sollte er, Sheas lächerlicher, anständiger Kumpel, sonst stehlen? Nur wegen des Geldes? Nein, es gab nur *einen* Grund für das, was er tat, und das war, die Ranch zu behalten, seine und Tommys Welt. Gleichzeitig wusste er, dass ihm das nur schwer gelingen würde, wenn Ronda ausstieg, denn er würde es höchstwahrscheinlich nicht fertigbringen, seine gesamte Herde an Shea und Little zu übergeben und einfach nur das Beste zu hoffen. Nein, es war unerlässlich, dass Ronda mitmachte, und dass sie nicht erfuhr, dass er bleiben und von vorn beginnen wollte. Er musste sie bei der Stange halten, auch wenn er dabei jonglieren musste.

Während er dasaß und darüber nachdachte, hörte er Shea auf der Treppe. Dann kam der große Mann in die Küche und sah in seinem blauen Nadelstreifenhemd und den üblichen Chinos beinahe schick aus.

»Ich fahr dann mal«, verkündete er. »Sogar ohne Mittagessen, sollte ich vielleicht hinzufügen.«

»Du hältst unterwegs irgendwo, was?«

»Du hast mich ertappt.«

»Vergiss eins nicht«, sagte Blanchard. »Es gibt einen Haftbefehl gegen dich.«

»Ich fahre überaus vorsichtig.«

»Und pass auf, was Little diesem Jack erzählt. Ich will nicht, dass er etwas verspricht, wovon ich nichts weiß.«

»Mach ich.«

»Wir sehen uns heute Abend wieder hier nach Rondas Dienstschluss. Ich werde sie abholen.«

»Super.« Shea salutierte elegant und ging.

Am Nachmittag rief Blanchard bei seinem Schwiegervater in Saint Louis an, und das Hausmädchen ging ran. Nein. Weder Mrs. Blanchard noch Whit oder der Doktor seien da.

»Sie sind im Country Club«, sagte sie. »Woll'n Sie eine Nachricht hinterlassen?«

»Nein, sagen Sie Mrs. Blanchard nur, ihr Mann habe angerufen. Und sagen Sie es Whit bitte auch, wären Sie so freundlich? Sagen Sie ihm bitte, dass ich sehr gern mit ihm sprechen würde und dass er mich doch anrufen soll, ja?«

Das Hausmädchen versprach es ihm. Blanchard dankte ihr und legte auf. Dann half er Tommy, Spot und Kitty einzufangen und sie zur hinteren Veranda zu bringen, weil sie klein und vergittert war, einer der wenigen Plätze auf der Ranch, wo er mit den beiden Haustieren spielen konnte, ohne auf dem gesamten Hof hinter ihnen herjagen zu müssen.

Während sein Bruder spielte, räumte Blanchard die Küche auf und machte dann auf dem Sofa im Wohnzimmer ein Nickerchen, das beinahe zwei Stunden dauerte. Als er erwachte, bemerkte er als Erstes, dass Tommy mit gefalteten Händen auf der anderen Seite des Sofatischs saß und ihn anlächelte.

»Hi, Bob«, sagte er.

»Hallo, Tommy.«

»Du hast lang geschlafen.«

»Du hättest mich wecken können.«

»Es macht mir nichts aus. Du bist ja da. Ich seh dir gern beim Schlafen zu.«

»Schlafende Schönheit, was?«

»Du redest im Schlaf«, sagte Tommy. »Weißt du das?«

»Was hab ich gesagt?«

»Fast nichts. Du sagst nicht viel.«

Gähnend setzte Blanchard sich auf. »Das kann ich mir vorstellen.«

Später, gegen fünf, fuhren sie zur Nordweide und fütterten das Vieh mit Getreide, was eine schwere und erschöpfende Arbeit war. Anschließend war Blanchard müde und schmutzig, außerdem besorgt über das, was passieren würde, wenn sie nicht nur die gut zweihundert Tiere nach und nach in das Gehege treiben, sondern sie auch noch durch den Pferch in die Trucks schaffen mussten.

Als sie wieder zu Hause waren, nahm Blanchard ein Bad, zog sich frische Sachen an und half Tommy anschließend, das

Gleiche zu tun. Dann fuhr er nach Rockton zu einem Drive-in, um ein paar Hamburger, Milchshakes und Pommes frites zu besorgen, womit er erneut den gemischten Salat aufschob, den er so dringend wollte. Doch Tommy hatte seinen Spaß, und Blanchard fuhr wegen ihm sogar dreimal um den heruntergekommenen Stadtplatz, bevor er sich wieder auf den Heimweg machte, wo sie bis um acht gemeinsam fernsahen. Dann half er Tommy, seine Spielsachen einzusammeln, brachte ihm ein Kissen und setzte ihn vor dem Fernseher auf den Boden, und wieder machte er sich auf den Weg, wobei er seinem Bruder wegen der leichten Panik in dessen Blick kaum ansehen konnte. Doch er musste gehen. Er hatte keine Wahl. Und er hatte nicht vor, Tommy mit ins Sweet Creek zu den guten, alten Jungs dort zu nehmen, die sich einen Spaß auf Kosten eines anderen nicht entgehen lassen würden.

Es waren weniger Leute da als bei seinem letzten Besuch in der Kneipe, dem Abend, an dem Shea das Dach beinahe zum Einsturz gebracht hatte. Ein neuer Balken ersetzte den, den sein Freund zerbrochen hatte, und die Decke war wieder auf ihre ursprüngliche Höhe angehoben worden. Aus der Jukebox plärrte das gewohnte, tränenreiche Repertoire, und Reagan zapfte mürrisch Bier für seine ebenfalls einsilbige Kundschaft, neun Mann außer Blanchard, der allein an einem Tisch saß, wo Ronda, die nicht ausgelastet war und keine Lust auf sinnlose Beschäftigung hatte, ihm zwischendurch Gesellschaft leistete. Eine Zeit lang redeten sie über Kansas City und was dort ihre Aufgabe wäre. Er wollte ihr eine Liste für den Händler mitgeben, auf der genau aufgeführt wäre, wie er das Vieh verkauft haben wollte, in welchen Gruppen und in welcher Reihenfolge. Und er ging das Procedere für den Scheck durch, dass sie darauf achten sollte, dass er auf sie ausgestellt war, und auch, dass sie die falsche Adresse von Sarcoxie benutzte, wenn sie ihn einlöste. Doch das Thema war bald erschöpft, und die beiden saßen schweigend da und warteten darauf, dass es zehn Uhr würde, damit Ronda gehen konnte. Dabei blickten sie immer wieder verstohlen zu einem Tisch hinüber, an dem drei Männer saßen und tranken, einer von ihnen der Mechaniker von Rockton und der andere Sheas Erzfeind Jiggs, der sowohl betrunken als auch verdreckt aussah, seine abgewetzten Jeansklamotten mit Dungflecken und Strohspänen gesprenkelt. Seine geierhaften Augen waren rosa, und sein Gesicht dunkelrot, beinahe braun, wenn er lachte, was er häufig tat. Dabei blickte er jedes Mal zu Blanchard und Ronda hinüber, als wollte er damit unterstreichen, dass seine Belustigung ihnen galt.

Doch schließlich hatten er und der Mechaniker den Krug Bier geleert und standen auf, um zu gehen, wobei sie der Aufforderung des dritten Mannes, doch noch zu bleiben und etwas mit ihm zu trinken, widerstanden.

»Ich hab einen Truck voll mit hungrigen Schweinen«, sagte Jiggs zu ihm. »Wenn ich nicht rechtzeitig gehe, fressen die sich gegenseitig auf.«

Der Mann fragte ihn, was er denn mit Schweinen wolle.

»Sind für meinen Schwager, den Mistkerl. Beim nächst'n Mal sag ich ihm, er soll seine verdammten Schweine gefälligst selbst fahr'n, jawohl.«

Als er an Blanchards Tisch vorbeiging, tippte er sich an den Hut und grinste. »Hallo, wie geht's denn so?«

Dann ging er hinaus, mit seinem Freund, dem Mechaniker, der respektvoll hinter ihm blieb.

»Sicher angenehm, der Gewinner zu sein«, sagte Blanchard.

Ronda zog eine Grimasse. »Von wegen Gewinner. Der alte Jiggs ist schon sein Lebtag lang ein Verlierer.«

»Außer was Shea betrifft.«

»*Gewinnen* würde ich das nicht nennen.«

»Vielleicht nicht, aber bestimmt sieht er das so. Und ich hab das Gefühl, Shea ebenfalls.«

Blanchard konnte sich über dem Lärm der Jukebox, aus der die volle Stimme von Charlie Pride ertönte, kaum Gehör verschaffen. Also lehnte er sich zurück, zündete sich eine Zigarette an und trank noch mehr Bier. Nach und nach drang ein anderes Geräusch an sein Ohr, ein hohes, abgehacktes Jaulen, das die Musik übertönte. Und er war nicht der Einzige, der es hörte. Ein paar Männer liefen bereits zur Tür, um nachzusehen. Blanchard stand ebenfalls auf und folgte ihnen, obwohl er sich inzwischen sicher war, um was für ein Geräusch es sich handelte, erkannte es nicht am Klang – denn der erinnerte an das Krächzen einer Kreischeule, das die Dunkelheit durchschnitt –, sondern mehr aus einem Bauchgefühl heraus, als er an Sheas beiläufige Bemerkung dachte, wie sehr er es genieße, »mir auszumalen, wie ich Jiggs den Arsch aufreiße«. Als Blanchard nach draußen kam, sah er, wie furchtbar recht er gehabt hatte, denn im Neonlicht des Parkplatzes sah es aus, als hätte ein riesiger Bär den schreienden Jiggs in seiner Gewalt, den er am Nacken über den Kies zu seinem Pick-up schleifte, wo er ihn gegen die Tür und den vorderen Kotflügel und schließlich auf die Motorhaube schleuderte, als wäre er eine Waffe oder ein Werkzeug, das Shea benutzte, um den Truck zu zertrümmern.

Als Blanchard auf ihn zuging, stürzte er beinahe über den Mechaniker aus Rockton, der sich auf dem Kies wand und im Schritt hielt, während aus Nase und Mund, die bluteten, kleine, winselnde Geräusche drangen.

»Du solltest ’ne Waffe holen«, sagte jemand zu Reagan.

Doch Reagan rührte sich nicht von der Stelle, blieb hinter Blanchard stehen, wie gebannt von Sheas Brutalität, der Jiggs

Stiefel und Hose auszog und ihn an seiner Jacke und einem seiner dürren Beine packte und über den Käfigaufsatz auf die Ladefläche seines Pick-ups warf, mitten zwischen die Schweine, die erschrocken beiseite sprangen und wütend quiekten.

»Jetzt ist er geliefert«, sagte der gleiche Mann.

Währenddessen ging Shea ohne Eile auf seinen an der Flussstraße geparkten Wagen zu.

»Little fährt. Ich kann ihn sehen«, sagte Ronda zu Blanchard. Sie stand dicht neben ihm und hatte ihn am Arm gepackt.

Er nickte, denn er erkannte ebenfalls den kleinen Mann, der sich tief hinters Lenkrad geduckt hatte, als Shea einstieg. Augenblicklich brauste der Wagen davon, wobei er eine Wolke aus Staub und Kies aufwirbelte.

Der dritte Mann, der mit Jiggs und dem Mechaniker etwas getrunken hatte, rannte zu dem Pick-up, zog das Gatter des Aufsatzes hoch, und die Schweine begannen wild kreischend herauszuspringen. Zögernd spähte er auf die Ladefläche.

»Er rührt sich nicht«, sagte er. »Ich glaube, er ist tot.«

Blanchard war bewusst, dass er auf dem Weg zurück zur Ranch auf der schmalen, kurvenreichen Straße zu schnell fuhr, doch er ging nicht vom Gas. Es schien keine Rolle zu spielen. Er konnte nur an Shea und dessen gewaltsame Aktion denken – und das am Abend, bevor sie das Vieh verladen und abtransportieren wollten.

»Fahr bitte langsamer«, sagte Ronda schließlich.

»Warum?«

»Ich will nicht auf der Straße sterben, darum.«

Wortlos nahm er den Fuß vom Gaspedal. Seit sie das Sweet Creek verlassen hatten, hatte er kaum mit ihr gesprochen.

»Was ist los?«, fragte sie. »Denkst du, wir können das jetzt nicht mehr durchziehen? Denkst du, die Polizei ist hinter ihm her?«

»Das ist sie sowieso schon, Herrgott noch mal. Jetzt werden sie ihm die Nationalgarde auf den Hals hetzen.«

»Aber Reagan hat sie nicht einmal angerufen. Wahrscheinlich weiß sie noch gar nichts.«

In dem Moment tauchte in weniger als einer Meile Entfernung eine rote Polizeisirene in der Dunkelheit auf und bewegte sich rasch auf sie zu, wurde größer und heller, bis sie schließlich jaulend an ihnen vorbeischoss und erstarb.

»Ich frag mich, wie sie's rausgefunden haben«, sagte Ronda.

»Der Ambulanzdienst. Sie haben den Anruf wahrscheinlich weitergeleitet.«

»Reagan war es jedenfalls nicht. Er würde so was einfach nicht tun.«

Blanchard konnte noch immer nicht glauben, wie Reagan und die anderen auf Sheas Attacke auf Jiggs und den Mechaniker reagiert hatten. Man hätte meinen können, es wäre um einen verschütteten Drink und ein paar böse Worte gegangen. Als sich Reagan über den blutenden Jiggs gebeugt hatte, hatte er gesagt, dass das eine persönliche Angelegenheit zwischen Jiggs und diesem »Brecher von einem Kerl« sei. Sein Laden habe für dieses Jahr schon genug negative Schlagzeilen gemacht, meinte er. Ihm reiche es jetzt.

Die anderen stimmten zu und meinten, der »alte Jiggs« werde der Polizei sicher nichts erzählen und bestimmt keine Strafanzeige stellen.

»Er wird das selbst in die Hand nehmen«, sagte sein Freund, der dritte Mann.

Leider war Jiggs währenddessen die meiste Zeit bewusstlos. Zwischendurch setzte er sich auf dem Kies auf und lehnte sich gegen das Hinterrad seines Trucks. Dann übergab er sich oder würgte und wurde prompt wieder ohnmächtig, wobei er wie kaputtes Eidotter an dem Rad hinabglitt. Wie sich herausstellen sollte, hatte er einen Arm und die Nase gebrochen, während die Gehirnerschütterung oder Schlimmeres dazu führte, dass er ständig das Bewusstsein verlor. Sein Mechanikerfreund schien in keiner viel besseren Verfassung zu sein, außer dass er bei Bewusstsein war und seine Schmerzen in dem gleichen wimmernden Tonfall kundtat, den Blanchard zuvor schon vernommen hatte. Doch nichts davon konnte Reagan oder die anderen, die sich in den Zähnen puhlten und ausspuckten, während sie den Zwischenfall kommentierten, aus ihrer machohaften Ruhe bringen, bis sie schließlich darin übereinkamen, dass einer hineingehen und den County-Rettungsdienst anrufen sollte. Es war Reagan selbst, der das schließlich übernahm, wahrscheinlich, weil er keinen in die Nähe seiner Geldkassette lassen wollte.

Als der Barbesitzer langsam hineinschlurfte, machte Blanchard Ronda Zeichen, ihre Sachen zu holen. Er folgte ihr in seinem Pick-up zum Trailer, wo sie ihren Wagen abstellte. Dann setzte sie sich zu ihm in den Pick-up und sie fuhren zur Ranch.

Als sie dort das Tor passierten, erwartete Blanchard beinahe, die Veranda erleuchtet und den braunen Continental ungeniert davor parken zu sehen. Doch die einzigen Lichter, die an waren, waren die Laterne und die Lampe im Wohnzimmer. Er parkte den Wagen hinterm Haus und war froh, den Continental nirgends zu sehen. Doch als er die Hintertür öffnete, um Ronda zu folgen, war es mit seiner Erleichterung vorbei – durch die Tür zum Wohnzimmer sah er Shea mit der Hand in einer Tüte Maischips entspannt auf dem Sofa sitzen. Blanchard und Ronda gingen hinein. Zur gleichen Zeit ging die vordere Fliegengittertür auf, und Little, der vorübergehend seinen Wachposten auf der Veranda verlassen hatte, kam herein. Als er sie alle sah, legte Shea einen Finger auf die Lippen, um ihnen zu signalisieren, dass sie still sein sollten. Zwischen ihm und Blanchard lag Tommy ausgestreckt auf dem Teppich und schlief tief und fest.

Blanchard ignorierte Sheas Zeichen. »Du verdammter Spinner«, sagte er.

Shea machte eine hilflose Geste. »Das war nicht geplant, Roberto. Als wir vorbeigefahren sind, stand da Jiggs' alter Truck. Also haben wir kurz angehalten, und da taucht er auch schon auf, als wären wir zu seinem persönlichen kleinen Rachefeldzug verabredet. Da hab ich's mit ihm aufgenommen.«

»Mit ihm aufgenommen?«

»Sozusagen.«

»Herrgott, du hast ihn fast umgebracht, ist dir das klar? Womöglich ist er inzwischen gestorben.«

»Ach, Blödsinn. Ich hab ihn doch nur ein paar Mal gegen seinen Truck geknallt. Was ein Dreck war gegen das, was er mit mir gemacht hat.«

»Und der Zeitpunkt?«, sagte Blanchard. »Am Abend vor dem Transport? Bestimmt hast du dafür auch eine Erklärung.«

Shea zuckte gleichgültig mit den Achseln. »Weshalb regst du dich so auf? Es ist vorbei. Und irgendwann musste es passieren, das hab ich dir gesagt. Dieser gute alte Junge hat mich fast umgebracht.«

Blanchard schlug ihm die Maischipstüte aus der Hand. »Mach, dass du wegkommst«, zischte er.

Das laute Knistern des Zellophans weckte Tommy. Blinzelnd richtete er sich auf und blickte verängstigt in die Runde.

»Meinst du das im Ernst?«, fragte Shea Blanchard.

»Und ob. Und spiel bloß nicht den Unschuldigen. Du

weißt verdammt gut, dass die Polizei erst vor Kurzem hier war. Und nach der Show, die du heute Abend abgezogen hast, könnte sie jeden Moment wieder hier auftauchen.«

Little, der ewige Friedensstifter, versuchte zu vermitteln. »Hören Sie, das macht nichts«, sagte er zu Blanchard. »Wir haben den Wagen hinter der Scheune versteckt. Sollten sie also wirklich hier raufkommen, können wir einfach …«

»Sie können auch gehen!«, sagte Blanchard. »Beide. Und ich meine *jetzt*.«

Little lächelte flehentlich. »Was ist mit dem Job morgen Abend? Wir machen das doch, oder? Das ändert doch nichts daran. Er ist mit dem Truck wirklich gut klargekommen.«

Shea war bereits aufgestanden und griff nach seiner Jacke. Er gab Little stumm ein Zeichen. »Lass es sein, okay? Der Mann will, dass wir verschwinden, also gehen wir. Und von mir aus soll er seine zweihundert Viecher nehmen und sich in den Hintern schieben. Oder von mir aus soll er sie mit seiner lustigen, kleinen Flöte zum Markt treiben wie der heilige Patrick, dieser Bauerntrampel. Meinst du, das kriegst du hin, Robert?«

Blanchard antwortete nicht, und Shea machte im Gehen eine verächtliche Geste. Little blieb zurück und wippte auf und ab, als ob er zur Toilette müsste.

»Hör'n Sie, Sie machen 'nen Fehler«, sagte er. »Wir können das morgen Nacht noch immer durchziehen. Wir können zu Jack fahren und die Nacht dort verbringen – keiner wird uns dort suchen. Und wegen der Polizei hier in der Gegend, da machen Sie sich mal keine Sorgen. Ganz ehrlich. Das war bloß 'ne Schlägerei. Das interessiert die nicht die Bohne.«

»Sie gehen jetzt besser«, sagte Blanchard zu ihm. »Und nehmen Sie die Nebenstraße, die an der Nordweide entlangführt.

Shea kennt sie. Und passen Sie auf, dass Sie die Zäune hinter sich wieder schließen.«

»Schon gut, aber ich sag Ihnen – wir werden morgen um sieben da sein, mit den vier Sattelschleppern, hören Sie? Wir werden da sein und Ihr Vieh verladen – ich versprech's. Also halten Sie sich bereit, okay?«

Blanchard antwortete ihm nicht. »Lasst die Scheinwerfer aus, wenn ihr wegfahrt«, sagte er. »Der Mond genügt.«

Little, der bereits an der Küchentür war, stürmte daraufhin aus dem Haus, um Shea dorthin zu folgen, wo sie den Continental versteckt hatten. Tommy, der auf dem Boden saß, versuchte unbeholfen, die verstreuten Maischips aufzusammeln und wieder in die Tüte zu tun. Blanchard, der sich nicht beherrschen konnte, ließ den Rest seiner Wut an ihm aus.

»Lass das, um Himmels willen. Du hast sie schließlich nicht verstreut.«

Tommy ließ die Tüte fallen, als stünde sie in Flammen, und Tränen traten ihm in die Augen. Sofort setzte sich Ronda zu ihm auf den Boden und begann selbst damit, die Chips aufzusammeln.

»Komm, machen wir's zusammen«, sagte sie. »Du hast recht, wir wollen doch nicht den ganzen Abend auf ihnen herumtreten, oder?«

Tommy rührte sich nicht. Wie ein Hund saß er da und wartete auf ein Zeichen seines großen Bruders. Doch Blanchard konnte es ihm nicht geben. Beschämt und noch immer wütend trat er durch die Hintertür hinaus. Er ging an der Laterne vorbei auf das Geräusch eines Wagens zu, der leise blubberte. Doch als er die Scheune erreichte, wurde das Geräusch leiser, und dann sah er den Wagen, der im Mondlicht schimmerte, während er leise die Anliegerstraße in Richtung Nordweide und die Landstraße dahinter entlangfuhr. Dann ging er um das Haus herum zur Vorderseite, um zu sehen, ob die Polizei schon aufgetaucht war. Erleichtert stellte er fest, dass das nicht der Fall war.

Als er wieder hineinging, geschah etwas sehr Seltenes. Fast immer, wenn er einen Raum betrat, in dem sich Tommy befand, begann sein Bruder zu strahlen. Diesmal hatte er bereits ein Lächeln im Gesicht, während er neben Ronda auf dem Sofa saß und fernsah: Johnny Cash erzählte sich irgendwelche Witze mit einem Papagei. Doch als Tommy Blanchard bemerkte, verschwand sein Lächeln, und er blickte hinab auf seine Hände und rang sie nervös.

Ronda stand auf. »Keine Polizei, nehme ich an.«

»Noch nicht.«

»Ich denke, Little hatte ausnahmsweise recht«, sagte sie. »Sie werden nicht hierherkommen. Es kümmert sie nicht. Sie würden nicht mal einen Umweg machen, um Charles Manson zu verhaften.«

Blanchard zündete sich eine Zigarette an. Er nahm einen tiefen Zug und stieß den Rauch aus, während er blind auf den Fernseher starrte. »Was denkst du?«, fragte er. »Sollen wir es durchziehen?«

»Das ist deine Entscheidung. Es ist dein Vieh.« Sie ging zur Treppe. »Ich nehme ein langes, heißes Bad und geh dann ins Bett.«

Als sie weg war, drückte Blanchard die Zigarette aus und setzte sich neben Tommy aufs Sofa. »Es tut mir leid«, sagte er und legte Tommy die Hand auf die Schulter. »Ich hatte unrecht. Ich bin derjenige, dem man den Marsch blasen sollte, nicht dir.«

»Schon okay«, sagte Tommy.

»Nein, ist es nicht. Nur weil es Schwierigkeiten gibt, ist das noch lang kein Grund, es an dir auszulassen.«

Tommy schaute ihn auf einmal besorgt an. »Es gibt Schwierigkeiten, Bob?«

»Nichts Wichtiges.«

»Sind es die Kühe? Willst du sie wirklich loswerden?«

Blanchard wusste nicht, was er ihm antworten sollte. Er hatte sich schon gefragt, ob es besser wäre, ihn über die Operation im Dunkeln zu lassen, oder ob er ihn einweihen und ihm einschärfen sollte, niemandem gegenüber etwas verlauten zu lassen. Ersteres hätte bedeutet, sich auf sein Glück zu verlassen und zu riskieren, dass Tommy irgendwann das Falsche zur falschen Person sagte. Doch war die zweite Option nicht besser, weil sie bedeutete, sich auf die Verschlagenheit einer Person, die ohne jede Arglist war, zu verlassen. Also tat Blanchard das Gleiche wie sonst auch. Wenn er schon nicht sich selbst schützen konnte, so konnte er wenigstens seinen Bruder schützen.

»Nein, wir wollen das Vieh nicht loswerden«, sagte er.

»Aber Shea hat das gesagt.«

Blanchard machte den Mund auf, um ihm zu sagen, dass sich Shea irrte. Doch etwas in Tommys Blick, eine gewisse Angst, ließ ihn innehalten. Und er fragte sich, ob es die Angst davor war, dass sein Bruder ihn gleich anlügen würde.

Zögernd nickte Blanchard. »Ich denke, du solltest es auch wissen – ja, wir müssen das meiste Vieh losschlagen.«

»Blackie auch?«

»Ihn auch. Erinnerst du dich, wie wir ihn vor ein paar Tagen getestet haben? Als er den Halsfang abgerissen hat? Nun, der Test hat gezeigt, dass er krank ist.«

»Was heißt krank?«

»Man nennt es Brucellose. Eine Krankheit. Und er hat sie auf die Kühe übertragen.«

Tränen traten in Tommys Augen. »Haben wir dann keine Rinder mehr?«

»Nur für eine Weile, Tommy. Das ist alles. Nur für eine Weile.«

»Werden wir hier wegmüssen? Werde ich woanders hinmüssen?« Er weinte jetzt ungeniert. »Werde ich Spot und Kitty verlieren?«

Blanchard war selbst so verzweifelt, so nah daran, die Nerven zu verlieren, dass er sich zwingen musste, nicht ebenfalls zu weinen. Er würde sich nie an das Weinen dieses Wesens gewöhnen, das zugleich Mann, Kind und Bruder war. Der Anblick brachte ihn jedes Mal in Konflikt, denn er wollte gern das Kind und den Bruder trösten, ihn in die Arme nehmen und ihm so viel Kraft und Sicherheit geben, wie er konnte. Doch da war auch der Erwachsene, der beinahe so groß war wie er, der Mann in den Dreißigern mit dem Dreitagebart. Und er konnte ihn einfach nicht auf die gleiche Weise trösten, sowohl aus Befangenheit als auch aus dem Gefühl heraus, dass es etwas Herabsetzendes hatte, ihm das bisschen Männlichkeit nahm, das ihm die Natur verliehen hatte. Während er also dasaß und ihm beim Weinen zusah, tat er das, was er immer tat. Er versuchte, ihn zu halten und mit Worten zu trösten.

»Niemand bringt Spot und Kitty von hier weg. Und wir werden ebenfalls hierbleiben, Tommy, für immer. Das hier ist unser Zuhause, verstehst du? Es ist dein Zuhause und mein Zuhause, und wir werden für immer hierbleiben. Wir gehen nirgendwohin, niemals. Das ist ein Versprechen. Und was das Vieh betrifft – na ja, wir werden eine Weile nicht viel haben. Aber wir fangen neu an. Wir besorgen uns vielleicht zwanzig Stück, und wir behalten jedes Jahr die Färsen. Und ehe du dich versiehst, haben wir wieder über hundert Stück. Hier. Auf der Ranch. *Unserem Zuhause.*«

»Meinst du das im Ernst, Bob?«

»Natürlich meine ich das im Ernst. Das hier ist unser Zuhause. Unser Fleckchen Erde. Und wir werden bleiben.« Blanchard merkte, dass er die Tränen nicht mehr zurückhielt und gemeinsam mit seinem Bruder weinte.

»Wir bleiben hier!«, sagte Tommy jetzt mit einem Lächeln, während er sich übers Gesicht wischte. »Denn das ist unser Zuhause.«

»Ganz genau.«

»Es ist unser Fleckchen Erde.«

»Und ob es das ist.«

»Das hier ist unser Fleckchen Erde.«

Plötzlich war Blanchard seine Zurückhaltung nicht mehr so wichtig. Er ließ die Hand von der Schulter seines Bruders auf dessen Rücken gleiten, und Tommy warf sich ihm entgegen, vergrub sein Gesicht an Blanchards Schulter und umarmte ihn.

»Das ist unser Fleckchen Erde!«, wiederholte er.

»Ganz genau. Und das von Susan und Whit, wenn sie zurückkommen.«

»Wir zusammen hier. Du und ich. Wir alle.«

»Genau.«

»Wir zusammen, auf unserem Fleckchen Erde. Und du gehst nicht weg?«

»Ich gehe nicht weg.«

Tommy umarmte ihn so fest, dass Blanchard sich schließlich von ihm losmachen musste. Er befreite sich aus Tommys Umklammerung, schob ihn sanft zurück und hielt ihn fest. Erst da bemerkte er Ronda, in ein Badetuch gehüllt, auf der Treppe. Sie stand reglos da und beobachtete sie. Er hatte keine Ahnung, wie lange schon.

»Hab die Seife vergessen«, sagte sie. »Ich hab welche gekauft.«

Als sie in die Küche ging, stand Blanchard auf. Tommy, der sie gar nicht bemerkt hatte, verstand nicht.

»Was ist los?«, fragte er. »Was ist passiert?«

»Nichts. Alles in Ordnung.«

Ronda kam mit dem Stück Seife in der Hand aus der Küche und ging, ohne ihn eines Blickes zu würdigen, wieder hinauf.

»Zeit, ins Bett zu gehen«, sagte er zu Tommy.

»Ich bin nicht müde.«

»Und ob du das bist. Wir beide sind es.«

»Okay, Bob.«

Blanchard bat ihn, das Bad im Erdgeschoss zu benutzen, und während er auf ihn wartete, schloss er die Türen und machte die Lichter und den Fernseher aus. Dann stellte er sich an den Fuß der Treppe und horchte auf Ronda oben im Bad – weshalb, wusste er nicht genau. Doch es war nichts zu hören, nicht einmal das Plätschern von Wasser.

Als er sich später zu ihr ins Bett legte, stellte er fest, dass sie distanziert und schweigsam war. Sie lag auf dem Rücken, und als er sie zu küssen versuchte, drehte sie das Gesicht weg. Er fürchtete, er kannte den Grund dafür.

»Was du auf der Treppe gehört hast«, sagte er, »hatte nichts zu bedeuten.«

»Was hab ich denn gehört?«

»Das mit dem Hierbleiben und dem Neuanfang. Das war nur wegen Tommys Seelenfrieden. Wie ich dir schon gesagt habe, ich weiß nicht, was kommt. Ich weiß nicht, was passieren wird.«

»Du weißt aber, was dir am liebsten wäre.«

»Ich weiß nicht einmal das«, sagte er.

»Bist du sicher?«

»Ja – wieso?«

»Weil ich dich nicht nur gehört habe – ich habe dich auch gesehen.«

Er schwieg einen Moment und dachte nach. »Tommy geht mir unter die Haut«, sagte er schließlich. »Er ist so hilflos, so verletzlich. Und wenn …«

»Du musst es mir nicht erklären«, unterbrach sie ihn.

»Aber ich möchte gern.«

»Das mit deiner Frau, die zurückkommt, auch?«

»Dabei ging's um das Gleiche – Tommys Wohlbefinden, damit er nicht denkt, dass es immer so sein wird, nur wir beide. Sie wird allerdings nicht zurückkommen, das weiß ich. Ein ganzes Jahr hat sie angekündigt, dass sie gehen würde. Und jetzt hat sie's getan. Und sie wird nur zurückkommen, um noch mehr von ihren Sachen zu holen.«

»Es spielt keine Rolle«, sagte sie. »Ich erwarte nichts. Ich hab dir gesagt, dass ich mich um mich selbst kümmern würde.«

»Na schön, ich will nur sichergehen, dass du verstehst – was du unten gehört hast, ist nicht so. Das war nur für Tommy. Oh, natürlich denke ich manchmal daran, zu bleiben und von vorn anzufangen. Doch daran zu denken reicht nicht. Das Darlehen ist hoch. Mit dem Geld, das ich jetzt bekomme, könnte ich es ein paar Jahre bedienen. Oder ich könnte Vieh kaufen. Aber ich könnte nicht beides tun. Es geht einfach nicht.«

Doch Ronda war nicht interessiert. Sie lag noch immer still da und atmete kaum. Er beugte sich über sie, küsste sie auf die Stirn und versuchte, sie auf den Mund zu küssen, doch wieder wandte sie sich ab.

»Nicht einmal ein Gutenachtkuss?«, fragte er.

Sie antwortete nicht. Und er legte sich auf seine Seite und zündete sich eine Zigarette an. Rauchend und in Gedanken versunken lag er da, und nach einer Weile spürte er, wie sie sich von ihm wegdrehte, und dann, wie sich ihre Atmung veränderte, als sie eingeschlafen war. Er zündete sich noch eine Zigarette an und rauchte sie auf, während seine Gedanken und Sorgen vorüberzogen wie ein nicht enden wollender Zug aus klapprigen Waggons, der aus einem dunklen Tunnel seines Hirns kam. Er rauchte noch eine Zigarette und dann noch eine, bis er schließlich einschlief.

Mitten in der Nacht wachte er auf und stellte fest, dass er allein im Bett war. Durch die offene Schlafzimmertür sah er, dass unten Licht brannte. Er stand auf, schlüpfte in seine Hose und ging hinunter ins Wohnzimmer und in die Küche, woher das Licht kam. Dort auf dem Tisch stand eine benutzte Kaffeetasse und ein Aschenbecher mit zwei Kippen, Rondas Marke. Daraufhin ging er zurück durch das Wohnzimmer auf die vordere Veranda, wo sie, in ihren Morgenmantel gehüllt, in einem der Korbsessel saß.

»Kannst du nicht schlafen?«, fragte er.

»Irgendwie nicht.«

»Wieso, machst du dir Sorgen?«

Sie schüttelte den Kopf.

»Was ist es dann?«

»Nichts. Ich bin nur manchmal so.«

»Wie?«

»Was macht das schon für einen Unterschied?«

»Ich weiß nicht. Aber das tut es.«

»Ich wüsste nicht einmal, wie ich es dir erklären soll.«

»Ganz wie du willst.«

»Es ist nur so ein Gefühl, das ich bekomme. Ein idiotisches Gefühl. Ich falle in eine Art Loch. Ein tiefes, schwarzes Loch. Und komm nicht mehr raus.«

Blanchard lehnte sich gegen das Verandageländer und sah

sie an. Er wünschte, er hätte seine Zigaretten mitgebracht. »Wir sind alle mal deprimiert.«

»Ist es das?«

»Ich weiß nicht. Sag du es mir.«

Sie lachte traurig, zog die Beine hoch und umschlang sie, als wäre ihr kalt. »Ich wüsste nicht, wie«, sagte sie. »Selbst wenn ich wollte.«

Er fragte sie, ob er sie in Ruhe lassen solle, und wieder schüttelte sie den Kopf.

»Es ist normal, Angst zu haben«, sagte er. »Bei dem, was du tun wirst. Wenn du aussteigen willst, sag es einfach. Dann blas ich es ab.«

»Auf die Idee bin ich gar nicht gekommen.«

»Was dann?«

Eine Zeit lang sagte sie nichts. Sie saß da, umschlang ihre Beine und zitterte. »Als ich ein Kind war, fuhr unsere Großmutter mit uns nach Harrison, um ihre Schwester zu besuchen«, sagte sie schließlich mit seltsam matter und teilnahmsloser Stimme. »Als ich fünf oder sechs war, war da dieser Hund, dieser kleine Kläffer, zur Hälfte ein Terrier, glaube ich. Ein Hund eben in der Nachbarschaft. Und eines Tages war es nicht mehr einfach ein Hund – es war eine Hündin, mit einem Rudel Hunde im Schlepptau. Sie winselte und jaulte und schnappte nach ihnen, doch sie kamen immer wieder, bedrängten sie und stellten ihr nach und bekämpften einander, bis sie schließlich unter der Veranda mit den verschlossenen Seiten in der Falle saß, denn darunter war es so niedrig, dass die meisten nicht drunterkriechen und an sie rankommen konnten. Also fingen sie an zu buddeln, buddelten, als hinge ihr Leben davon ab, an sie ranzukommen.«

Im Schein des Küchenlichts konnte Blanchard ihre Augen nicht sehen, nur ihren Mund, der sich vor Abscheu verzog.

»Da hat mich meine Großmutter weggezogen«, fuhr sie fort. »Ich sollte mir solche Sachen nicht anschauen, sagte sie zu mir. Brave, kleine Mädchen schauen weg. Aber das tat ich nicht. Auf dem ganzen Weg zurück zum Haus habe ich nach hinten geschaut. Die Hunde gelangten nacheinander unter die Veranda. Sie krochen drunter und nahmen sie. Sie fickten sie. Soweit ich weiß, haben sie sie getötet.«

Sie ließ den Kopf auf die Knie sinken. In der Stille, die entstand, wusste Blanchard nicht, was er sagen sollte, ob er die Geschichte ignorieren oder aufgreifen sollte, um ihr zu versichern, dass er wusste, worauf sie hinauswollte. Schließlich hielt er ihr Schweigen nicht mehr aus.

»Zu der Zeit hat Little angefangen, dich zu belästigen«, sagte er.

Sie nickte.

»War es denn mit allen so schlimm?«

Sie zuckte mit den Achseln. »Ich weiß nicht. Wenn man Tänzerin und Kellnerin ist, zieht man das an. Fordert dazu auf. Oder man wird so wegen ihnen. Wegen der Art, wie sie hinter einem her sind. Als wäre man ein Stück Fleisch.«

Blanchard hätte es gern dabei belassen, wollte nicht die letzte Verknüpfung für sie herstellen. Doch irgendwie hatte er keine Wahl.

»Und ich?«, fragte er schließlich. »Was bin ich, nur der Letzte in der Schlange?«

Sie hob den Kopf und blickte ihn an, die Augen noch immer im Schatten. Doch er musste sich nicht fragen, welchen Ausdruck sie hatten.

»Ich weiß es nicht«, sagte sie. »Wahrscheinlich bin ich deshalb da unten.«

»In deinem Loch.«

»Ja.«

Blanchard reichte ihr die Hand. »Komm. Lass uns nach oben gehen. Lass uns wieder ins Bett legen.«

Doch sie blieb noch einen Augenblick sitzen und betrachtete ihn und seine Hand. Schließlich griff sie danach, und er zog sie hoch und führte sie wieder nach oben ins Bett.

9

Gegen zehn am nächsten Morgen rief Blanchard die Information der Gelben Seiten von Kansas City an und ließ sich die Namen und Telefonnummern von drei Viehhändlern bei den Schlachthöfen geben. Dann fuhr er nach Rockton und hob zweitausendfünfhundert Dollar von seinem Geschäftskonto ab, was beinahe sein gesamtes Geld war. Auf dem Weg aus der Stadt hielt er an einer Telefonzelle neben dem Betonblock der True Faith Church und ließ sich ein Gespräch zum zweiten Händler auf der Liste, Ansell Bros. Inc., vermitteln. Eine Sekretärin ging ran und stellte das Gespräch zu einem der Brüder durch. Blanchard erzählte ihm, er sei Charles Whitehead und würde von einer Telefonzelle aus in Sarcoxie, Missouri anrufen – sein eigenes Telefon auf der Ranch sei kaputt, erklärte er. Er wolle am Abend zweihundertzehn Stück Vieh für die Auktion am nächsten Tag zu den Schlachthöfen bringen, sagte er, und er wolle Ansell gern als Agenten engagieren. Die Menge sei gleichmäßig zwischen Kühen, Jährlingen und Winterkälbern aufgeteilt, mit zwei Polled-Hereford-Stieren. Das Gesamtgewicht des Viehs betrage um die fünfundsechzigtausend Kilo.

Er erklärte dem Händler, dass er bei dem Transport nicht dabei sein könne und seine Frau das übernehmen werde, sie habe auch sämtliche Informationen, was das Alter des Viehs, seinen Zuchtstatus und alles Weitere betraf. Er teilte dem Broker mit, dass er die Fahrer im Voraus bezahlen werde und der Scheck auf seine Frau, Mrs. Charles Whitehead, ausgestellt werden solle, damit sie ihn bei der Bank in Kansas City einreichen könne, bevor sie nach Hause fuhr. Der Händler sagte, er verstehe. Er bedankte sich bei Blanchard für den Auftrag und sagte, er werde den »Höchstpreis« für ihn rausholen.

Als Blanchard zur Ranch zurückkehrte, hatte Ronda Mittagessen gemacht, und sie setzten sich zu dritt in die Küche, um zu essen – schweigend, wie sich herausstellte, denn Ronda wirkte noch immer angespannt und verschlossen, und Blanchard konnte an nichts anderes als das, was vor ihnen lag denken, sodass Tommy wie ein Tenniszuschauer zwischen ihnen saß und ratlos von einem zum anderen blickte. Schließlich fragte er: »Geht's dir gut, Bob?«

»Sicher. Bin nur 'n bisschen müde.«

»Hast du nicht gut geschlafen?«

»Nicht besonders.«

Tommy dachte darüber nach und nickte, als wäre er in ein großes Geheimnis eingeweiht worden. Dann wandte er sich an Ronda. »Hast du letzte Nacht auch nicht geschlafen?«

»Ich hab gut geschlafen«, sagte sie. »Was ist mit dir?«

Tommy strahlte, geschmeichelt von ihrem Interesse. »Oh, ich hab auch gut geschlafen.«

»Schön.«

Anscheinend war das die Bestätigung, die er gebraucht hatte, denn auf einmal beeilte er sich mit der Suppe und dem Schinkensandwich, damit er zu den Spielsachen aus seiner Umhängetasche zurückkehren konnte, die er im Hinterhof auf dem Campingtisch ausgebreitet hatte.

Als er gegangen war, erzählte Blanchard Ronda von seinem Gespräch mit dem Händler und dass der Mann sie erwartete. Der Scheck würde auf sie ausgestellt werden. Alles war arrangiert.

»Du willst es also trotzdem durchziehen«, sagte sie.

»Du etwa nicht?«

Sie sah ihn mit regloser Miene an. Was er sah, hätte sowohl Resignation als auch Reue oder Angst sein können. Er fragte noch einmal.

»Und du?«

»Wenn du fest entschlossen bist.«

»Die Sache läuft bereits. Shea kommt vielleicht nicht, aber Little und die anderen schon. Sie werden um sieben hier sein.«

»Du könntest noch immer aussteigen.«

»Willst du das?«

Sie zuckte mit den Achseln. »Ist mir egal. Das musst du entscheiden.«

»Das habe ich bereits. Deshalb habe ich den Händler angerufen.«

»Na gut.«

»Es gefällt mir nicht«, erklärte er. »Doch die Alternative gefällt mir noch weniger.«

Sie hatte begonnen, den Tisch abzuräumen. »So läuft das nun mal. Irgendwann tun wir alle Dinge, die wir gar nicht tun wollen«, sagte sie mehr zu sich selbst als zu ihm.

Blanchard ging in sein kleines Büro und holte ein Blatt Papier. Als er wieder am Tisch saß, schrieb er die Liste mit den Angaben, die sie dem Händler geben sollte. Oben notierte er den Namen des Händlers, die Adresse der Schlachthöfe und die Telefonnummer. Dann machte er weiter:

76 Kühe – S/W Gesicht und Hereford, ein paar davon Kreuzungen Alle 3 bis 9 Jahre alt.
Alle besamt, doch keine Garantie für Trächtigkeit
(einzeln oder in Gruppen verkaufen)

2 reinrassige Polled-Hereford-Bullen, nicht registriert
4 und 5 Jahre (getrennt verkaufen)

70 Jährlinge Stiere und Färsen (offen)

250-350 Kilo
(Einzeln und in Gruppen verkaufen)

68 Winterkälber (2 Mon. bis 5 Mon.)
(einzeln und in Gruppen verkaufen)

ANM.: Fahrer im Voraus bezahlt – ihre Honorare nicht vom Scheck abziehen. Scheck auf Mrs. Charles Whitehead ausstellen.

Dann unterschrieb er mit Charles Whitehead, Sarcoxie, M. Als er damit fertig war, schob er ihr das Blatt hin.

Sie nahm es und las. »Das gebe ich dem Händler?«

»Richtig. Und wenn du seinen Scheck hast, gehst du zur nächsten Bank und löst ihn ein. Dann kommst du nach Hause.«

»Und ich habe ein Auge auf Little.«

»Um ihn würde ich mir keine Sorgen machen, nicht solange Shea dabei ist.«

»Und wer passt auf Shea auf?«

»Du.«

Sie lächelte spöttisch. »Verstehe. Und wir bringen das Geld hierher, und du steckst es wieder in Vieh und gehst ein zweites Mal pleite. Und was passiert dann? Stehlen wir dein Vieh dann noch mal?«

Blanchard lachte freudlos auf. »Herrgott, du bist ganz schön zynisch heute.«

Sie widersprach ihm nicht. Nachdem sie das Blatt Papier zusammengefaltet hatte, steckte sie es in ihre Jeanstasche und kehrte zur Spüle zurück, um weiter das Geschirr abzuwaschen.

Am frühen Nachmittag belud Blanchard den Pick-up mit achtzehn Halbzentner-Säcken, den tragbaren Futtertrögen und einem halben Dutzend Planken aus Stahlstreben. Und weil sein Ziel – das Gehege der Nordweide – so weit vom Haus entfernt war, nahm er auch alles andere mit, was er für seine Operation am Abend brauchen könnte, seine Yamaha-Enduro, einen Stapel Bretter, Werkzeugkasten, Vorschlaghammer, Axt, Schaufeln, Kettensäge, Stahlpfosten und Stacheldraht. Tommy, der ihm beim Einladen half, fragte, was sie vorhätten, und Blanchard sagte ihm, dass es nichts Wichtiges sei, nur eine kleine Arbeit am Nordende, dass er sie jedoch allein verrichten müsse. Er sagte Tommy, dass er im Haus bleiben und sich um Ronda kümmern solle, weil sie Angst davor habe, allein zu sein. Tommy stand da wie ein begossener Pudel.

»Es ist wichtig«, sagte Blanchard. »Du bist mir hier eine größere Hilfe.«

»Wovor hat sie denn Angst? Da ist doch nichts, wovor sie Angst haben muss.«

»Nein, natürlich nicht.«

»Dann komm ich mit, okay?«

»Nein, du bleibst hier und kümmerst dich um alles. Das ist wichtig.«

Widerstrebend gab Tommy nach. »Okay, Bob.«

»Und eins noch – falls die Polizei kommt und nach Shea fragt, lass Ronda das Gespräch führen, okay? Wenn sie dich irgendwas fragen, zum Beispiel wo ich bin, dann sagst du ihnen einfach, du wüsstest es nicht.«

»Okay.«

»Aber nur, wenn sie fragen. Sonst sagst du nichts.«

»Hat Shea was Schlimmes gemacht?«, fragte Tommy.

»Gewissermaßen. Die Typen, die ihn verprügelt haben – er hat sie ziemlich übel zugerichtet.«

»Das war die Abrechnung, was?«

»Richtig. Also hilf der Polizei nicht, wenn sie kommt. Sag nichts, außer sie fragen dich was. Und dann sagst du, du wüsstest es nicht. Okay?«

Tommy nickte ernst.

»Dann bis später.«

Nachdem er das äußerste Ende der Weide erreicht hatte, lud Blanchard die Stahlplanken ab und befestigte sie mit Draht an den Stellen, wo der Druck durch das Vieh am größten wäre, vor allem entlang der Außenseite des Geheges und an den Stellen, wo es zum Pferch hin enger wurde, und schließlich an der Verladerampe selbst. Die größte Gefahr würde von den kleineren Jährlingen ausgehen. Die Kühe und Bullen waren zu groß, um sich im Durchgang umzudrehen, und die Kälber klein genug, ohne dabei etwas zu zerstören. Doch die Jährlinge – die Färsen und jüngeren Stiere, die um die zweihundertfünfzig Kilo wogen – würden sich im Pferch verkeilen, falls sie sich umdrehen sollten, was einen enormen Druck auf die Planken bedeutete, die brechen würden, wenn sie nicht aus den fünf Zentimeter dicken Eichenbrettern bestünden. Dann würde das Tier durch die Lücke entwischen, und die dahinter würden wie Wasser, das durch einen gebrochenen Damm strömt, folgen.

Also verstärkte Blanchard die Schwachstellen mit den Stahlpaneelen und verdrahtete sie fest mit den Planken und Pfosten. Als er damit fertig war, lud er auf der Weide vier seiner Stahlfuttertröge ab, die er zu den hölzernen stellte. Dann füllte er sie mit dem Futter vom Truck, wobei er darauf achtete, die leeren Säcke wieder einzusammeln und zurück auf den Truck zu werfen, um sie später zu verbrennen. Inzwischen sammelte sich bereits das Vieh um den Pferch, vor allem die Jährlinge, die es gewöhnt waren, täglich mit Getreide gefüttert zu werden. Doch Blanchard wartete fast bis halb fünf, bevor er in seine Flöte blies, denn er wusste, dass ein Großteil des Viehs zum Trinken an den Bach oder zu den Teichen gegangen war, bevor es wieder grasen würde. Und wie schon am Tag zuvor war das Verhalten der Tiere vorhersagbar, die augenblicklich dem Klang der Flöte folgten, als sie sie vernahmen, während die anderen, weiter weg, sich den Vorauslaufenden anschlossen und so dem unwiderstehlichen Herdentrieb folgten. Von der Ladefläche des Trucks aus konnte Blanchard sie aus den hintersten Winkeln der Weide und aus dem Wald, der den Fluss säumte, wie Metallspäne, die pflichtbewusst auf den Magnet zuflogen, auf den durchdringenden Flötenton zuströmen sehen.

Er wollte nur so viele Tiere im Pferch, dass er mit ihnen den ersten Truck füllen konnte, weshalb er nicht darauf wartete, bis alle da waren. Er öffnete das Eckgatter und trat zurück, als sie, die Kühe mit klatschenden Eutern, hineintrabten. Nachdem er schätzungsweise fünfzig Tiere drin hatte, begann er laut zu rufen und schwang das Gatter gegen den Strom, um die Tiere zurückzudrängen. Er verschloss es mit einer Kette und kletterte auf den Pferch, wo er sich hinsetzte und der ersten Gruppe dabei zusah, wie sie ihr Getreide fraß. Ihm war klar, dass ein paar Mutterkühe und ihre Kälber in dem Gedränge getrennt worden waren, was mit der Zeit zu fortgesetztem, wütendem Blöken führen würde. Doch im Moment ging das Fressen vor, wobei die Anführer wie immer das Beste abbekamen.

Er blieb so lange sitzen, bis das Futter weg war und den Rindern langsam zu dämmern begann, was mit ihnen geschehen war, dass sie irgendwie ihre Freiheit verloren hatten. Es gab eine Reihe von Kopfstößen, als die Jährlinge den Anführern in die Quere kamen, doch es schien nichts Ernstes zu sein, kein Gedränge, bei dem die Seiten des Pferchs bersten konnten, was der Fall gewesen wäre, wenn sich zwei Bullen auf dem engen Raum dagegengedrängt hätten. Also stieg er in seinen Truck und machte sich auf den Rückweg, überzeugt davon, dass die Herde zumindest vorerst ziemlich genau so bleiben würde, wie sie war, mit den einen im Gehege, die rauswollten, und den anderen draußen, die rein wollten. Rinder waren keine besonders schlauen Tiere.

Als er am Haus vorfuhr, war er überrascht, dass Ronda in seinem Wagen die Zufahrt heraufkam. Nachdem sie ausgestiegen war, erklärte sie es ihm.

»Ich hab ein paar Sachen bei mir vergessen. Frauenkram.«

»Du bist doch nicht krank?«, fragte er.

»Ich komme zurecht.«

»Wenn du krank bist, sag Bescheid. Du musst das nicht machen.«

»Alles in Ordnung. Es geht mir gut.«

»Na schön.«

Drinnen versuchte Blanchard, sich mit ein paar Whiskey Sodas zu entspannen, während er die Fünf-Uhr-dreißig-Nachrichten sah, wobei Walter Cronkite angesichts der Weltlage ehrlich besorgt aussah. Doch Blanchard bekam beinahe nichts von dem mit, was er sah und hörte, denn er war in Gedanken bei dem bevorstehenden Coup. Wenn alles gut ginge, wäre das Vieh innerhalb von zwei Stunden verladen und die Trucks anschließend auf dem Weg nach Kansas City. Am nächsten Tag um die Mittagszeit wäre das Vieh dann verkauft, und um Mitternacht hätte er sein Geld, beinahe fünfzigtausend Dollar. Wenn alles gut ging.

Als es Zeit war, aufzubrechen, erklärte er Tommy, dass er Ronda nach Hause bringen müsste.

»Du bleibst also bei Spot und Kitty«, sagte er zu ihm. »Und wenn jemand anruft oder kommt, sagst du einfach, ich sei nicht da.«

»Okay.«

»Und ich komm so schnell wie möglich wieder zurück.«

»Du kommst schnell wieder zurück.«

»Und du kommst klar.«

»Ich komm klar.«

Blanchard griff nach einem Apfel und einem der Sandwiches, die Ronda für ihn und Tommy gemacht hatte, und die beiden machten sich auf den Weg. Blanchard nahm den weiten Weg, indem er über die Landstraße um die Ranch herum bis zu der unbefestigten Straße fuhr, die zur Nordweide und dem Gehege führte. Er aß beim Fahren, während Ronda in Jeans und Trägerhemd neben ihm saß, ihre riesige Umhängetasche aus Jeansstoff auf den Knien. Sie schaute stur geradeaus, mit dem gleichen Blick wie zuvor, und Blanchard wusste, dass sie nichts sagen würde, wenn er nicht das Wort ergriff.

»Dann mal los. Jetzt gilt's, wie man so schön sagt.«

Sie reagierte nicht.

»Freust du dich, wieder nach Kansas City zu kommen?«

»Die Schlachthöfe sind nicht unbedingt Kansas City.«

»Nein, wahrscheinlich nicht.«

»Es ist mir sowieso egal. Ich kenne in K.C. nur die Spelunken und Bumslokale.«

Er schaute sie an. »Alles in Ordnung?«

»Mir geht's gut«, sagte sie.

Als sie zum Pferch kamen, stellte Blanchard fest, dass das Vieh außerhalb zum größten Teil davongezottelt war, um zu grasen. Diejenigen im Gehege standen geduldig in der noch immer hellen Abendsonne, während ein paar andere nach ihren Kälbern oder ihren Müttern auf der anderen Seite des

Pferchs blökten. Blanchard holte das Motorrad herunter und startete es, um sich zu vergewissern, dass es auch anspringen würde, falls er es später brauchen sollte, um die letzten Tiere zusammenzutreiben. Dann machte er es wieder aus. Eine Weile saß er mit Ronda auf der Heckklappe des Pick-ups, rauchte und wartete darauf, dass die Trucks kämen. Doch ihre Schweigsamkeit ging ihm schließlich auf die Nerven, und er ging in den Pferch, um die Verstärkungen noch mal zu überprüfen, die er zuvor mit Draht befestigt hatte.

Bevor er damit fertig war, hörte er das Geräusch von Druckluftbremsen auf der Landstraße hinter dem Waldstreifen, der an der Nordseite der Ranch entlangführte. Dann kamen nacheinander die vier Trucks hinter den Bäumen hervor und holperten langsam über die unbefestigte Straße, die Blanchard ebenfalls genommen hatte. Obwohl es verschiedene Modelle mit unterschiedlichen Farben waren, handelte es sich bei allen vieren um alte, zerbeulte Frontlenker, die Vierzig-Fuß-Anhänger in noch schlechterem Zustand zogen, die hin und her schlingerten und denen Latten fehlten. Als sie näher kamen, kletterte Blanchard aus dem Pferch, ging ihnen entgegen und machte dem vordersten Zeichen, anzuhalten. Am Steuer saß Little.

»Ihr seid früh dran«, sagte Blanchard.

»Besser als zu spät, oder?«

Blanchard signalisierte ihm, zum Pferch weiterzufahren. »Ich weise Sie ein«, sagte er. »Und seien Sie behutsam mit den Bremsen. Sie könnten das Vieh aufscheuchen.«

Nickend legte Little den Gang ein und fuhr langsam im Bogen um die Laderampe herum, hielt an und legte den Rückwärtsgang ein. Blanchard, der links von der Rampe stand, wies ihn ein, und Little setzte den riesigen Anhänger beim ersten Versuch sanft an die Rampe. Inzwischen waren Shea und die beiden anderen Fahrer aus ihren Zugmaschinen gestiegen und kamen herüber. Blanchard ging ihnen entgegen.

»Das sind Jack und Junior«, sagte Shea. »Und dieser Herr hier ist …«

»Bob«, unterbrach ihn Blanchard. »Einfach nur Bob.«

Es war nicht zu übersehen, dass die beiden Vater und Sohn waren, hagere, zäh wirkende Rednecks, die mit höflichen Umgangsformen nichts anzufangen wussten. Von Jacks Falten und seinem Bürstenhaarschnitt einmal abgesehen, hätten sie Zwillinge sein können. Der Jüngere trug seine Haare schulterlang. Doch wie sein Vater hatte er einen Cowboyhut auf und die entsprechenden Stiefel an, worüber Blanchard erleichtert war, weil das zumindest nahelegte, dass sie Erfahrung im Umgang mit Vieh hatten.

Der Vater schenkte Blanchard ein knappes Nicken, während Junior nicht einmal das tat, sondern einfach nur auf seinem Zahnstocher kaute und ihn mürrisch anstarrte.

»Gleich abrechnen oder erst nach dem Beladen?«, fragte Jack.

»Danach«, sagte Blanchard.

»Wie Sie wollen. Aber ich will kein Gefeilsche um den Preis. Little hat gesagt zweitausend, und dabei bleibt's.«

»Das war vereinbart.«

»Na gut.« Jack ging zum Pferch und sah sich die Herde an. »Sieht nach 'nem guten Viehbestand aus«, gab er zu.

»Er ist in Ordnung«, sagte Blanchard. »Einer von euch kann die Rampe bedienen, und der andere geht mit mir rein. Klingt das okay?«

Jack nickte. Junior reagierte nicht.

»Hol den Viehtreiber«, sagte sein Vater zu ihm.

»Glauben Sie, den brauchen wir?« Blanchard mochte keine Elektroschocker. Sie machten das Vieh nervös.

»Ist hilfreich«, bemerkte Jack.

Blanchard versammelte Shea, Little und Ronda und positionierte sie direkt am Gehege an den Stellen, wo das Vieh womöglich zusammengedrängt würde und auszubrechen versuchte. Er erklärte ihnen, dass sie sich nicht vor die Tiere stellen durften, weil sie das vielleicht erschreckte und den Strom in Richtung Pferch unterbrach, sondern neben ihnen am Zaun entlanggehen, leise auf sie einreden und die anstoßen sollten, die zögerten.

Junior, der den Viehtreiber trug, kam zurück und stellte sich an den Anfang des Pferchs, wo das Vieh am ehesten verharrte. Blanchard ging mit Jack zum anderen Ende und kletterte hinein, was das bereits aufgeschreckte Vieh veranlasste, am Zaun entlang zu fliehen. Mit leisen Rufen – einem nüchternen *Ho, ho, ho* – drängten die beiden Männer die Tiere wie einen riesigen Besen durch das Gehege in Richtung der schmalen Buchten und schlossen dann das Gatter, bevor sie selbst in den Pferch kletterten und das Vieh ein letztes Mal antrieben, indem sie es mit ihren Stöcken schlugen und jetzt lauter und immer drängender riefen, bis die Tiere in ihrer wachsenden Panik die Rampe hinaufstürmten, nicht eines nach dem anderen, sondern in einem dichten Strom aus Tierkörpern und Angst. Innerhalb weniger Minuten war das Verladen geschafft, ohne einen Nachzügler oder eine gebrochene Planke.

»Wie findet ihr das?« lachte Shea. »Bin ich ein Cowboy oder bin ich ein Cowboy?!«

Während der nächsten beiden Stunden hatten sie nicht so viel Glück wie am Anfang. Blanchard füllte die Tröge noch drei weitere Male mit Getreide und blies dann seine Flöte, während sich die anderen vom Gehege entfernten, um das Vieh nicht zu erschrecken. Beim Verladen der zweiten Gruppe stürzte einer der Stiere auf der Rampe und stand trotz Juniors regem Einsatz des Viehtreibers nicht mehr auf. Das Tier, das bereits hinkte und geblutet hatte, wahrscheinlich von einem Kampf mit dem anderen Stier auf der Weide, lag einfach nur da, bis Blanchard auf die Rampe stieg und wie der alte Clarence, der Meister selbst, auf den Rücken des Tiers kletterte und einen Fandango veranstaltete, indem er ihm die Hacken in die dicken Muskeln an den Flanken bohrte und stieß, bis sich das Tier schließlich wie ein Erdhügel erhob und Blanchard seitlich über die Rampe schleuderte.

Beim Laden der dritten Gruppe brach einer der Pfosten des Pferchs, und wenn die Stahlgitter nicht gewesen wären, hätte ein Dutzend Kühe und Kälber Reißaus genommen, mit einer nur geringen Chance, sie wieder zusammenzutreiben. Beim Zusammentrieb der letzten Gruppe musste Blanchard seine Enduro benutzen, um eine Reihe versprengter Tiere einzufangen. Minuten später erwies sich diese Gruppe als zu viel für das alte Gehege, das am Ende des Pferchs brach, woraufhin vier Tiere ausbüxten, zwei Jährlinge, eine Kuh und ein Kalb. Blanchard beschloss, sie laufen zu lassen. Es war schon beinahe dunkel. Und er wollte die Trucks dort weghaben.

In den Scheinwerfern seines Pick-ups zählte er die zweitausend Dollar für Jack ab, was dem Mann zum ersten Mal seit seiner Ankunft ein Grinsen entlockte. Little machte erneut auf Kumpel, indem er Blanchard zuzwinkerte, ihm auf den Rücken klopfte und ihn bat, sich keine Sorgen zu machen, denn der Rest der Aktion sei ein »Kinderspiel«. Blanchard rang sich ein Lächeln ab, weil er ihn nicht verprellen wollte, jedenfalls nicht in diesem Moment. Dann ging er mit Ronda und Shea zu dem Sattelzug, den der große Mann mit ihr als Beifahrerin steuern würde.

»Meine Herrn, das hat Spaß gemacht«, sagte Shea. »Ich verstehe, warum du Rancher werden wolltest, Robert. Vor allem der Ritt auf dem Bullen, der dich dann auch noch abgeworfen hat, war beeindruckend.«

»Hat dir gefallen, was?«

»Oh ja. Toller Sport. Eine masochistische Ausschweifung.«

»Ist nicht jedermanns Sache.«

»Den Eindruck hab ich auch.«

»Du scheinst dich beruhigt zu haben«, sagte Blanchard zu ihm.

»Natürlich, bei meinem freundlichen Naturell.«

»Denkst du, du kannst dabeibleiben?«

»Du meinst, keine weiteren Aktionen wie die gestern Abend?«

»Genau das meine ich.«

»Keine. Versprochen. Falls mich jemand schlägt, halte ich ihm die andere Wange hin.«

»Ich mein's ernst.«

»Ich auch. Es gibt nichts, worüber du dir Sorgen machen müsstest. Okay?«

Blanchard nickte, und Shea schwang sich in die Fahrerkabine des Trucks. Als er den Motor anließ, folgte Blanchard Ronda zur Beifahrerseite. Im Scheinwerferlicht der anderen Trucks sah er, dass sich nichts geändert hatte. Sie wirkte noch immer niedergeschlagen und mied seinen Blick.

»Alles in Ordnung?«, fragte er.

»Ich komm klar.« Sie kletterte in die Kabine.

»Bis morgen Abend bei dir«, sagte er.

Sie nickte.

»Sei vorsichtig.«

Sie sah ihn jetzt an und lächelte sogar, zumindest andeutungsweise. »Das werde ich«, sagte sie und zog die Tür zu.

Dann heulte der Motor auf, als sich der Truck in Bewegung setzte, und die anderen folgten ihm. Über dem Dröhnen der Motoren konnte Blanchard das Vieh hören, das wütende Muhen der Kühe und das Blöken der Kälber. Dann wurden die Geräusche schwächer und erstarben schließlich nacheinander, als die riesigen Sattelzüge wie eine Reihe Mammuts durch den Wald rumpelten.

Als sie weg waren, legte Blanchard die Tröge aus Metall in den Pick-up und wuchtete ebenfalls seine Enduro hinauf. Er begann die Stahlverstärkungen zu lösen, besann sich dann aber eines Besseren, weil sie ein Beweis dafür wären, dass das Vieh vom Pferch aus verladen und somit gestohlen worden war. Er wusste, dass die Versicherung im Falle von »unerklärlichem Verschwinden«, wie man es nannte, nicht zahlen würde. Es musste Beweise für einen Diebstahl geben. Und es bestand keine Gefahr, dass die Stahlverstärkungen zu ihm zurückverfolgt werden könnten. Jeder Rancher hatte sie, und er selbst hatte mindestens noch ein Dutzend davon.

Schließlich kontrollierte er alles noch einmal, indem er die Umgebung im Scheinwerferlicht des Trucks absuchte, für den Fall, dass er etwas vergessen hatte, das man mit ihm oder den anderen in Verbindung bringen könnte. Doch da war nichts, bis auf Tausende von Hufspuren, den beschädigten Pferch und die Reifenspuren der Sattelzüge. Zufrieden stieg er in den Pick-up und fuhr den Waldweg entlang bis zur Landstraße, von wo aus er wieder den Umweg nach Hause fuhr, der beinahe drei Meilen länger war. Er war tatsächlich dankbar für die Strecke, weil er so die Gelegenheit hatte, sich zu sammeln in der Hoffnung, seinen Bruder täuschen und sich als den ausgeben zu können, der er zuvor gewesen war.

Als er zum Haus hinauffuhr, kam Tommy so wild auf ihn zugestürmt, dass er stolperte und vor dem Truck lang hinschlug. Blanchard bremste rechtzeitig, doch er zitterte noch immer, als Tommy einstieg.

»Alles in Ordnung?«, fragte er ihn.

Tommy nickte lächelnd. »Ich bin echt froh, dass du wieder da bist.«

»Tut mir leid, dass es so lang gedauert hat.«

»Ich bin echt froh, dass du wieder da bist«, sagte er noch einmal.

Blanchard fuhr zur Scheune und entlud den Pick-up. Dann nahm er die leeren Futtersäcke, vernichtete sie im Verbrennungsofen und hoffte, dass Tommy nicht fragen würde, weshalb sie leer waren. Stattdessen fragte ihn sein Bruder, weshalb er so schmutzig war.

»In der Nähe von Ronda sind die Kühe von jemandem auf die Straße gelaufen. Ich hab geholfen, sie zusammenzutreiben.«

»Bist du dabei hingefallen?«

»So ähnlich.«

Als sie wieder im Haus waren, nahm Blanchard eine Dusche und zog sich um. Dann machte er heißen Kakao für Tommy, legte Marshmallows obendrauf und servierte ihn mit abgepackten Donuts mit Puderzucker.

Tommy lächelte glücklich. »Du bist echt gut zu mir.«

»Ja, ich bin ein echter Prinz.«

»Du bist ein echter Prinz«, sprach Tommy ihm nach.

Blanchard machte sich einen doppelten Scotch mit Wasser und sank seinem Bruder gegenüber auf einen Stuhl. Bevor er ihn getrunken hatte, klingelte das Telefon. Es war Susan.

Sie fragte, wie es ihm gehe, und er sagte, dass er zurechtkomme, mehr nicht.

»Was ist mit dir?«, fragte er. »Und Whit?«

»Es geht uns gut«, sagte sie. »Außer dass wir dich vermissen. Sehr. Vermisst du uns auch?«

»Natürlich tu ich das.«

»Wann kommst du denn zu Besuch?«

»Sobald ich kann.«

»Und wann wäre das?«

»Du weißt, dass ich gerade ziemlich eingespannt bin, Susan. Es gibt noch eine Menge Heu zu machen. Und ich werde die Tiere auf Brucellose testen müssen.«

»Dann haben sie es«, sagte sie.

»Ja.«

»Was ist mit der Bank? Hat Gideon das Darlehen verlängert?«

»Ich weiß es noch nicht.«

Sie schwieg einen Moment. »Ich hab das Gefühl, du weißt es«, sagte sie schließlich. »Und er hat Nein gesagt. Ich habe das Gefühl, für dich ist es aus dort, nur bist du zu stur, um es zuzugeben.«

»Was gibt's sonst noch Neues?«

Sie fragte ihn, ob er mit seinem Sohn sprechen wolle.

»Natürlich. Gib ihn mir.«

Der Junge sprach zögernd, wie ein Kind, das gezwungen wurde, mit einem Fremden zu sprechen. Er erzählte Blanchard vom Schwimmen und dass sein Großvater ihm einen Satz Golfschläger gekauft habe und er im Country Club spielen lerne. Blanchard meinte, das klinge nach Spaß, und dann sagte er dem Jungen, dass er ihn sehr vermisse. Whit fragte ihn, wann er nach Hause komme.

»Ich bin zu Hause, mein Sohn.«

Whit fing an zu weinen.

Susan ging wieder ran. »Nun, du verfehlst deine Wirkung

noch immer nicht«, sagte sie. »Du machst ihn immer so glücklich.«

»Ja, ich weiß.«

Sie erzählte ihm, dass sie mit dem neuen Management bei *Darling* gesprochen habe und es so aussehe, als könne sie ihren alten Job zurückbekommen. »Zu einem beträchtlichen Gehalt«, fügte sie hinzu. »Sind das nicht gute Neuigkeiten?«

»Großartig«, sagte er. »Ich freue mich für dich.«

Sie sagte ihm, dass sie ihm eine Liste der Möbel und Kunstgegenstände und ein paar anderer Dinge, die sie haben wollte, schicken werde, und ob es ihm etwas ausmache, sie bereitzuhalten, weil ein Umzugswagen kommen und sie abholen würde. »Ich bezahle den Transport«, fügte sie hinzu.

»Ist das alles?«, fragte er.

»Ich denke schon. Jedenfalls fürs Erste. Pass auf dich auf.«

»Du auch.«

Nachdem er aufgelegt hatte, fragte Tommy, wann Susan und Whit nach Hause kämen, und er sagte, er wisse es nicht genau. Er leerte seinen Drink und sagte Tommy dann, dass es Zeit sei, ins Bett zu gehen.

»Ich bin nicht müde«, sagte Tommy.

»Sicher bist du das. Wir beide sind's.«

Tommy schaute ihn an. »Gehst du noch mal weg?«

Natürlich würde er noch mal weggehen, ins Sweet Creek, um sich ein Alibi zu verschaffen, falls die Polizei ihn später fragen sollte, was er an dem Abend gemacht hatte, als das Vieh gestohlen wurde. Doch er war an einem Punkt, wo es ihm schwerfiel zu sagen, dass er noch einmal ausginge, und dann mit ansehen zu müssen, wie sich sein Bruder ein Lächeln abrang, anstatt zu weinen.

»Nein, wahrscheinlich nicht«, sagte er. »Ich bleibe wohl hier heute Abend. Doch hör zu, Tommy, selbst wenn ich meine Meinung ändern sollte und du später aufwachst und feststellst, dass ich nicht hier bin, ist das kein Grund, Angst zu haben, ja? Ich komme nämlich jedes Mal wieder zurück. Ich werde immer hier sein.«

Tommy nickte. »Du wirst immer hier sein.«

»Es gibt also keinen Grund zur Aufregung.«

»Keinen Grund.«

»Ganz recht.«

Tommy lächelte hoffnungsvoll. »Aber heute Abend gehst du nicht weg, hm?«

Blanchard musste lächeln. »Ich glaube nicht, Tommy«, sagte er. »Komm, bringen wir dich ins Bett.«

Es war beinahe elf Uhr, als er im Sweet Creek ankam, und er musste fünf Minuten warten, bis Reagan sich dazu herabließ, ihn zu bedienen.

»Sie wissen wahrscheinlich nicht, wo Ronda ist?«, fragte der Barbesitzer, als er ihm ein Bier brachte.

»Nein, ich dachte, ich würde sie hier antreffen.«

»Sie ist nicht hier. Und zu Hause ist sie auch nicht. Ich hab den ganzen Abend versucht sie anzurufen, aber niemand geht ran.«

»Vielleicht ist sie bei ihrer Großmutter?«

»Bei der alten Dame hab ich's auch versucht.«

»Dann weiß ich auch nicht. Falls ich sie sehe, richte ich ihr aus, dass Sie versucht haben, sie zu erreichen.«

»Tun Sie das.«

Blanchard zündete sich eine Zigarette an. »Das war vielleicht ein Ding gestern Abend«, sagte er. »Wie hat Jiggs es überstanden? Ist er im Krankenhaus?«

»Er ist zu Hause.«

»Dann geht's ihm gut?«

Reagan stieß ein Lachen aus. »Ja, klar geht's ihm gut – bis auf einen gebrochenen Arm und eine gebrochene Nase und eine Gehirnerschütterung und ein Auge, mit dem er nicht richtig sehen kann.«

»Das habe ich befürchtet.«

»Hab'n Sie, was?«

»Ja. Shea weiß nicht, wie viel Kraft er hat.«

»Jawohl, 'nen schönen Freund hab'n Sie da. Ein echter Spaßvogel, was?«

»Dafür hält er sich wohl.«

Kopfschüttelnd kehrte Reagan zum Tresen zurück. Er beugte sich vor und sagte etwas zu den Stammgästen, etwas, das sie zum Lachen brachte. Ein Pärchen blickte grinsend zu Blanchard hinüber und genoss es offensichtlich, dass er so ausgegrenzt wurde. Und Blanchard fragte sich, was er da eigentlich machte, wieso er so hart darum kämpfte, in dieser hintersten Provinz zu bleiben, wo er nicht erwünscht war und, wie er wusste, es auch nie sein würde.

Am nächsten Vormittag zog eine Sturmfront durch das Gebiet und verdunkelte den Himmel, bevor sie ihn in der drückenden Hitze für kurze Zeit gelb färbte, bis erneut Wind aufkam, der wie eine Flutwelle über die Hügelkette herangerauscht kam und auf das alte Ranchhaus und die umstehenden Eichen traf, kräftige Bäume, die sich wie Setzlinge neigten und in der tosenden Luft knarrten und rauschten, während Zweige und Blätter auf den gesamten Hof herabregneten. Und so plötzlich, wie er gekommen war, legte sich der Wind wieder, der Himmel färbte sich erneut schwarz, und es donnerte und krachte, während die ersten Regentropfen fielen und wie Schneebälle in den Hof und auf das Dach platschten, bevor der Regen richtig begann; ein Wolkenbruch so heftig, dass Blanchard seine schwarzen Tiere, die unten am Hügel standen, kaum noch ausmachen konnte.

Der Sturm hielt stundenlang an, ließ zwischendurch ein paarmal nach, doch nur, um sich Sekunden später mit doppelter Wucht wieder zu erheben. Zweimal an dem Tag hagelte es so stark, dass Blanchard nicht daran zweifelte, dass irgendwo in den Ozarks gerade eine Kleinstadt oder ein Trailerpark von einem Tornado verwüstet wurde. Und als er in den dichten Regen vor den Fenstern hinausblickte, sah er gelegentlich lange schwarze Finger aus der Wolkenschicht ragen, die über den Himmel zog, und ertappte sich bei der Frage, ob nicht einer von ihnen den Boden berühren und ihn am Ende seiner gerechten Strafe zuführen würde.

Tommy sah fast den ganzen Tag fern, den einen Sender, dessen Signal sie trotz des Sturms empfingen. Blanchard konnte sehen, dass sein Bruder weder an den Sendungen, die liefen, noch an seinem Spielzeug, das er auf dem Fußboden ausgebreitet hatte, besonders interessiert war. Beinahe jedes Mal, wenn Blanchard in seine Richtung blickte, ertappte er Tommy dabei, wie er ihn mit besorgter Miene ansah. Blanchard wusste auch, warum. Bei schlechtem Wetter blieb er für gewöhnlich nicht im Haus, sondern fühlte sich sogar besonders verpflichtet, sich um das Vieh zu kümmern und dafür zu sorgen, dass es ausreichend Futter hatte und Schutz suchte, vor allem die Tiere, die krank aussahen und Opfer einer Lungenentzündung werden konnten. Er hörte im Radio die Wirtschaftsnachrichten und füllte regelmäßig sein Glas mit Scotch und Wasser. Er rauchte eine Zigarette nach der anderen, während er am Fenster stand und hinaus in den Sturm blickte – ohne ihn wirklich zu sehen. Stattdessen sah er die vier Sattelzüge und ihre Fahrer und das Vieh, das in den klapprigen Anhängern eingepfercht stand, vor sich. War es vielleicht schon entladen worden?, fragte er sich fortwährend. Wurde es gerade jetzt in den Verkaufsring getrieben? Würde es »Höchstpreise« erzielen? Würde Ronda den Scheck rechtzeitig genug bekommen, um ihn bei der Bank einzulösen? Und würden die drei es tatsächlich schaffen, abends wieder zurück zu sein, um in Rondas Trailer das Geld aufzuteilen?

Es gab Momente, in denen er dachte, dass der Regen draußen Antwort genug war, eine sichere Prophezeiung, was sein Schicksal betraf. Doch er wusste, dass dieser Gedanke mehr als dumm war, denn im Leben eines Ranchers bedeutete Regen fast immer einen Segen, brachte er sich in Erinnerung, denn ohne ihn gab es kein Überleben. Jedenfalls konnte er sowieso nichts anderes tun, als es auszusitzen, zu warten, bis es vorbei war.

Jedes Mal, wenn er sein Glas wieder füllte, fragte ihn Tommy, was los sei.

»Nichts«, sagte er dann.

»Sollten wir nicht nach den Kühen schauen?«

»Nein, es geht ihnen gut.«

Tommy nickte dann, als hätte er verstanden, doch Blanchard konnte sehen, dass das nicht stimmte, dass er noch immer besorgt war.

Zum Abendessen machte Blanchard zwei Fertiggerichte warm, musste jedoch feststellen, dass er seines nicht essen konnte, dass sein Magen das nicht vertragen hätte. Also blieb er beim Scotch und schaffte es irgendwie, den Abend bis zehn Uhr, Tommys Schlafenszeit, zu überstehen. Diesmal sagte er ihm, dass er noch mal zu Ronda fahre, jedoch nicht lange bleiben und um Mitternacht wieder zu Hause sein werde.

Er versuchte, langsam zu fahren, weil er wusste, dass er mehr als sonst getrunken hatte und die Straße nass war, doch sein Fuß schien ihm nicht zu gehorchen, und nach kurzer

Zeit war er dort. Doch er war der Einzige. Ihr Wohnwagen war dunkel, und als er an der Tür rüttelte, stellte er fest, dass sie verschlossen war. Also ging er zum Wagen zurück, um zu warten. Der Sturm hatte sich inzwischen gelegt, doch der Himmel war noch immer wolkenverhangen, ein schwarzes Gewölbe, das im einsamen Licht des Laternenmasts, der auf der anderen Seite der Flussstraße vor dem Haus von Rondas Großmutter brannte, noch höher wirkte. Das Licht ergänzte er lediglich mit der Glut seiner Zigaretten, die er, eine nach der anderen, rauchte, während er dasaß und wartete und nicht daran zu denken versuchte, was womöglich schiefgegangen war.

Um halb zwölf beschloss er, zum Sweet Creek zu fahren, um herauszufinden, ob die anderen vielleicht dort eingekehrt waren und feierten. Er wusste, dass es ein absurder Einfall war, dass sie nichts zu feiern hätten, bevor der Job nicht erledigt und das Geld verteilt wäre. Und selbst dann hätten sich Shea und Ronda nicht für das Sweet Creek entschieden – das wusste er. Doch er fuhr trotzdem hin und trank ein paar Bier. Zweimal rief er bei Ronda an, wobei er das Telefon lange klingeln ließ, bevor er wieder auflegte. Schließlich fuhr er zurück zu ihrem Trailer und harrte dort bis beinahe drei Uhr morgens aus, bevor er aufgab und zur Ranch zurückkehrte. Selbst dann rief er ungefähr jede Viertelstunde bei ihr an. Und er holte auch die Flasche Scotch wieder heraus und saß trinkend im Dunkeln. Auf dem Weg zum Telefon warf er einmal eine Lampe um, und Tommy kam die Treppe heruntergerannt, um nachzusehen, was passiert war. Blanchard befahl ihm wütend, wieder ins Bett zu gehen und dort zu bleiben, und Tommy floh gemeinsam mit Spot und Kitty vor ihm.

Blanchard machte die ganze Nacht kein Auge zu, und um sieben Uhr in der Früh stieg er erneut in seinen Pick-up und fuhr wieder zu Ronda, doch sie war noch immer nicht da. Er fuhr weiter nach Rockton, zu der Telefonzelle am Ortsrand, wo er einen Anruf bei Ansell Brothers in Kansas City tätigte. Erst als niemand ranging, merkte er, dass es noch nicht einmal acht Uhr war, weshalb er zwanzig Minuten wartete, um dann erneut anzurufen. Als er den Händler schließlich am Apparat hatte, erzählte er ihm, dass seine Frau noch nicht zurück sei und er sich frage, wie der Verkauf gelaufen sei.

Nun, wegen des Regens seien ein paar Käufer nicht gekommen, sagte Ansell, weshalb die Summe vielleicht nicht so hoch ausfalle, wie sie hätte sein können. Die Kälber und Jährlinge hätten sich auf jeden Fall besser verkauft als die Kühe, was bei dem am Boden liegenden Viehmarkt zu erwarten gewesen sei.

»Wie viel?«, fragte ihn Blanchard.

»Hat Ihre Frau Sie nicht angerufen?«, fragte Ansell überrascht.

»Noch nicht.«

»Dann woll'n wir mal sehen, nach Provision und Einbringungsgebühr belief sich der Scheck auf neunundvierzigtausendzweihundert Dollar.«

»Wann haben Sie ihr den Scheck gegeben?«

»Wieso? Gibt es ein Problem, Mr. Whitehead?«

»Nein, ich frage mich nur, ob sie gestern noch Zeit hatte, ihn zur Bank zu bringen, das ist alles.«

»Ich denke schon. Moment mal.« Blanchard hörte, wie er den Hörer beiseitelegte, ihn jedoch schon Sekunden später wieder aufnahm. »Meine Sekretärin sagt, wir hätten ihr den Scheck gegen halb drei ausgehändigt. Ihr Vieh war eines der ersten, das am Morgen durch den Ring gegangen ist.«

Blanchard dankte ihm und legte auf. Er fuhr nach Hause und machte Frühstück für sich und Tommy, der jetzt den

Gesichtsausdruck eines verängstigten Kindes hatte. Er war auf einmal noch unbeholfener als sonst, kippte seine Milch um und stürzte danach auf den Stufen der hinteren Veranda. Und er blickte ständig verstohlen zu Blanchard hinüber, als erwartete er, jeden Moment gerügt zu werden. Blanchard hätte gern dafür gesorgt, dass Tommy sich entspannte, doch irgendwie gelang ihm das nicht, konnte er nicht das unverkrampfte Selbstvertrauen und die brüderliche Zuneigung zur Schau stellen, womit er sonst die vielen Ängste seines Bruders zerstreute. Stattdessen lief er weiter im Haus herum und wählte Rondas Nummer, wobei er das Telefon nur noch fünf- oder sechsmal klingen ließ, bevor er wieder auflegte. Einmal, als er gerade wählen wollte, klingelte es, und er sprang auf und spürte, wie sein Herz zu rasen begann. Doch es war nicht Ronda. Es war der staatliche Veterinär, ein Doktor Roswell, der aus Springfield anrief. Er fürchte, er habe schlechte Nachrichten, sagte er. Die Tests, die vom staatlichen Labor durchgeführt worden waren, bestätigten den Befund des örtlichen Veterinärs. Sieben Tiere aus Blanchards Herde, einschließlich des Bullen, hatten Brucellose und würden getötet werden müssen. Er wolle zur Ranch kommen, um die sieben für die Schlachtung zu markieren und die restliche Herde zu testen. Wie bald das wohl möglich sei?

»Morgen kommt jemand zum Herbizidsprühen«, sagte Blanchard. »Ist keine kleine Sache. Ich werde die meiste Zeit des Tages mit ihm verbringen.«

»Wie wär's dann mit Samstag?«

Blanchard hoffte, ihn so lange wie möglich hinhalten zu können. »Ich muss Ihnen leider sagen, Doktor, dass mein Pferch und mein Halsfang für so etwas nicht wirklich geeignet sind. Ich habe beinahe hundert Kühe, wissen Sie? Aber in einer Woche wäre er so weit.«

Nein, das sei zu lang, teilte ihm der Veterinär mit. Die infizierten Tiere müssten markiert und »eigentlich vorgestern« zum Schlachten verkauft werden. Und der Rest der Herde müsse so schnell wie möglich getestet werden. Er könne einen mobilen Pferch mitbringen und Planken sowie einen Helfer. Wie es mit Samstag in zwei Tagen um zehn sei?

Blanchard hatte keine Wahl. »In Ordnung. Ich sehe zu, dass alles bereit ist.«

»Gut. Tut mir leid, dass ich dränge, Mister Blanchard, aber es muss erledigt werden. Und es ist eine elende Aufgabe, ich weiß – vor allem, weil man es jeden Monat machen muss. Aber es gehört zu diesen Dingen … Wenn die Herde es einmal hat, muss man eben testen und aussortieren, bis man es los ist.«

»Ja, das ist mir klar«, sagte Blanchard. »Ich werde mich für Sie bereithalten.«

Nachdem er aufgelegt hatte, dachte er an die schwarzen Tiere, die noch nicht getestet worden waren, die Handvoll, die aus dem Pferch gesprungen war, nachdem der Angus-Bulle den Halsfang abgerissen hatte. Sie wären die Einzigen, die der Veterinär testen müsste. Und Blanchard zweifelte nicht daran, dass der Mann den Verdacht hegen würde, das verschwundene Vieh wäre vielleicht gar nicht gestohlen worden, sondern Blanchard hätte es einfach zusammengetrieben und verkauft, nachdem er den Anruf des Veterinärs erhalten hatte. Trotzdem wäre es nur ein Verdacht. Im Moment hatte Blanchard ein drängenderes Problem.

Wieder wählte er Rondas Nummer, und wieder ging keiner ran. Dann stellte er einen Radiosender von Kansas City ein und legte sich hin, um die neuesten Nachrichten über Verkehrsunfälle, Schießereien oder sonstige Katastrophen, in die Ronda und die Männer womöglich verwickelt waren, zu hören. Doch da war nichts, und nach einer Weile schlief er ein. Als er über eine Stunde später aufwachte, stellte er fest, dass seine Angst bereits einer dumpfen Resignation gewichen war. Er wartete bis fünf Uhr, bis er sie erneut anrief. Später dann, nach dem Abendessen, fuhr er gemeinsam mit Tommy noch einmal zu ihrem Wohnwagen, doch langsamer diesmal, da er nicht wirklich damit rechnete, sie dort anzutreffen. Als er keinen Wagen vor dem Trailer stehen sah, überquerte er als Erstes die Straße, um in der Scheune ihrer Großmutter nachzuschauen und durch die Fenster ins Haus zu spähen, wo die alte Frau noch immer im selben Kleid schaukelnd vor dem plärrenden Fernseher saß und das Neue Testament befingerte.

Blanchard ging über die Schotterstraße zurück. Er holte einen Montierhebel unter dem Sitz des Pick-ups hervor und öffnete die Eingangstür des Trailers, indem er das Schloss aufbrach. Drinnen überprüfte er die Schublade, wo sie ihre Papiere und ein kleines Fotoalbum aufbewahrte, das sie ihm einmal gezeigt hatte, und das Schnappschüsse von ihrer Mutter und ihr selbst in der Highschool und beim Tanzen enthielt. Die Schublade war leer. Im Bad fehlten die Antibabypille und die Frauendusche. Ihre Kleidung und andere Besitztümer waren noch da, aber das hatte nichts zu bedeuten. Mit fünfzigtausend Dollar konnte man wesentlich hübschere und teurere Sachen kaufen, die viel besser zu dem von ihr erträumten Leben in kalifornischen Strandresorts passen würden. Was man nicht kaufen konnte, war ein Album mit Schnappschüssen, die einzige Erinnerung an die eigene Vergangenheit. Was die Pille betraf, hätte sie einen Arzt finden und einen Termin machen müssen, was eine heikle Sache darstellte, wenn man auf der Flucht war.

Als er zum Pick-up zurückkam, fragte ihn Tommy, ob er gefunden hätte, wonach er gesucht hatte.

»Ich fürchte ja«, sagte er.
»Wer wohnt denn dort?«
»Ronda, früher mal.«
»Ist sie fort?«
»Ja, sie ist fort.«
»Wohin?«
»Kalifornien, wahrscheinlich.«
»Was ist dort?«
Blanchard lachte, scheinbar zum ersten Mal seit Wochen.
»Keine Ahnung.«

10

An diesem Abend kam Blanchard endlich aus seinen Sachen raus. Er nahm eine Dusche und zog einen Pyjama an wie um sich zu beweisen, dass er nicht mehr daran glaubte, dass jeden Moment das Telefon klingeln konnte und er sich auf den Weg zu Ronda machen würde, um sein Geld abzuholen, seinen Anteil.

In der Nacht schlief er zwischendurch ein, aber nie sehr lang, und wenn er aufwachte, trat er hinaus auf die schmale Veranda vor seinem Schlafzimmer und rauchte eine Zigarette oder ging nach unten in die Küche, um eine Tasse Kaffee zu trinken. Dabei versuchte er herauszufinden, wann er sie verloren hatte, an welchem Punkt sie beschlossen hatte, ihn zu hintergehen und das Geld für sich zu behalten.

Im Rückblick konnte er klar und deutlich die Signale erkennen, die sie ausgesandt hatte, fast so, als hätte sie gewollt, dass er sie davon abhielt. Doch war er anscheinend auf einer völlig anderen Wellenlänge gewesen, einem Kanal, auf dem er nur die Zeichen seiner eigenen Schuld und seines eigenen Zweifels empfing. Und so hatte er ihren wiederholten Schwur, »auf sich allein aufzupassen«, ignoriert, und er hatte ihrer Geschichte über die Hunde nicht richtig zugehört, über dieses malträtierte, kleine Tier, das in ihrer Erinnerung existierte, und das er nicht nur als Beispiel für ihren eigenen Missbrauch hätte erkennen sollen, sondern als Ausdruck ihrer völligen Hoffnungslosigkeit, ihrer Erkenntnis, dass es für sie beide keine Zukunft gab. Doch er hatte nicht zugehört. Und als sie schließlich in den Truck gestiegen war und zu ihm hinabgeblickt hatte, als sie zu lächeln und den Ausdruck von Scham und Wut in ihren Augen zu verbergen versucht hatte, hatte er es nicht gesehen. Hatte es aus irgendwelchen Gründen nicht sehen wollen.

Während er jetzt so darüber nachdachte, kam er zu dem Schluss, dass sein entscheidender Fehler gewesen war, so zu tun, als wäre er dazu in der Lage gewesen, mit ihr und dem Geld abzuhauen und gemeinsam an der Küste zu leben. Er glaubte, dass sie ihm so oder so geholfen hätte, auch ohne diesen Anreiz. Doch nachdem das Angebot ausgesprochen und dann im Grunde wieder zurückgezogen worden war – an dem Abend, als sie ihn und Tommy belauscht hatte –, war es zum Bruch gekommen, weshalb sie entschieden hatte, sich um sich selbst zu kümmern.

Es konnte natürlich auch sein, dass sie von Anfang an vorgehabt hatte, ihn zu betrügen, seit dem Moment in ihrem Wohnwagen, als sie eingewilligt hatte, bei der Sache mitzumachen. Doch Blanchard verwarf die Möglichkeit. Wenn das ihr Plan gewesen wäre, wäre sie in den letzten Tagen heiter und unbeschwert gewesen, und nicht das Mädchen, das auf der Veranda in seinem tiefen, dunklen Loch kauerte. Nein, Blanchard glaubte, dass es eben einfach passiert war, das war alles. Das Mädchen hatte sich von ihm betrogen und verraten gefühlt, und so hatte sie mit ihm abgerechnet, radikal. In gewisser Weise verstand er sie sogar. Nur dass er ihr nicht verzeihen konnte.

Was jedoch Shea und Little betraf, verstand er es nicht einmal. Wenn Ronda sie ausgetrickst hätte und mit dem Geld verschwunden wäre, hätte er zumindest erwartet, dass Shea ihm Bescheid gab, ihn anrief, selbst wenn er gezögert hätte, sich persönlich blicken zu lassen, an »den Ort des Verbrechens« zurückzukehren, wie er es wahrscheinlich genannt hätte. Von Little erwartete Blanchard zwar kein Entgegenkommen, glaubte jedoch, dass sich dieser im Falle von Rondas

Verschwinden mit ihm in Verbindung gesetzt hätte, um ihm zumindest vorzuhalten, dass das der Preis dafür war, eine Frau mit der Operation zu betrauen.

Es gab noch eine andere Erklärung für das Schweigen der beiden Männer – dass nämlich alle drei Teil der Verschwörung waren, Ronda das Geld einfach mit ihnen geteilt hatte und jeder seines Weges gegangen war. Er wusste, dass Verbrechen und Politik zu seltsamen Allianzen führen konnten – aber nicht *so* seltsam, wie er fand, nicht bei einer so tiefen Abneigung gegeneinander. Er konnte sich nur schwer vorstellen, dass Ronda ihrem Bruder überhaupt etwas abgab, und schon gar nicht den gleichen Anteil eines so großen Kuchens. Oder dass Little selbst hinter dem Ganzen steckte, sich das Geld unter den Nagel gerissen hatte, womöglich mit der Hilfe von Jack und Junior, was die Anwendung von Gewalt und den Einsatz von Schusswaffen bedeutet hätte, wonach Ronda oder Shea, sofern sie es überlebt hätten, entweder ihn angerufen oder sich Fernsehen und Presse zunutze gemacht hätten, um sich als Opfer darzustellen. Blanchard glaubte sowieso nicht, dass Little je den Mut aufgebracht hätte, es sowohl mit Ronda als auch mit Shea aufzunehmen.

Was Shea betraf, konnte sich Blanchard eine Verwicklung nicht vorstellen, weder als Teil des Ganzen noch als Initiator, der den gesamten Gewinn für sich beanspruchte. Bei seiner Größe und Körperkraft wäre das kein Problem für ihn gewesen. Er hätte einfach ein paar Köpfe aneinandergeschlagen, sich das Geld geschnappt und wäre verschwunden. Doch Blanchard glaubte nicht, dass er dazu das Zeug gehabt hätte. Er glaubte sogar, dass von allen Männern, die er kannte, Shea der Letzte wäre, der einen Freund betrügen würde. Eine Frau oder ein Finanzunternehmen schon, das war schließlich etwas anderes, aber nicht einen Freund, und schon gar nicht einen

Kumpel. Das war Bestandteil des Kodex, genau wie das alte Tweedjackett und die Chinos und die Verachtung für Armpit, Jiggs und das Schuften.

Nein, Shea war es nicht gewesen, und Little auch nicht, Blanchard war sich dessen sicher. Es war Ronda gewesen, die ihn so plötzlich vom Verbrecher zum Opfer gemacht hatte. Und seltsamerweise spürte er angesichts dieser Verwandlung keinen großen Schmerz oder Verlust. Es war beinahe so, als hätte sie ihn damit rehabilitiert. Was er jedoch nicht zurückbekommen würde, war die Ranch. Die würde er verlieren, unwiederbringlich. Die hatte sie ihm weggenommen. Er fragte sich, ob das ein fairer Tausch war.

Nach dem Frühstück rief er den Schädlingsbekämpfer Ross an und teilte ihm mit, dass seine Felder vom Regen am Mittwoch noch immer zu nass seien und das Sprühen verschoben werden müsse. Ross gefiel das nicht. Er habe seine Tanks bereits mit Diesel befüllt, sagte er, und er sei so gut wie fertig damit, den Unkrautvernichter beizumischen. Blanchard sagte ihm, dass es ihm leid tue, es jedoch nicht möglich sei, mit einer solchen Menge ins nasse Gras zu gehen, sie würden mindestens drei oder vier Tage warten müssen.

Nachdem er dieses Problem los war, begann Blanchard widerstrebend damit, die Lügengeschichte mit dem gestohlenen Vieh zu inszenieren. Mit Tommy, der fröhlich neben ihm herlief, ging er hinaus in die Scheune, wo sie mehrere Säcke Mineralstofffutter in den Pick-up luden und sich auf den Weg zur Nordweide machten. Als Tommy ausstieg, um den Zaun zu öffnen, bat ihn Blanchard, ihn offen zu lassen, weil nirgendwo in der Nähe Vieh sei und sie gleich wieder zurückfahren würden. Tommy war überrascht von dieser Nachlässigkeit, die nicht Blanchards Art entsprach. Doch er sprang in den Truck zurück, ohne ein Wort zu sagen, und sie fuhren über das ausgedehnte Grün der Weide auf den Wald zu, der die dreißig Hektar große Weide im Norden und Westen flankierte. Obwohl es noch Vormittag war – Grasungszeit –, waren nur vier Stück Vieh zu sehen, die beiden Jährlinge und die Kuh mit ihrem Kalb, die vor drei Tagen aus dem Pferch ausgebrochen waren.

»Wo sind sie alle?«, fragte Tommy.

»Wahrscheinlich im Wald. Ich fahr mal am Rand entlang, und du gehst hindurch, okay? Schau mal, ob du sie finden kannst.«

Eifrig sprang Tommy aus dem Pick-up und arbeitete sich durch den schmalen Streifen Wald, während Blanchard langsam daran entlangfuhr und ihn beobachtete. Er erkannte die wachsende Panik seines Bruders, als dieser kein Vieh entdecken konnte, keine Kuh und kein Kalb, keinen Jährling, nichts. Er lief immer schneller und rannte die letzten hundert Meter bis zum Waldrand, wo Blanchard im Pick-up auf ihn wartete.

»Nicht ein Stück Vieh!«, rief er. »Sie sind alle weg!«

»Sie müssen hier irgendwo sein.«

»*Wo?*«

»Steig ein. Wir versuchen's beim Bach.«

Doch bis zum Bach war es nicht weit, und der Wald, durch den er floss, war nicht besonders dicht, sodass sie klar erkennen konnten, dass auch dort kein Vieh war. Trotzdem durchquerte Blanchard den Bach, fuhr über den steinigen Grund und an der anderen Seite der Böschung hinauf und ein Stück zwischen den Bäumen hindurch, bevor er kehrtmachte, den Bach erneut durchquerte und wieder auf die offene Weide fuhr. Doch da war nichts, nicht ein einziges Tier, bis auf die vier, die am anderen Ende grasten.

»Wo sind sie?«, fragte Tommy fortwährend. »Wo sind sie? Was ist mit ihnen passiert?«

Auf dem Weg zum Pferch sagte Blanchard es ihm. »Sieht so aus, als wären sie gestohlen worden.«

Doch Tommy wollte das nicht hinnehmen. Er schüttelte weinend den Kopf und beharrte darauf, dass sie woanders sein mussten. »Wir finden sie, Bob. Das werden wir. Ich weiß es.«

Beim Gehege stieg Blanchard aus und schaute sich an, was der Regen mit dem Tatort gemacht hatte. Auch wenn es ein schwerer Wolkenbruch gewesen war, gab es noch immer eindeutige Hinweise auf das, was hier stattgefunden hatte. Die Hufspuren im Gehege waren vom Regen aufgeweicht und verwaschen und ließen den Boden wie Kopfsteinpflaster aussehen. Außerdem waren da die gebrochenen Latten und die mit Draht befestigten Planken und die frischen Hufabdrücke auf dem Boden des Pferchs. Und hinter dem Gehege die Reifenspuren der Sattelzüge, die teilweise vom Regen aufgeweicht, doch an anderen Stellen deutlich zu erkennen waren. In vielen stand noch immer Wasser, kleine, beweiskräftige Pfützen, die zur Straße durch den Wald führten.

Blanchard kehrte zum Truck zurück und stieg ein. »Sie sind gestohlen worden, ganz sicher«, sagte er zu Tommy. »Hier sind sie verladen worden.«

»Aber das waren unsere Kühe!«, rief Tommy. »Das waren unsere Kühe!«

»Ja, ich weiß.«

Tommy wischte sich mit den Fäusten die Tränen ab. »Das waren unsere Kühe.«

»Und wir werden versuchen, sie zurückzubekommen.«

»Wie?«

»Der Sheriff«, sagte Blanchard. »Wir sorgen dafür, dass er hier rauskommt.«

Auf dem Weg zurück zum Haus schaute Blanchard seinen Bruder nicht an. Er merkte, dass das langsam zur Gewohnheit wurde.

Als Blanchard telefonierte, um den Diebstahl zu melden, teilte ihm der Sheriff mit, dass er über eine Stunde bräuchte, um zur Ranch zu kommen. So hatte Blanchard Zeit, sich seinen nächsten Schritt zu überlegen. Er wusste, dass er seinen Versicherungsagenten über den Verlust informieren musste, doch er wollte es nicht sofort tun, weil es verdächtig aussehen könnte. Da der größte Batzen der Versicherungssumme sowieso an die Rockton Bank gehen würde, hatte er keinen Zweifel daran, dass die Forderung durchgewinkt wurde – Gideon würde schon dafür sorgen. Deshalb entschied er, bezüglich der Versicherung nichts zu unternehmen, bis der Sheriff wieder weg wäre. Derweil standen noch immer die Untersuchung auf Brucellose und die Vorbereitungen für den Tierarzt, der am nächsten Morgen kommen wollte, auf dem Plan.

Blanchard war geneigt, die vier Stück Vieh auf der Nordweide zu vergessen. Er würde sie nächste Woche einfach verladen und bei der Verkaufsstelle in Razorback gleich hinter der Staatsgrenze verkaufen. Die tausend Dollar, die ihm die vier Tiere einbrächten, würde er wahrscheinlich bald brauchen. Was die schwarzen Tiere auf der vorderen Weide beim Angus-Bullen betraf, so hielt er die wohl besser für die Untersuchung durch den Tierarzt bereit. Er wollte zumindest so tun, als hielte er sich an die Vorschriften wie jeder andere Rancher, der zu überleben versuchte.

Er nahm seine »lustige, kleine Flöte«, wie Shea sie nannte, und trieb mit Tommys Hilfe das schwarze Vieh von der vorderen Weide auf die Wiese hinter dem Hauptgehege. Der Angus-Bulle, der sich anscheinend noch immer an das Winterkorn erinnerte, folgte ihm den ganzen Weg bis zum Zwinger, der seitlich an die Scheune und drei Ställe grenzte, wo Blanchard in der kalten Jahreszeit die Bullen einstellte. Als er an den nächsten Morgen dachte, an dem sie den Angus markieren und verladen müssten, beschloss Blanchard, ihn zur Sicherheit in die Stallbox zu stellen.

Er öffnete das Tor zum Zwinger und dann das zum Stall, wo er ein paar Kilo Getreide und Futterergänzungsmittel in die Tröge kippte. Und der Bulle kam gehorsam wie ein Hund herein, füllte das offene Tor mit seiner großen, schwarzen Masse einen Moment lang aus, bevor er hineinging, wobei seine Hufe wie Hämmer auf den Boden schlugen und sein Atem in den Trog blies und die Spreu hochfliegen ließ. Nachdem er das Tor geschlossen hatte, spürte Blanchard wieder das mulmige Gefühl in der Nähe des Tiers, ein unbewusstes Anspannen des Körpers, ein Fluchtreflex, falls dem Bullen einfallen sollte, dass er genug von Gehegen und Zäunen und Menschen hatte. Blanchard konnte sich einfach nicht daran gewöhnen, mit welcher Gleichmut sich diese riesigen Tiere der Herrschaft der Menschen unterwarfen. Jedes Mal, wenn er einem entgegentrat und dazu brachte, abzuhauen oder zurückzuweichen, war ihm die Absurdität der Situation bewusst, dass Kühnheit doch stets über die Realität triumphierte.

Als er aus der Box kletterte, drehte sich der Bulle um und blickte ihn an, während seine Kiefer geräuschvoll das Getreide mahlten. Der Regen neulich und die Ernährung des Bullen mit Gras und Klee hatten dafür gesorgt, dass sein Fell wie Lackleder glänzte und seine Augen schwarz schimmerten, ein Paar weit auseinanderstehender Kohlestücke in dem massigen Kopf, hinter dem der Kamm aus Schultermuskeln zuckte, um Fliegen zu verscheuchen. Trotz seiner gewaltigen Körpermasse war er mit Blanchard auf Augenhöhe, ein Anklang an den kurzbeinigen, einem Pony ähnelnden Angus, der einst so beliebt gewesen war. Als er dem teilnahmslosen Blick des Bullen begegnete, konnte Blanchard es kaum glauben, dass das Tier eine Krankheit in sich trug, noch dazu eine, die sowohl sein eigenes Ende als auch das von Blanchard bedeutete. Am nächsten Morgen würde er in einen engen Pferch gesteckt, und der Veterinär würde in sein Gesicht ein großes B für Brucellose brennen, um dafür zu sorgen, dass das Tier nicht als Zuchtbulle verkauft wurde, sondern nur noch als Fleischlieferant für die Hamburger einer Fast-Food-Kultur.

Tommy war durch die Seitentür in die Scheune gekommen. »Guter alter Blackie«, sagte er. »Ihn haben sie nicht gestohlen.«

»Nein, er gehört noch immer uns.«

»Und er ist noch immer der Beste, oder, Bob?«

»Beinahe.«

»Nein, das ist er. Ich weiß es.«

»Okay, er ist der Beste.«

»Und der Größte.«

Blanchard lächelte. »Der Beste und der Größte.«

»Genau. Der Beste und der Größte.«

Als sie die Scheune verließen, fuhr ein Wagen auf den Hof, und Sheriff Hume stieg genauso schwerfällig wie bei seinem ersten Besuch aus, zog seinen Gürtel mit der Pistole hoch und rückte die verspiegelte Sonnenbrille zurecht, als wollte er sich vergewissern, dass seine Augen auf keinen Fall zu sehen waren.

»Ihnen sind also ein paar Kühe abhandengekommen, was?«, sagte er zu Blanchard.

»Nicht *abhandengekommen*, Sheriff – sie sind gestohlen worden.«

»Dann woll'n wir mal sehen.«

Blanchard sagte Tommy, er solle in der Nähe des Hauses

bleiben, falls jemand anrief. »Und gib Blackie mehr Wasser«, fügte er hinzu, weil er wusste, dass ihn die Aufgabe darüber hinwegtröstete, zurückgelassen zu werden.

Dann stiegen Blanchard und der Sheriff in den Pick-up und fuhren zur Nordweide. Auf dem Weg wickelte der Sheriff ein Stück Kaugummi aus und schob es sich in den Mund.

»Haben Sie was von Ihrem Freund gehört?«, fragte er.

»Shea?« Blanchard hatte die Frage erwartet.

»Jawohl, den meine ich. Sieht so aus, als hätte er die Gegend doch nicht verlassen.«

»Wegen dem, was beim Sweet Crick passiert ist?«

»Genau.«

Blanchard zündete sich eine Zigarette an, während er überlegte. »Ich war da an dem Abend«, sagte er. »Ich hab sogar gesehen, was passiert ist. Dieser neue Freund von ihm, Little, der saß am Steuer.«

»Aber Little ist kein Freund von Ihnen, oder?«

»Ich hab ihn mal getroffen, das ist alles. Kann nicht gerade behaupten, dass ich ihn mag.«

Der Sheriff schob eine Hand zwischen seine Beine und kratzte sich unbewusst an den Eiern. »Ja, von dem Burschen höre ich, seit ich den Posten hier übernommen habe. Die Deputies haben mir von seinem Strafregister berichtet, und dass wir ein Auge auf ihn haben sollten. Sie wissen schon.«

Blanchard nickte.

»Ich war also nicht besonders überrascht, als ich diesen Anruf bekam – mal überlegen, das war vorgestern Abend, gleich nach dem ganzen Regen. Der Sheriff von Springfield hat angerufen und mir davon erzählt, dass Little wieder seine Spielchen spielt.«

Blanchard versuchte beiläufig zu klingen. »Was hat er angestellt?«

»Nun, wie's aussieht, ist er in der Nacht nördlich von Springfield getrampt, und als ihn so ein Kerl mit seinem Pick-up mitgenommen hat, hat Little ein Messer gezückt und ihm befohlen auszusteigen, weil er ihm den Truck klauen wollte. Da ist der Typ in die Eisen gestiegen, und Little ist beinahe durch die Windschutzscheibe geflogen. Und dann, nur um sicherzugehen, hat er ihm mit seinem Pet Rock, den er auf dem Armaturenbrett stehen hat, eins übergezogen und beim Sheriff in Springfield abgeliefert. Der Sheriff hat mich angerufen, um zu fragen, ob irgendein Haftbefehl gegen ihn vorlag, was nicht der Fall war – obwohl ich ihm gesagt hatte, dass ich ihn wegen der Sache beim Sweet Crick befragen wollte.«

Sie hatten das Gehege inzwischen fast erreicht. »Was wollte er mit dem Pick-up?«, fragte Blanchard.

Der Sheriff lachte. »Nun, wahrscheinlich irgendwohin fahren. Er hat was davon gesagt, dass er seine Schwester aufspüren müsste. Hat behauptet, sie hätte ihn bestohlen.«

Blanchard war sich ziemlich sicher, dass der Sheriff bereits von seinem Verhältnis mit Ronda wusste, weshalb er beschloss, nicht den Unschuldigen zu spielen. »Ronda?«, fragte er. »War sie in Springfield?«

»Sie kennen sie, oder?«

»Klar kenn ich sie. Was hat sie ihm denn weggenommen?«

Der Sheriff zuckte mit den Achseln und wuchtete sich grunzend aus dem Truck. »Was weiß ich? Das ist nicht mein Fall, der jedenfalls nicht. Aber schon seltsam, dass Sie die ganzen Leute zu kennen scheinen, als wär'n Sie mit ihnen verbandelt, wissen Sie?«

Sie waren jetzt am Gehege und gingen außen daran entlang. »Nur mit ihr und Shea«, sagte Blanchard. »Ihren Bruder kenne ich eigentlich gar nicht.«

»Ach ja?«

»Ich weiß nur, wer er ist, das ist alles.«

»Er ist also nicht Ihr Freund wie dieser Shea, was?«

»Genau.«

»Und Shea – ist er gar nicht mehr bei Ihnen gewesen? Nachdem er Jiggs und diesen anderen Typen beim Sweet Crick verprügelt hat, meine ich.«

»Nein, ich hab ihn nicht mehr gesehen. Er ist weg.«

Der Sheriff nickte zweifelnd. »Ja, vielleicht ist er das. Diesmal jedenfalls.«

Blanchard versuchte nicht zu zeigen, wie sehr ihn das interessierte, was ihm der Sheriff erzählte, wie erleichtert er in gewisser Weise war, endlich zu erfahren, was passiert war. Und obwohl er gern mehr erfahren hätte, war ihm klar, dass er auf das eigentliche Thema zu sprechen kommen musste.

»Hier haben sie es verladen, Sheriff. Zumindest sieht es danach aus.«

Nickend ging der Sheriff zurück, um das Gehege herum, und inspizierte die zerbrochenen Planken, die Stahlpaneele und die Reifenspuren.

»Wie viel Vieh hatten Sie hier auf der Weide stehen?«, fragte er.

»Etwas über zweihundert Stück, wenn man die Kälber und Jährlinge dazurechnet.«

»Junge, das ist eine ganze Menge. Und wie groß ist die Weide?«

»Dreißig Hektar.«

Der Sheriff lächelte zweifelnd. »Ein bisschen überfüllt, nicht?«

»Es war nur vorübergehend. Ich habe mit Bill Ross in Rockton vereinbart, dass er zwei meiner Weiden besprüht – ich habe ihn heute Morgen angerufen, um den Termin zu verschieben, wegen des Regens. Und das Vieh von diesen Feldern habe ich gemeinsam mit den Jährlingen hier auf die Weide gestellt.«

»Wann haben Sie sie hierhergetrieben?«

»Ich glaube, am Sonntag. Mein Bruder hat mir dabei geholfen.«

»Wusste noch jemand davon?«

»Ich glaube nicht.«

Der Sheriff lehnte sich an das oberste Brett des Geheges und machte eine große, rosa Kaugummiblase. Als sie platzte, zog er sie mit der Zunge in den Mund. »Irgendjemand muss es wohl gewusst haben«, sagte er. »Wann haben Sie das letzte Mal nach ihnen gesehen?«

»Am Dienstagmorgen.«

»Und am Mittwoch hat es geregnet. Also müssen sie Dienstagabend oder -nacht gestohlen worden sein.«

»Sieht so aus.«

»Und das nächste Mal, dass Sie nach ihnen gesehen haben, war heute Morgen, also drei Tage später. Das ist ganz schön lang, wenn man bedenkt, wie viel Stück Sie hier stehen hatten.«

Blanchard hatte die Frage erwartet. »Zu lang, das stimmt. Normalerweise schaue ich täglich nach meinem Vieh, oder zumindest jeden zweiten Tag. Aber es läuft gerade nicht normal für mich, Sheriff. Meine Frau hat mich verlassen, sie ist mit dem Jungen zurück nach Saint Louis, und – nun, ich glaube, ich habe am Mittwoch während des Regens ein bisschen zu viel getrunken. Jedenfalls war ich gestern nicht gerade in der Stimmung, mich um irgendwas zu kümmern.«

Der Sheriff schien das Geständnis zu genießen. Er grinste und nahm seine Brille ab, hinter der ein Paar blaue, leicht zusammengekniffene Augen zum Vorschein kamen, nichts, was zu verstecken sich gelohnt hätte. »Passiert den Besten von uns«, sagte er. »Und glauben Sie mir, ich spreche aus Erfahrung.«

Lachend zückte er Block und Bleistift und begann, sich auf der Motorhaube des Trucks Notizen zu machen. Er ließ sich von Blanchard das Vieh beschreiben und den Namen der Versicherung geben und schrieb umständlich alles auf, wobei er nach jeder Zeile die Bleistiftspitze ableckte.

Schließlich klappte er den Block zu, steckte ihn zurück in die Hosentasche und stieg wieder in den Pick-up, Blanchard ließ den Motor an und sie machten sich auf den Rückweg.

»Nun, das sollte für einen Bericht genügen«, sagte der Sheriff. »Ich wünschte, ich könnte Ihnen mehr versprechen, doch diese Fälle mit Lebendvieh sind schwer zu knacken. Ein Transport wie dieser, mit über zweihundert Stück – verdammt, man könnte ihn in mehrere Tranchen aufteilen und kommenden Herbst nach und nach verkaufen.«

Blanchard sagte, er verstehe. Der Sheriff wechselte das Thema und fragte ihn, ob der Bursche, den er auf der Ranch gesehen habe, Blanchards Bruder sei. Er sagte, dass Tommy ein netter Kerl zu sein schien, »irgendwie unbeschwert und anders.« Blanchard hatte das schon zuvor gehört, und immer von Leuten, die keine Ahnung hatten, und es hatte ihn jedes Mal geärgert. Sie schienen nicht nur Spaß an Tommys Andersartigkeit zu haben, sondern wollten es auch noch aussprechen, wollten hören, dass er zurückgeblieben, »nicht normal« war. Und wie eine Schar Kirchgängerinnen steckten sie dann plappernd die Köpfe zusammen und behaupteten, dass sie das nie gedacht hätten, wo man es ihm doch gar nicht ansehe. Blanchard wusste, warum sie das taten, dass ein Hinterwäldler aus den Ozarks nicht oft einen Behinderten zu Gesicht bekam und jemand wie Tommy nicht unbemerkt bleiben konnte.

Auch wenn er ihre Beweggründe verstand, änderte das nichts an seiner Verachtung für sie und für das, was sie taten. Also ignorierte er das Interesse des Sheriffs an Tommy, als sie die Nordweide verließen und in Richtung Hof fuhren.

Während er die Straße an der Hauptweide entlangfuhr, schweiften seine Gedanken ab. Und da, am Rand seines Bewusstseins und flüchtig wie eine Filmsequenz, sah er, wie es passierte – Tommy hinter dem Gehege und dem Zwinger, wie er vor der offenen Stallbox des Angus-Bullen stand und sich langsam auf den Stier zubewegte, der in seiner Box lag und mit seinem riesigen Kopf zu Tommy hinaufblickte, als dieser näher kam und seine Hand ausstreckte, um ihn zu streicheln, wie er es mit Spot oder Kitty tat. Blanchard trat voll auf die Bremse und sprang aus dem Truck – noch eine Sequenz, die diesmal endlos langsam zu sein schien –, sah, während er schreiend rannte, wie der Bulle hochschoss und in einem Sekundenbruchteil die Bewegung vollzog, die er sonst so langsam machte, als hätte er den ganzen Tag Zeit dafür. Und dann kam er, wie eine Lokomotive aus einem Tunnel, durch die schmale Öffnung geschossen, eine pfeilschnelle, schwarze Masse, die Tommy wie eine Glasfigur gegen den Türpfosten schleuderte, bevor er weiter durch den Zwinger stürmte, mit gesenktem Kopf das Tor durchbrach und durch das Gehege zu dem hohen, mit Eichenbrettern versehenen Zaun rannte, wo er plötzlich abhob, eine Tonne springendes Wild, das die oberen beiden Bohlen wie Zweige zerschmetterte, während er wieder auf dem Boden und in Freiheit landete und weiter über die bewaldete Wiese auf die anderen schwarzen Tiere zustürmte, die ebenfalls verdammt waren.

Blanchard war in der Zwischenzeit über den Gehegezaun gesprungen und dorthin gerannt, wo Tommy auf dem Rücken lag, Arme und Beine wie eine fallen gelassene Stoffpuppe von sich gestreckt. Seine Augen wurden bereits glasig, und Blut drang aus seinem Mund und lief ihm über die Wangen. Blanchard riss sein Hemd auf, um ihm eine Herzmassage zu geben, doch Rippen ragten aus der Brust seines Bruders heraus, zahnweiße Knochenstümpfe zwischen dem sich ausbreitenden Purpur seines Lebens. Bei diesem Anblick spürte Blanchard, wie ihm selbst das Blut aus dem Kopf wich. Er stand auf und stolperte zu dem Zaun des Zwingers, wo er sich festklammerte. Und er würgte und erbrach das Bisschen, was noch in seinem Magen war. Der Sheriff kam herüber und legte ihm seine Hand auf die Schulter.

»Sie können nichts mehr tun«, sagte er. »Er ist tot. Herrgott, als hätte ihn ein Bulldozer überfahren. So was Schlimmes hab ich noch nie gesehen.«

Blanchard konnte nicht sprechen.

»Hören Sie, bleiben Sie bei ihm, okay? Ich ruf einen Krankenwagen.«

Als der Sheriff weg war, ging Blanchard zu Tommys Leichnam und kniete sich neben ihn. Er schloss seinem Bruder die Augen und legte seine Arme und Beine gerade hin. Und als er sah, dass sich bereits Fliegen um das Blut sammelten, zog er sein Hemd aus und bedeckte damit Tommys Brust und Gesicht. Dann erhob er sich und ging zur Stallbox, wo er einen Moment lang stehen blieb. Er hob eine Faust, um sie gegen den Torpfosten zu schlagen, doch er tat es nicht. Stattdessen brach ein Schrei voller Zorn und Verzweiflung aus ihm heraus, und seine Augen füllten sich mit Tränen. Er konnte weder klar denken noch sprechen, nur fühlen – einen Schmerz, wie er ihn noch nie verspürt hatte, so als hätte man ihm das Herz herausgerissen.

Der Sheriff kam mit einem Flachmann in der Hand zurück.

»Sie sind auf dem Weg – es dauert nicht lang«, sagte er. Er schraubte den Deckel ab und reichte Blanchard den Flachmann. »Hier, das können Sie jetzt wahrscheinlich gebrauchen.«

Blanchard zögerte, nahm jedoch schließlich den Flachmann und trank.

»Gut, das sollte helfen«, sagte der Sheriff und schüttelte ungläubig den Kopf. »Junge, was für ein Bulle! Was für ein gottverdammter Bulle. Wenn ich Sie wäre, würde ich das Vieh wahrscheinlich töten. Ich würd ihn erschießen und einfach verrotten lassen.«

Blanchard gab dem Sheriff den Flachmann wieder und kehrte zu dem Leichnam seines Bruders zurück, ohne genau zu wissen, was er jetzt tun würde. Er setzte sich auf die Erde und nahm Tommys Hand. Und er ließ sie nicht wieder los, bis der Krankenwagen kam.

Den Nachmittag und Abend über blieb Blanchard zu Hause. Er ließ die Rollläden herunter, schloss die Vorhänge und saß abwechselnd in der Küche und im Wohnzimmer, wo er den letzten Scotch trank. Zwischendurch stand er auf und wanderte ziellos durchs Haus, landete einmal sogar in Sheas Kammer im dritten Stock. Manchmal legte er sich hin und atmete tief durch, um sich zu entspannen und den Schmerz zu lösen, doch er blieb. Und er stellte fest, dass er nicht an Tommys Zimmer vorbeigehen konnte, ohne es zu betreten und dort zu verharren, als könnte er ihn mit reiner Willenskraft herbeizaubern, ihn so zurückholen, wie er gewesen war, der Beste von ihnen allen, der Standhafteste, der mit dem reinsten Herzen. Einmal legte er sich sogar auf Tommys Bett – weshalb, wusste er nicht. Doch jedes Mal kehrte er wieder in die Küche und zu der Flasche Scotch zurück, denn er wusste, dass darin eine

Form von Erlösung auf ihn wartete, zumindest ein flüchtiges Vergessen.

Irgendwann rief der Bestatter aus Rockton wegen des Begräbnisses an, und Blanchard sagte ihm, dass er tun solle, was er für richtig halte, von ihm aus Tommy in einen goldenen Sarg legen, woraufhin der Mann fragte, ob er mit jemand anderem sprechen könne, einem Freund oder Verwandten, der »in dieser schweren Stunde« die Angelegenheit für ihn regeln könnte. Blanchard sagte nein, er sei allein, er habe keine Freunde oder Verwandten, er würde sich später noch mal melden. Dann legte er auf.

Er wusste, dass er Susan irgendwann anrufen müsste, um ihr mitzuteilen, was passiert war, doch im Moment konnte er das nicht. Für sie war Tommy eine Sache gewesen, eine flüchtige, noble Sache, wie ein Kleidungsstil, den sie schick gefunden, jedoch irgendwann gegen einen neuen eingetauscht hatte. Zu Beginn, als sie Tommy von Bloomington auf die Ranch geholt hatten, war sie noch engagierter gewesen als Blanchard. Sie schien Tommy mehr zu lieben als sich selbst. Doch als die Tage zu Jahreszeiten wurden, erfüllte er ihre Erwartungen nicht, war noch immer zurückgeblieben, so wie die Leute aus der Gegend ungehobelt und unfreundlich und die Ranch einsam und rau war. Doch das spielte jetzt keine Rolle mehr, wie er wusste. Er würde sie auf jeden Fall anrufen. Wenigstens das müsste er tun.

Im Moment war da jedoch nur sein Schmerz. Und sein Verlust. Die Toten, die er zuvor zu beklagen gehabt hatte – seine Mutter und seine Großeltern und ein paar entfernte Verwandte und Kollegen –, hatten in ihm lediglich ein abstraktes Bedauern ausgelöst, mehr über den Tod als solchen als über das Hinscheiden einer bestimmten Person. Doch mit Tommy hatte er einen Teil von sich selbst verloren, den besseren Teil, den Teil, den er nicht einmal gekannt hatte, bis er seinen kleinen Bruder zu sich geholt und Verantwortung für ihn übernommen hatte. Und dann war es auf einmal da gewesen, im Zentrum seines Lebens, ein Gefühl von Stärke und Frieden, das er zuvor nicht gekannt hatte. Doch es war dabei zu verschwinden. Er konnte bereits spüren, wie es in ihm starb. Und er bedauerte den Verlust. Er grollte dem Menschen, der er erneut sein würde.

Doch viel mehr noch betrauerte er Tommys Verlust wegen dem, was dieser gewesen war, wegen seiner Sanftmut und schrankenlosen Liebe, sogar wegen seiner Behinderung, sie hatte ihn zu einem besseren Menschen gemacht. In einer Welt voller Tommys gäbe es vielleicht kein Rad oder Kalkül, aber auch keine Grausamkeit und kein Morden. Immer wieder traf Blanchard die Erkenntnis, dass er nie wieder morgens müde und besorgt aufwachen und seinem Gesicht begegnen würde, das ihn mit leuchtenden Augen und einer Liebe und Bewunderung anlächelte, die Blanchard eine gewisse Selbstachtung verliehen. Und er fragte sich, wer er eigentlich war – welcher dumme, anmaßende Träumer –, um sich einzubilden, dass er davonkommen würde, dem allgemeinen Schicksal seiner Landsleute entronnen war, den Abgründen von Tod und Sinnlosigkeit der Städte entflohen, um sich hier in der Wildnis ein sinnerfülltes Leben aufzubauen.

Also ging er im Haus umher. Und er trank. Er leerte den Scotch und machte mit einer Flasche Gin weiter, ohne sich darum zu scheren, dass ihm von der Mischung bald schlecht werden würde. Als es dunkel wurde und die Luft sich abkühlte, öffnete er die Eingangstür und trat zwischendurch hinaus auf die Veranda, wo er nur ein paar Minuten stand und in die Dunkelheit hinausstarrte, bevor er wieder hineinging. Ein paarmal machte er den Fernseher an, um ihn sofort wieder auszuschalten, wenn die schrillen, gehaltlosen Szenen über den Bildschirm flimmerten und seine Trauerstätte entweihten. Einmal stolperte und fiel er, als er die Treppe hinunterging, und er stand wütend auf und trat einen von Susans kostbaren Lampentischen um. Er stampfte darauf herum und machte Kleinholz daraus. Er trat die Lampe durch den Raum und schlug mit der Faust das Glas eines gerahmten Fotos von Susan und Whit und ihm kaputt.

»Wo ist Tommy?«, fragte er laut. »Hat er nicht zu uns gehört?«

Regelmäßig kehrte er in die Küche zurück und füllte sein Glas auf, trank den Gin pur und kümmerte sich nicht darum, dass er in seiner Wahrnehmung stets wie Gift geschmeckt hatte, ein beliebter Schierlingsbecher. Gelegentlich versuchte er, etwas zu essen – Brot oder Cracker –, doch er spuckte es wieder aus und warf den Laib Brot oder die Schachtel beiseite. Nachdem er irgendwann in der Nacht sein Glas im Wohnzimmer geleert hatte, stellte er es hin, streckte sich auf dem Sofa aus und schlief ein, wie lange, wusste er nicht. Doch er schien beinahe sofort zu hören, wie das Telefon klingelte, wieder und wieder, bis er schließlich aufstand und in die Küche torkelte, um ranzugehen. Es war Shea am anderen Ende der Leitung.

»Bist du das, alter Kumpel?«

»Ja, ich bin's.«

»Tut mir leid, dass ich so spät noch anrufe. Und alles andere tut mir auch leid. Wirklich. Es tut mir ehrlich leid, alter Kumpel.«

Er klang betrunken. Blanchard, der selbst betrunken war, konnte problemlos die Trunkenheit des anderen wahrnehmen.

»Was willst du?«, fragte er.

»Ich will's nur erklären, das ist alles.«

»Ist ein bisschen spät dafür.«

»Nicht für mich. Denn ich fühl mich echt beschissen. Wie ein echter Versager. So schlimm wie noch nie. Hörst du mich, Alter?«

Blanchard sagte nichts.

»Also, was passiert ist – oh, Gott, ich weiß es nicht mal richtig. Alles lief wie am Schnürchen, so wie du's geplant hattest. Ronda hatte das Geld, und wir waren auf dem Rückweg, wir beide in meinem Truck. Und, na ja, dann hat sie angefangen, mich zu bearbeiten, hat mir Sachen versprochen. Wie den unglaublichen Hintern, den sie hat. Und – na ja, um's kurz zu machen, sie hat mich drangekriegt. Ich dachte, scheiß auf Blanchard – er wird das Geld sowieso nur wieder für Kühe ausgeben. Nachdem wir also die Trucks abgeliefert und meinen Wagen geholt hatten, sind wir außerhalb von Springfield rechts rangefahren und haben Little rausgesetzt, direkt dort auf dem Highway, im Dunkeln – wie findest du das, hm? Er hat getobt und geheult, aber wir haben ihn einfach dort stehen lassen und sind mit quietschenden Reifen auf und davon. Dann sind wir auf der Vierundvierzig Richtung Westen gefahren und am ersten Abend in Tulsa gelandet. Ich hab unterwegs was zu trinken besorgt – Chivas Regal, natürlich nur das Beste –, also habe ich keinen Schmerz gespürt. Ich hab tatsächlich nichts außer deinem kleinen Flittchen gespürt. Ohne auch nur einen Gedanken an meinen alten Kumpel Blanchard zu verschwenden – wie findest du das, hm? Hey, bist du noch dran, alter Kumpel?«

»Ja, ich bin da.« Blanchard hörte zu und verstand, doch es kümmerte ihn nicht, nicht jetzt.

»Sie hat mich um den Finger gewickelt«, sagte Shea. »Und es tut mir leid, Roberto, wirklich. Aber ich bin auch im Nirgendwo – Albuquerque, glaube ich, mit meinem Wagen und fünfhundert Mäusen, das ist alles, was sie mir gelassen hat. Sie ist abgehauen, als ich geschlafen habe. Hat nicht mal ’ne Nachricht dagelassen.«

»Schon gut«, sagte Blanchard. »Behalt das Geld. Investier’s in irgendwas.«

»Nein, es gehört dir, ich bring’s zurück.«

»Nein, das wirst du nicht. Du hältst dich von mir fern.«

Shea lachte. »Hey, Alter – ich bin’s, Shea, du erinnerst dich? Dein alter Kumpel, dein Partner bei einem Verbrechen.«

Blanchard legte auf. Und aus für ihn unverständlichen Gründen ging er von der Küche direkt in sein Büro und holte seine Winchester Kaliber dreiunddreißig und trug sie mit sich herum. Er kippte den Rest des Gins in sein Glas. Während er dieses letzte Glas trank, streifte er durchs Haus und versuchte, an nichts Bestimmtes zu denken, vor allem nicht an Shea und Ronda und das Geld. Hin und wieder durchzuckte ihn Wut, und er holte mit dem Gewehr aus und zerschlug etwas. Hin und wieder weinte er auch.

Beim ersten Morgenlicht zog er eine Jacke an und ging erneut in sein kleines Büro, wo er sich die Taschen mit Patronen füllte. Mit sechs weiteren lud er das Gewehrmagazin, davon eine in die Kammer, und ging dann hinaus, an der Scheune und dem Gehege vorbei. Auf dem Weg fiel ihm ein, dass der Veterinär am späten Vormittag kommen würde und er mit ihm reden und ihn hinhalten müsste. Der Bestatter würde ebenfalls wieder anrufen, und mit den Versicherungsleuten und Gideon und dem Sheriff müsste er sich auch auseinandersetzen. Der Anruf bei Susan stand ebenso noch aus, und es würde ein Begräbnis und eine Zwangsversteigerung geben. Und irgendwie würde er mit allem fertigwerden. Er würde es durchstehen, bis er schließlich allein und frei wäre, frei von Shea, so verloren wie Shea. Susan und Whit spielten dabei keine Rolle, weder als Angehörige noch als jemand, der ihn wirklich brauchte, ihn brauchte, wie Tommy es getan hatte. Jetzt war ihm klar, dass er selbst hatte schwimmen müssen, um seinen Bruder vor dem Ertrinken zu bewahren. Doch jetzt war da nichts mehr, niemand, der ihn davor bewahrt hätte, abzudriften und sich mit der Flut treiben zu lassen. Er dachte an die Küsten, an Rondas Strand bei Nacht, und er fragte sich, ob er noch nicht dazu bereit sei, die Sorte Treibgut zu sein, das an diese Strände gespült wurde.

Als er über die kleine baumbestandene Wiese ging, wo sie den Angus-Bullen von dem Halsfang befreit hatten, war er sprachlos angesichts der Schönheit des noch immer sonnenlosen Morgens. Nebel bedeckte den Boden, und das Gras war schwer vom Tau, die Spinnweben der Springspinnen zitterten und schimmerten im zunehmenden Licht. Doch waren weder der Bulle noch eines der anderen schwarzen Rinder auf der Weide.

Hin und wieder stolperte Blanchard im Gehen und erinnerte sich daran, wie viel Alkohol er intus hatte. Trotzdem fühlte er sich nicht betrunken. Er war bei beinahe schmerzhaft klarem Verstand. Und er wusste genau, was er tun würde und warum.

Er erreichte die Öffnung an der Ecke, die zur »Höcker«-Weide führte, ein Gatter, das Shea wieder hätte schließen sollen, nachdem er mit dem Viehtransport dort hindurchgefahren war. Doch es stand offen, und er ging weiter auf die große Weide, wo er am anderen Ende den Felsen steil aus dem Nebel ragen sah, dessen Spitze bereits vom Sonnenlicht angestrahlt wurde, mit einem Heiligenschein aus struppigen Zedern, die dort oben grün leuchteten. Im Gehen suchte er den

Waldrand ab, der die Weide auf zwei Seiten begrenzte, und nach und nach konnte er sie zwischen den dunklen Bäumen ausmachen, wie sie scheinbar schwerelos im Nebel standen.

Als Erstes stieß er auf die beiden Kühe und ihre Kälber. Während die Muttertiere grasten, tollten die beiden Stierkälber im hohen nassen Gras, stießen ihre Köpfe zusammen und spielten Erwachsensein. Als Blanchard näher kam, hielten alle vier inne und blickten ihn an. Er spürte Übelkeit in sich aufsteigen, und er empfand ein ungeheures Bedauern. Doch selbst wenn sie die Krankheit noch nicht hätten, würden sie sie irgendwann bekommen, das wusste er. Irgendwann würden sie den Traum eines anderen zunichtemachen, wie sie es mit seinem bereits getan hatten.

Die vier starrten ihn noch immer gleichgültig an, als er das Gewehr hob und auf die Brust der am nächsten stehenden Mutter richtete. Dann drückte er auf den Abzug, und der dunstige Friede explodierte, als die Kuh auf die Knie sank und ihre Augen vor Schreck hervortraten. Die andere hatte bei dem Geräusch einen Satz gemacht, rannte jedoch nicht weg, als wüsste sie nicht genau, was passiert war. Er erschoss sie genauso, wie er es mit der ersten getan hatte, und als die Kälber in Panik herumrannten, jedoch ihre sterbenden Mütter nicht im Gras zurücklassen wollten, erschoss er sie ebenfalls.

Dann ging er weiter zu den restlichen Tieren und richtete sie eines nach dem anderen hin, auf der Weide und zwischen den Bäumen und entlang des Weidezauns. Ein paar von ihnen, die er aus Versehen in den Bauch getroffen hatte, musste er hinterherlaufen und noch einmal auf sie schießen. Eine der Mutterkühe schien das Knallen des Gewehrs mit ihrem Schmerz zu verknüpfen und griff ihn an, wobei sie vor ihm zusammensackte, als er sie ein zweites Mal traf. Er lud noch zweimal nach, das letzte Mal, als sich der Nebel bereits gelichtet hatte und die Truthahngeier sich am Himmel versammelten.

Während des Gemetzels war er dem Bullen einmal begegnet und hatte ihn laufen lassen. Doch schließlich war er das einzige Tier, das übrig war, und Blanchard folgte ihm in den Wald am Fuß des Höckers, wo er ihn auf einer kleinen Lichtung zwischen den dicht stehenden Zedern antraf. Wie schon zuvor stand der Bulle da und starrte ihn mit derselben stumpfen Gleichgültigkeit an, als wäre er irgendjemand und nicht Tommys Bruder.

Blanchard beschloss, ihm nicht in die Brust zu schießen, wie er es bei den meisten anderen getan hatte, sondern zielte direkt auf seinen Kopf, ein paar Zentimeter unterhalb der Hörner. Dann drückte er ab, und das Tier stürzte zu Boden. Während es noch immer ausschlug, wandte er sich zum Gehen, trat aus dem Wald und marschierte querfeldein auf sein Haus in der Ferne zu. Seine Sachen waren schweißgetränkt, und er spürte, wie sein Herz heftig pochte. Er fühlte sich weder gut noch schlecht, sondern nur, dass er am Leben war. Das war alles.